KNOI

© 2013 Jung und Jung, Salzburg und Wien
Umschlaggestaltung unter Verwendung eines
Bildes von Deborah Sengl, www.deborahsengl.com
Alle Rechte vorbehalten
Druck: CPI Moravia Books, Pohorelice
ISBN 978-3-99027-045-5

DAVID SCHALKO

KNOI

Roman

JUNG
UND
JUNG

FOR YOU

EINS

- Ich will ein Kind, sagte Jennifer, und Jakob sah sie an, sah sie zu lange an, musste den Wagen verreißen, um den beiden Aufblendlichtern auszuweichen.
- Ein Kind, so plötzlich, warum? fragte Jakob, der jetzt beide Hände am Lenkrad behielt.
- Ich will ein Kind, sagte sie.
- Um mich zum Bleiben zu zwingen?
- Du weißt, du kannst jederzeit gehen, sagte sie, und er sagte, dass es doch immer so sei, dass sie einen Streit vom Zaun breche, wenn es um Lutz und Rita gehe, warum sie so ein Problem damit habe, dass er mit seiner Ex-Verlobten befreundet sei. Er sei mit all seinen ehemaligen Geliebten zumindest in gutem Einverständnis verblieben. Worauf Jennifer seufzend ausatmete, schließlich trenne man sich, um den anderen nicht mehr ertragen zu müssen, was habe es dann für einen Sinn, befreundet zu bleiben, es sei denn, es sei nie etwas anderes als Freundschaft gewesen, wenn es Liebe gewesen wäre, so Jennifer, wäre die Trennung nur als völlige Trennung erträglich, gut, wenn man ein Kind habe, dann sei das ein Grund, befreundet zu bleiben, ein Kind, das man einmal zur Welt gebracht habe, bekomme man nicht mehr aus dem gemeinsamen Leben, selbst wenn es sterbe, vor allem nicht, wenn es sterbe und wenn es so gestört sei wie Max, Max sei nicht gestört, unterbrach sie Jakob, Max sei völlig gestört, sagte Jennifer, ein Kind, das jeden Tag ein anderes Tier sein wolle, das könne man getrost als gestört bezeichnen. Das letzte Mal habe er nicht schlafen wollen, weil er

behauptete, ein Fuchs zu sein. Füchse seien eben nachtaktiv, sagte Jakob, dessen Feststellungen, dass etwas eben so sei, wenn es so sei, Jennifer von jeher rasend machten.

- Diese Frau nimmt dich nicht wahr, Jakob.

Das letzte Mal habe sie Koriander in den Salat getan, ob er sich erinnere, fragte Jennifer, und Jakob nickte, diese Frau wisse doch, dass er Koriander nicht ausstehen könne, so wie Butterfisch. Es sei ganz leicht, Sushi selbst zu machen, ja, den Satz habe sie gesagt, und dann habe sie ausschließlich Butterfisch serviert. Das sehe gar nicht nach Ikea aus, ja, solche Sätze sage sie, und dann spürte Jakob plötzlich Jennifers Hand am Steuer. Sie ruhte neben der seinen und machte jede Lenkbewegung mit.

- Gemeinsam, sagte Jennifer, gemeinsam, atmete sie in sein Ohr.

Bis zum Hals konnte Jakob seinen Herzschlag spüren.

- Wir lenken gemeinsam. Nein, rechts, sagte sie.
- Aber wir müssen nach links, sagte er.

Sie lenkte nach rechts, und Jakob gab nach, ohne die Hand vom Lenkrad zu nehmen.

- Wohin?
- Jetzt gerade.
- Aber wir sind schon falsch abgebogen.
- Wir müssen da nicht hin, flüsterte sie.
- Ich will aber.
- Wir könnten jetzt auch dieses Kind machen.
- Ohne Bunga-Bunga-Creme? scherzte Jakob, aber Jennifer blieb ernst.

Im Autositz wirkte sie größer als sonst.

- Fahr auf die Autobahn.

Jakob gehorchte. Jakob gehorchte immer. Seine innere Stimme sagte das, was Jennifer sagte, und wenn sie nicht sagte, was Jennifer sagte, dann sagte sie das, was Jennifer hören wollte. Seine innere Stimme blieb immer auf gleicher Lautstärke. Kein Wunder, dass sich die meisten in den Kopf schossen und nicht in die Brust oder in den Bauch, dachte Jakob.

- Fahr schneller.

Jakob trat aufs Gas. Jennifer schob seine Hand vom Steuer und legte sie ihm in den Schoß. Sie hielt das Lenkrad mit zwei Fingern. Wie einen Penis. Sie wechselte die Spur, ohne in den Seitenspiegel zu sehen.

- Vertraust du mir, Jakob?

Nein, er vertraute ihr nicht. Aber er wollte nicht gehen, er wollte zum Bleiben gezwungen werden. Sie mussten dorthin.

- Wenn du mir vertraust, Jakob, dann mach jetzt die Augen zu.

Rita hatte Jakob erzählt, dass Lutz nur mit ihr schlief, wenn sie schlief. Es gefiel ihr, dass er wach war, wenn sie schlief. Aber nicht, dass er in sie eindrang. Sie sprachen über solche Dinge. Sie sprachen über alles. Sie waren einander jetzt näher als in der Zeit, als sie zusammen waren.

Jennifer drückte seinen Schenkel. Er schloss die Augen und stieg aufs Gas.

- Fahr schneller. Noch schneller. Noch schneller, Jakob.

Durch die geschlossenen Lider blitzten die Lichter des Gegenverkehrs. Aus dem Radio wehte Tschaikowsky. Ihre Fingernägel bohrten sich noch tiefer in seinen Oberschenkel. Zwei Finger, die seinen Penis umfassten. Vollgas. Autopilot. Keine Hand am Steuer.

- Fuck! Jennifer! Fuck!

Jakob riss das Steuer an sich.

Er hielt auf dem Pannenstreifen. Tschaikowsky und die Warnblinkanlage. Zwei Fernlichter rasten vorbei. Ausgerechnet heute Abend. Ahnte sie etwas? Jennifer griff in die Handtasche.

- Keine Angst, kein Bunga Bunga.

Sie holte ein Briefchen hervor und begann das Kokain auf der Tschaikowskyhülle auszustreuen. Jakob sah sich um. Vielleicht sollte er ein Pannendreieck aufstellen. Ein Auto, das um diese Zeit am Pannenstreifen hielt, konnte man nicht ignorieren. In Jakobs Tasche vibrierte das Telefon.

- Sag deinen Freunden, wir sind in dreißig Minuten da.

- Es sind auch deine Freunde, antwortete Jakob, der das Vibrieren ignorierte.

Jennifer hatte zwei lange Lines gelegt. Sie zog als Erste, dann reichte sie ihm die Hülle und den eingerollten Geldschein. Jennifer hörte seit Monaten ausschließlich Klassik. Sie sagte, ohne Tschaikowsky habe sie das Gefühl, die Welt sei falsch besetzt. Als Casting-Direktorin fragte sie sich ständig, ob ein Richter ein Richter, ein Polizist ein Polizist oder eine Supermarktkassiererin eine Supermarktkassiererin war. Die meisten totale Fehlbesetzungen, völlig unglaubwürdig.

- Nein, Rita ist natürlich die perfekte Besetzung: die makellose Frau, die völlig unangestrengt ihr Leben bewältigt.

Kein Gramm Fett an ihrem 171 cm großen Körper, kein ungestalteter Winkel in der 180 Quadratmeter großen Dachgeschoßwohnung, kein Problem, das nicht mit ihrem Lächeln lösbar wäre. Wahrscheinlich könne sie auch ihre Orgasmen mühelos steuern. Man frage sich, wie Jakob jemals auf die Idee kommen konnte, diese perfekte Frau zu verlassen. Und Lutz, selbst Lutz war auf seine Weise Idealbesetzung. Als Zahnarzt. Sonst schwierig zu besetzen, weil zu markanter Typ. Kein Hauptdarsteller. Zu wenige Facetten. Zu steril. Dieser stechende Blick. Sein übertrieben gepflegter Bart. Diese wächserne Haut. Ob Jakob das je aufgefallen sei?

- Achtung, stark.

Jakob nickte und zog das Kokain in die Nase. Es brannte, und das Lidocain betäubte zuerst sein Zahnfleisch und dann seine Speiseröhre. Jennifer spürte, wie sich die Türen öffneten, wie alles, was sie im verbotenen Zimmer versteckt hielt, verwundert aufsah und Richtung Ausgang lief.

- Wollen wir es nochmal spielen?

Jakob schüttelte den Kopf. Er warf den Blinker an und fuhr bis zum Penthaus von Rita und Lutz, ohne von der rechten Spur zu wechseln. Er hatte es aufgegeben, Jennifer aus dem Auto zu heben oder ihr dabei zu helfen, den Rollstuhl auszuklappen. Sie legte größten Wert auf ihre Eigenständigkeit. Die Sonderanfertigung hatte zehntausend Euro gekostet. Jakob stand rauchend im Wind und suchte das Fenster ihrer Wohnung. Er überlegte, ob es der 20. oder der 22. Stock war.

- Sie wird das blaue Kleid tragen, sagte Jennifer und ließ sich in den Rollstuhl fallen.

- Warum sollte sie? fragte Jakob.

Er war sich jetzt ziemlich sicher, dass es der 20. Stock war. Jennifer sagte, dass Jakob von Frauen nichts verstehe. Wie viel er damals für dieses Kleid abgelegt habe? Für Jennifer habe er noch nie so viel ausgegeben. Aber sie lege auch keinen Wert darauf, sagte sie, schließlich sei es in ihrem Fall vergebene Liebesmüh. Ein gutes Kleid wirke in erster Linie durch den Schnitt, und der könne sich bei einem Sitzmonster ohnehin nicht entfalten. Jakob sagte nichts. Er hatte aufgehört, auf ihr Selbstmitleid zu reagieren. Stattdessen versuchte er sich an den Sex mit Rita zu erinnern. Ihm fiel aber nur noch ein, dass sie ihren Kaffee ohne Zucker trank, dass sie oft vergaß, das Nudelwasser zu salzen, und dass es sie aufregte, wenn man die Butter in der Verpackung ließ.

Jennifer nahm seine Hand. Sie hasste es zwar, geschoben zu werden, aber jetzt ließ es ihn besser aussehen als er war. Und er sollte neben ihr besser aussehen als neben Rita. Jakob drückte den Liftknopf, 20. Stock, und Jennifer sagte, dass nur Affen ganz oben wohnten. Als sich die Tür öffnete, lächelte sie übertrieben. Rita hatte das blaue Kleid nicht angezogen.

- Gelb ist deine Farbe.

- Danke, aber ist nur H&M.

- Max schläft schon?

- Ja, das Reh schläft.

Wenn Rita verlegen war, umklammerte sie ihre Hände und rieb ihre Knie aneinander.

- Rehe dürfen von Fremden nicht berührt werden. Sonst werden sie von ihrer Mutter verstoßen, lachte sie.

Jennifer entgegnete, dass sie doch keine Fremden seien. Ritas Knie rieben schneller, und Jennifer sagte, der Ausblick sei wunderbar.

Rita wollte Jennifer den Rucksack abnehmen, doch diese zog ihn an sich.

- Den gebe ich nie aus der Hand. Sonst gibt's ein Unglück.

Rita verstand nicht, verkniff sich aber ein: *Pink ist deine Farbe.*

Lutz sezierte indessen den Butterfisch und legte die Scheiben symmetrisch vor sich auf. Rita hatte Jakob erzählt, dass er sich in Griechenland einmal das Geschlecht desinfiziert habe. Nach einem Toilettenbesuch. Auch von dem Tick, ständig über alle Oberflächen zu streichen.

- Ah, der Knoi, sagte Lutz.

Lutz hatte sich letztes Jahr alle Zähne ziehen lassen. Obwohl er Zahnarzt war, konnte man deutlich erkennen, dass es falsche Zähne waren. Knoi? fragte Jennifer, und Rita sagte, dass Max ihn so nenne, er habe so einen Blick für die Dinge, er sei wahrscheinlich behindert, sagte Lutz, man müsse den Tatsachen ins Auge sehen, worauf Rita wütend sagte, Doktor Haselbrunner habe gesagt, es handle sich nur um ein Übermaß an Empathie, erstaunlich, sagte Jennifer, und Jakob sagte, er finde das eigentlich poetisch, also für eine Psychologin, und Rita sagte, dass Lutz eine solche Abneigung gegen Frau Doktor Haselbrunner habe, dass er gedroht habe, die Paartherapie abzubrechen, worauf Jakob fragte, wie es denn vorangehe, und Rita erneut darauf hinwies, dass Max diesen Blick habe. Lutz sei eben ein Waks, Rita eine Faha und Jennifer eine Zonz, sagte sie. Lutz sah den Knoi an, Jakob die Zonz und Jennifer die Faha. Jakob sei tatsächlich ein Knoi, aber Jennifer keine Zonz, fand zumindest Jennifer.

Der Waks nahm das Tablett und trug es ins Esszimmer.

- Wein? fragte die Faha, die Zonz nickte, und der Knoi schüttelte den Kopf.

- Muss noch fahren. Und wenn du lenken willst, solltest du auch nichts trinken, sagte er zu Jennifer, die sofort einen Zonzblick aufsetzte.

Mit einem Knoi zu leben war nicht einfach, vor allem für eine Zonz. Ein Knoi zeigte selten Initiative, vor allem, wenn es um Dinge des Alltags ging. Ein Knoi sprach sehr undeutlich, hoffte noch immer auf das Größte und kannte keine Gefahr von außen. Ein Knoi war ein freundliches Wesen, das stets von einer gewissen Müdigkeit geplagt wurde. Der Knoi war nicht immer ein Knoi gewesen. Aber schon gar kein Zonz und noch weniger ein Waks. Letztendlich hätte eine Faha viel besser zu ihm gepasst.

- Rita, Jakob isst keinen Ingwer, hast du bestimmt vergessen.

Jennifer nahm sich ausschließlich Butterfisch, was Lutz mit einem sezierenden Blick goutierte. Rita legte Jakob ungefragt ein paar Stück Thunfisch auf den Teller. Lutz aß Sashimi, vermutlich weil der Reis sonst in den Zähnen hängen bliebe.

- Und, wie geht's deinem Projekt? fragte er, obwohl er sich natürlich einen Scheiß für das Projekt interessierte. Überhaupt interessierte ihn gar nichts an Jakob, gar nichts an anderen. Er schwieg bei solchen Gelegenheiten, da es ohnehin um nichts ging. Stattdessen unternahm er aus purer Langeweile Annäherungsversuche. Anita, Britta, Daniela, Veronika, Christine. Rita war selbst schuld, wenn sie für so viel Abwechslung sorgte. Wahrscheinlich weil sie nur drei Gerichte kochen konnte. Lutz hatte schon immer überallhin greifen müssen, schon als Kind, und als sein Blick auf Jennifer fiel, fragte er sich, ob sie es überhaupt bemerken würde, wenn er jetzt den Fuß ausstreckte und ihn an ihrem Schienbein riebe. Er fragte sich, wie es sich anfühlte, taubes Fleisch, ob es für ihn einen Unterschied machte, und dann nahm er den rohen Fisch in den Mund und spürte, wie der Wasabi in sein Gehirn stieg. Als Jennifer ihn ansah und sagte, dass Jakobs Projekt völliger Schwachsinn sei und sie gar nicht wisse, was er damit bezwecke, von ihr aus könne er jederzeit nach Nairobi oder nach Timbuktu fahren, sie hielte ihn bestimmt nicht zurück, aber von daheim aus Reiseführer zu schreiben, das sei doch degeneriert, da hielt Lutz ihrem Blick stand, und auch Jennifer hielt seinem Blick stand, als Lutz sagte, dass es bestimmt ein seltsames Gefühl sei, wenn zuhause statt einem jetzt zwei Rollstühle stünden, ob das nicht einer Verhöhnung gleichkomme oder ob sie das für Empathie halte, worauf Jennifer sagte, dass sie es natürlich als Verhöhnung empfinde und dass Jakob mit seinem Projekt das Schicksal nachäffe und dass er doch froh sein solle, gehen zu können, warum er nicht einen Reiseführer schreibe, der Islamisten beleidige, etwas, womit man Geld verdiene, und nicht irgendwelche Idealistenprojekte, mit denen er versuche, sich selbst zu bestrafen, interessant, sagte Lutz, der Punkt mit dem Bestrafen, den finde er sehr, sehr interessant, worauf Jennifer noch einmal *bestrafen* sagte und ihr

Blick noch tiefer in den grünen Augen von Lutz verschwand. Jakob unterbrach den Blick und sagte, dass er niemals etwas Islamfeindliches schreiben würde, weil er Angst habe, sagte Jennifer, das sei eben typisch Knoi. Sie hingegen finde, man dürfe sich als Eichhörnchen nicht vom Grauhörnchen verdrängen lassen, man kenne solche Prozesse ja aus der Natur, ob sie das wüssten, dass das amerikanische Grauhörnchen das europäische Eichhörnchen verdränge, worauf keiner antwortete, bis Rita anmerkte, dass die meisten Islamisten nicht anderer Rasse seien, und Jennifer sagte, dass das Aussterben einer Kultur mit einem schlechten Casting vergleichbar sei. Vielleicht sei der Mitteleuropäer einfach als Mensch nicht geeignet, so feig, wie er auf diese Wilden reagiere, und Lutz fragte teilnahmslos, ob muslimische Frauen auch im Jenseits einen Schleier tragen müssten, und Rita, ob Jennifer in einem solchen Fall bei Jakob bleiben würde. In welchem Fall? fragte Jakob, im Fall einer Fatwa, sagte Rita, würde Jennifer alleine mit dir in einem Versteck im Wald leben oder würde sie dich verlassen, worauf Jennifer Rita zurechtwies, man brauche nicht über sie zu sprechen, als wäre sie nicht da. Und selbstverständlich würde sie bei Jakob bleiben. Sie habe kein Problem mit der Zweisamkeit, sondern ausschließlich mit der Vielsamkeit, und daher sei ein gemeinsames Versteck kein Verlust, es sei ein Gewinn, so wie sich jeder Verlust meistens als Gewinn herausstelle, ja, selbst ihre Rollstuhlexistenz sei am Ende ein Gewinn und habe sie von sehr vielen Dingen befreit. Zum Beispiel? fragte Rita, zum Beispiel brauche sie im Gegensatz zu Rita keine Orgasmen mehr vorzutäuschen, und Rita entgegnete, sie täusche keine Orgasmen vor, das habe sie nicht nötig, wobei sie Lutz' Hand nahm, der sich fühlte wie ein Kind, das von der Mutter vor allen anderen Kindern verteidigt wurde. Jennifer lachte, das Kokain und der Wasabi gingen gerade eine zischende Liaison ein, und sie sagte, dass jede Frau, die das behaupte, lüge, die Männer von heute hielten das schon aus, wenn eine Frau nicht immer komme, es gebe doch längst interessantere Möglichkeiten, als eine Frau immer nur zum Orgasmus zu bringen, und da war er wieder, der Blick, der von Lutz sofort erwidert wurde. Welche Möglichkeiten? fragte Jakob, und Lutz antwortete auf diese Frage mit seinem haltlosen Blick, und Rita sagte, dass der Orgasmus wichtig sei, vor allem in Hinblick auf Kinder, ein Orgasmus erhöhe die Chance, schwanger zu werden, um ein Vielfaches, worauf Jennifer nur seufzte und sagte, sie wolle keine Kinder, niemals wolle sie Kinder, worauf Jakob die Nase hochzog, noch eine Line, aber Jennifer deutete sein wiederholtes Hochziehen falsch und reichte ihm ein Taschentuch. Rita monologisierte achtunddreißig Minuten lang über ihren Alltag mit Kindern, Konflikte mit anderen Müttern, unterschiedliche Spielplätze, aufeinanderprallende Erziehungskonzepte, wie viel man in welcher Form von Kindern zurückbekomme, und dass die Nachbarn das Geschlechtsorgan ihrer fünfjährigen Tochter Lilly nannten.

- So wie die Katze, sagte sie.
- Wieso wie die Katze? fragte Jennifer.
- Vermutlich, weil sie damit etwas Positives verbindet, sagte Rita, und Jennifer entgegnete, das sei wie mit dem Weihnachtsmann und dem Tod, ein Kind

müsse sich eben an die Wahrheit gewöhnen, was Rita mit einem Kopfschütteln kommentierte. Am Ende gebe es eben doch nur zwei Arten von Menschen, die mit und die ohne Kinder, worauf Jennifer sagte, dass sie selbst schließlich auch einmal Kind gewesen sei, ihr Vater habe beispielsweise in die Wohnzimmerpalme jeden Morgen eine Banane gesteckt, um den Kindern vorzugaukeln, auf der Palme wüchsen Bananen. Ob ihr das geschadet habe, fragte Rita, es gebe doch nichts Schöneres als Menschen, die dem grauen Alltag einen lustigen Hut aufsetzten. Jennifer ging auf die Formulierung nicht ein, sagte aber, dass ihr Vater selbst nicht mit der Realität zurechtgekommen sei. Als er die Diagnose Lungenkrebs erhalten habe, sei er sofort aus dem Fenster gesprungen, weil er so große Angst vor dem Tod gehabt habe, vermutlich hätte ihm die Mutter nach der Niere auch noch ihre Lunge gespendet, wäre er dafür zu ihr zurückgekehrt. Ständig habe er Sätze gesagt wie: *Es sieht immer anders aus als im Prospekt.* Oder: *Das Böse entsteht, wenn das Gute zu anstrengend wird.* Oder: *Elektrische Kerzen sind doch genauso schön, nur weniger gefährlich.* Ob er denn einen Abschiedsbrief hinterlassen habe, fragte Lutz, worauf Jennifer nur sagte, dass sie ihm nach dem Sprung auf die Mobilbox gesprochen habe, weil es die einzige Möglichkeit gewesen sei, sich von ihm zu verabschieden. Und die Mutter, fragte Lutz, die geistere nachts allein durch Rohrbach, sagte Jennifer, wie ein Vampir ohne Hunger, weil sie angeblich an einer Lichtallergie leide, einer Krankheit, die es doch gar nicht gebe, was er als Arzt dazu sage, als Zahnarzt, unterbrach Rita und wandte sich wieder Jakob zu und sagte, dass er sich

doch eigentlich den neuen Gemeinschaftspool ansehen wollte. Jennifer strich sich betrunken über die
Stirn. Sie hatte ihre Rollstuhldosis überschritten.

Jakob stand wie auf Kommando auf und folgte
Rita aufs Dach, wo sie sich den Abendwind ins
Gesicht blasen ließen. Ritas dünnes Haar zappelte
um ihre braunen Augen und ihr kantiges Gesicht.
Jakob hätte sie jetzt gerne geküsst. Nicht um der Vergangenheit willen, schon gar nicht um irgendeiner
Zukunft willen, sondern ausschließlich, weil es dieser
Moment verlangte. Und obwohl Rita die gleichen
Gedanken durch den Kopf schossen, weil es dieser
Moment eben verlangte, kam der Kuss nicht zustan-
de. Stattdessen dieses Schweigen mit diesem Wind
und den zappelnden Haaren und Jakob, der seufzend
seine Brille putzte. Und da fiel ihm wieder ein, wie sie
sich im Bett anfühlte, wie sie tatsächlich jedes mal
mit einem Orgasmus abschloss, vorgetäuscht oder
nicht, und wie es sie erregte, wenn man ihr Ohr küsste und ihr zarte Befehle hineinflüsterte. Rita dachte
an den Jakob, der sie beim Kommen immer umklam-
mert hatte, der sich abgewälzt hatte, um sofort Wasser zu trinken, um tief grunzend zu seufzen, um
dann an ihrem Hals einzuschlafen. Die Enden waren
mit Jakob immer am schönsten.

ZWEI

Sie sagte, er. Und er sagte, sie. Doch eigentlich waren sie einander passiert. Er sagte, sie sei plötzlich hinter ihm gestanden und habe gesagt, sie gehe an den Strand. Sie sagte, es sei sein Blick gewesen, der sie dazu veranlasst habe, dieser Blick habe gesagt, bitte, nimm mich mit, bitte, sprich mich an, bitte, geh nicht weiter. Sie sagte, sie habe sich nur seines Blickes angenommen, wie eines Opfers, sagte er, nein, nicht wie ein Opfer, eher wie einer, dem es die Sprache verschlagen habe. So einen könne man doch nicht einfach in der Stille stehenlassen. Also, habe sie gesagt, sie gehe an den Strand, sie habe ja nicht gesagt, gehst du mit mir an den Strand. Trotzdem sei er ihr in einem sicheren Abstand gefolgt. So getan, als würde er flanieren, habe er, sagte sie. Er, der sich an den Blick nicht erinnern mochte, sagte, er wollte ohnehin an den Strand gehen, so gesehen sei sie allerhöchstens ein Anlass, aber keineswegs der Grund gewesen. Sie habe sich dann ans Ufer gestellt, das Wasser hätte ihre Zehen umspielt. Niemals zuvor habe er Zehen gesehen, die den Händen so ähnlich sahen. Trotzdem habe er kein Verlangen gespürt, ihre Füße zu drücken. Sie habe sich keinen Platz gesucht, sondern habe sich demonstrativ ans Ufer gestellt, was er als Einladung empfunden habe, sich neben sie zu stellen. Nichts habe er gesagt, sagte sie, sofort wieder das gleiche Schweigen wie vorher. Nur, ohne Blick, denn der war stur auf das Meer gerichtet. Sie sagte, Marie. Er sagte, Oh. Sie sagte, Oh was. Er sagte, Oh. Und sie sagte, Oh-Oh. Sie nahm seine

Hand. Wobei er später sagte, er sei es gewesen. Doch in dieser einen Sache war sie sicher. Er hatte sie vielleicht das erste Mal gedrückt, aber genommen hatte die Hand Marie. Sie standen da, und der warme Inselwind blies ihnen durch das Haar. Sie stellte sich jeden Abend in den Wind. Es gab ihrem Haar eine Festigkeit, die es am Festland nicht hatte. Überhaupt sei sie hier ein völlig anderer Mensch, sagte sie. Ein Kontinent, sagte er. Eine Insel, sagte sie. Eine Insel, sagte er, komme ihm ohnehin gelegener als ein ganzer Kontinent, da ein Kontinent immer auch gleich Festland sei, und auf dem Festland habe er schon die letzten Jahre zugebracht. Da seien ihm die windigen Inseln lieber, und was sie auf dieser Insel verloren habe, verloren, sagte sie, habe sie hier nichts, eher, sagte sie, hoffe sie darauf, etwas zu finden, wobei sich das mit der Suche schwierig gestalte, wenn man nicht wisse, was man eigentlich suche, und er sagte, dann seien sie ja beide auf der Insel genau richtig, und sie sagte Ja, und er sagte Ja, und dann, das wisse sie noch ganz genau, hätten sie beide gleichzeitig die Hand des anderen gedrückt, und das sei auch der Moment gewesen, an dem sie losgefahren waren und glaubten, sie müssten nie wieder stehenbleiben.

In voller Fahrt begann er, die Karte von Marie zu zeichnen. Sie lehnten sich in den Fahrtwind. Sie warfen sich Worte zu. Sie deuteten in die Landschaft. Sie rasten durch die Dörfer. Sie winkten den verschleierten Alten. Sie liefen durch verschonte Wälder. Badeten in schäumender Gischt. Lauschten den mächtigen Atemzügen des Meeres. Sie fanden eine kühle Kirche. Sie sagte, in der Kirche, da habe sie ihn eigentlich schon küssen wollen, aber es habe sich

21

eben nicht richtig angefühlt. Nicht weil sie gläubig wäre, ein Glaube, in dem die Liebe keinen Platz finde, sei ohnehin ein falscher, nein, aber es hätte einem Kuss unter dem Altar sofort etwas Endgültiges innegewohnt, und mit dem Heiraten habe sie es immer ernst genommen, auch damals schon. Er sagte, er hätte zu diesem Zeitpunkt den Kuss vielleicht gar nicht erwidert, worauf sie lachte und sagte, welcher Mann erwidere irgendwann einen Kuss nicht. Das gelte auch für verheiratete Männer, was das Heiraten eindeutig zu einer weiblichen Angelegenheit mache, wobei ein nicht erwiderter Kuss seitens der Frau noch gar nichts bedeute, im Gegenteil, es sei ein gutes Zeichen, ja, ein Köder, sagte sie. Zumindest seien die Frauen immer dann am weiblichsten, wenn sie die Männer wie aufgeregte Fische um sich herumschwirren ließen, wie eine Eizelle, die seelenruhig auf die Spermien warte, eine Frau, die einem Mann hinterherlaufe, verliere sofort ihre Weiblichkeit, *Anziehungskraft*, das sei das Wort, sagte sie, auf jeden Fall, in der Kirche, da war diese Anziehungskraft, die diesen Moment durch die Anwesenheit einer schwerwiegenden Gottesfantasie sofort zu einer lebenslänglichen Entscheidung gemacht hätte. Damit verflog dieser Moment, der ohnehin nur sie gestreift habe, wenn man glauben dürfe, was er sage. Stattdessen habe er sich wahnsinnig aufgebludert in dieser Dorfkirche, monologisiert habe er sich von einem langweiligen Detail zum nächsten, keine Ahnung habe er gehabt, das habe sie natürlich sofort bemerkt. Aber irgendwie habe sie das gerührt, dass er ihr ausgerechnet in dieser lächerlichen Gottesbaracke imponieren wollte, und als er dann auch noch mit seinem Beruf angab, Autor von Reiseführern, wenigstens habe er nicht *Reiseschriftsteller* gesagt, das wäre wirklich fatal gewesen, das sei, wie wenn sich einer Lebenskünstler nenne, auf jeden Fall prahlte er damit, ständig in der Weltgeschichte unterwegs zu sein, da sei ihr klar geworden, dass da einer zu lange festgehalten worden sei. Am Festland. Vermutlich von der ewigen Liebe. Festgehalten und dann losgeeist. Ja, *losgeeist*, so habe er das ausgedrückt. Warum er damals solche Angst gehabt habe, könne sie beim besten Willen nicht verstehen. Sie, die gerade als Schauspielerin am Absprung gestanden sei, habe doch keinen Klotz am Bein gesucht. Sie war gekommen, um Abstand zu gewinnen, um die alten Rollen aus dem Körper zu winden, und habe sich bereits am Tag der Ankunft mit einem Mann am Strand wiedergefunden, der einfach nur Oh gesagt und dann ihre Hand gedrückt hatte und jetzt in einer Dorfkirche stand und ihr von seinem Vorhaben erzählte, einen universalen Reiseführer zu schreiben, einen Reiseführer, der überall gelte, an jedem Ort der Welt. Ob das denn ginge, wie er sich das vorstelle, fragte sie, und er sagte, er wisse es auch nicht, aber es gebe zwei Möglichkeiten, das in Erfahrung zu bringen. Entweder man fahre überallhin oder nirgendwohin. Dieses Vorhaben sei ausschließlich auf diese beiden Arten möglich. Überall oder nirgends. Und da er in den letzten Jahren von daheim nie weggekommen sei, habe er sich naturgemäß für das Überall entschieden.

Da standen sie also vor dieser Kirche mitten im Überall, und das Motorrad sprang nicht an. Sie hatte gelacht, das wusste sie noch, und er sagte, das sei ihm noch nie passiert, und sie sagte, so sei das mit den Plänen, und er lächelte, und der Wind blies ihm durchs Haar, und er kam näher und küsste sie, nein, sie habe ihn geküsst, sagte er, aber da sei sie sicher, er habe den Schritt vom Motorrad weg gemacht, auf sie zu, und ab da sei es nicht mehr zu verhindern gewesen, da spiele es keine Rolle, wer wen als Erstes berührt habe. Er habe sie geküsst, und dann habe er davon gesprochen, dass man gemeinsam überallhin könne, schließlich seien sie frei. Dieser unfassbare Kitsch, den er da produzierte mit diesem Wind und dieser Kirche und diesem Motorrad, all das habe es ihr angetan, und das sei dann der Moment gewesen, auch wenn er nicht verstand, warum sie ständig nach diesem einen Moment suchte, wie jemand, der einen Mord aufkläre, aber bei einem Mord gebe es eine Tatzeit, während sich die Liebe nicht anhand von Taten messen lasse. Achtung, da würde er jetzt wieder die Windmaschine anwerfen, sagte er, denn er sei felsenfest davon überzeugt, dass man auch jemanden lieben könne, bevor man ihn kenne. Man spare sich die Liebe auf, sie stehe zur Verfügung, als Kontingent, nur wisse man eben noch nicht, für wen, und vielleicht entstehe so Liebe auf den ersten Blick, wobei er ausschließlich an die Liebe auf den letzten Blick glaube. Nur der echten Liebe wohne dieses gewisse Durchhaltevermögen inne, alles andere sei letztendlich Schwärmerei, und sie sagte, er verwechsle wohl Liebe mit Ertragen und ob er sich denn sicher sei, dass er sie liebe, und er sagte, das könne man wirklich erst am Ende sagen, und dann küsste er sie, um sie am Weitersprechen zu hindern, denn in diesem Augenblick, da liebte er sie nicht.

Dieser erste Kuss vor der Kirche hatte sehr lange gedauert. Beide überlegten, wie sie sich danach verhalten sollten, und da beide mit sich selbst uneinig waren, küssten sie einander so lange, bis zumindest einer Klarheit hatte. Sie dachte, er, er dachte, sie, und sie dachte, was er dachte, und er, was sie dachte, und irgendwann dachte sie Oh, und er dachte Oh-Oh, und beide küssten auf die gleiche Weise und mochten, wie das Haar des anderen roch, die Temperatur des Windes, der Lippen und der Haut, alles schien Körpertemperatur angenommen zu haben, und dann stiegen sie auf das Motorrad, ohne einander loszulassen, und plötzlich sprang es wieder an, und es fuhr sie von alleine und ohne Zutun ins nächste Hotel, wo sie sich sehr lange liebten. Kein blinder Fleck durfte auf der Karte bleiben. Vergangenheit und Zukunft waren ausgeblendet, zumindest solange keiner der beiden das Geschehen mit einem Orgasmus zu unterbrechen gedachte, und so achteten beide darauf, dass es nicht passierte, auch wenn man sich gegenseitig anflehte, es endlich zulassen zu dürfen. Doch die Wellen im Zimmer übertönten die Wellen des Meeres, dessen Rauschen durch das offene Fenster drang, sie überschlugen sich, und die beiden sprangen von einer Welle zur nächsten, ohne vom Brett zu fallen. Dieser taumelnde Tanz dauerte bis in den Abend. Da hatte sich das Meer längst beruhigt. Marie sagte, seine Haut sei weicher als die der anderen, und Jakob sagte, ihr Flüstern bleibe länger im Raum. Die Grillen zirpten lauter. Die Sterne fielen öfter. Die Ferne schien hier näher. Sie lagen stumm ineinander. Ganz im Atem des anderen. Keine Geschichte, die nicht an diesem Tag spielte. Nichts, was sie aus diesem Zimmer lockte, aus diesem Hotel, von dieser Insel, aus diesem Land. Sie schlossen die Augen. Und hörten nur auf die Sprache, die sie nicht verstanden, die ihnen nichts erzählte, die sie zu nichts zwang und nicht voneinander trennte. Sie sahen einander ähnlich. Merkten es aber noch nicht. Und schliefen irgendwann ein.

Der Morgen hatte sich lautlos angeschlichen, und als sie den Schrank öffnete, sah sie das, was sie erwartet hatte. Nicht einmal einen Namen hatte er hinterlassen. Daniel. Michael. Matthias. Markus. Bernhard. David. Claudio. Martin. Nino. Keiner wollte so recht passen. Jakob saß zur gleichen Zeit in der prallen Sonne und fand keinen Ort, an dem er nicht mit ihr hätte sein wollen. Nur wenn er die Insel verließ, konnte er darauf hoffen, dass nichts übrigblieb. Er sprang ins Wasser und hielt die Luft an. Gedanken an Rita. Gedanken an Stillstand. Gedanken an Luft. Er tauchte auf. Er hatte Rita vor zwei Wochen einen Abschiedsbrief geschrieben, nein, ein Abschiedsgedicht, was sie noch weniger ernst nehmen konnte als sein übriges Trennungsgetue.

Du sagst Zufall und meinst Schicksal,
du sagst Liebe und meinst Besitz,
du sagst Freude und meinst Vergessen,
du sagst Tod und meinst das Leben.

Sie hatte es gar nicht zu Ende gelesen. Das Prinzip sei ihr schnell ersichtlich gewesen. Ob er ernsthaft erwarte, dass sie auf diesen postpubertären Schwachsinn eingehe. Der unterschiedlich weit gediehene Reifungsprozess ihrer beider Charaktere sei schon immer das Grundproblem ihrer Beziehung gewesen. Genauso hatte sie es formuliert. Er hatte sich in den Zug gesetzt, mit ihrer Zustimmung, und sich eine Auszeit genommen. Vier bis sechs Wochen. Bei Abfahrt begann er Sätze in sein Notizbuch zu schreiben. *Dinge, die es überall gibt.* Er schrieb mit Tinte, als könnte er den Worten dadurch mehr Gewicht verleihen. *Überall gibt es Häuser, die erst dann zu Häusern werden, wenn es draußen regnet. Überall gibt es Gelegenheiten, Platz zu nehmen. Überall gibt es Bahnhöfe, die damit rechnen, gemalt zu werden. Überall gibt es Orte, die die Ankunft Gottes erwarten. Überall ist es leicht, wenn man überall sein kann.* Überall ist es leicht, dachte Marie. Wie ein transparenter Vorhang aus Stahl fiel dieser Gedanke in ihren Blick. Denn es war nicht leicht, wenn es leicht sein musste. Also begann Marie ihre Koffer zu packen. Kleine Wolke. Und hoffte darauf, dass nichts übrigblieb. Schon gar keine Hoffnung. Gut, die Fantasie. Es sei offensichtlich, dass sie sich so rein gar nichts vorstellen konnte, nicht einmal eine Laterne, wenn sie nicht dastand, und eben diese Fantasie sei notwendig, um etwas zur Schau zu stellen, aber bei ihr reiche es ja nicht einmal zur Schaustellerin. Das hatte ihr letzter Lehrer gesagt. Drei Mal hatte sie gewechselt, und trotz horrender Honorare hatten ihr alle geraten, mit dem, was sie Schauspiel nannte, sofort aufzuhören. Ihr Spiel sei untalentiert, unlebendig, uninspiriert und völlig degeneriert. Ja, der Letzte, bei dem sie allerdings nur ein einziges Mal gewesen war, hatte genau dieses Wort verwendet, *degeneriert* – und deshalb war sie hier, um genau dieses

Wort aus den Gedanken zu löschen, um dann wieder einen neuen Lehrer zu suchen.

Damals habe sie nicht gedacht, dass er zurückkomme, sagte sie. Nichts habe darauf hingedeutet. Nein, sie habe aufgehört, sich das zu fragen. Sie glaube nicht an Schicksal, schon gar nicht, dass er, Jakob, etwas Schicksalhaftes an sich habe. Und dann stand er in der Tür. Wie in einem Südstaatendrama. Gerade dass er auf keinem Strohhalm kaute. Ihre großflächigen Sommersprossen, ihr trockenes, rotgewelltes Haar, ihre leicht gebückte Haltung, die breiten Schultern, ihr schiefer Schmollmund, ihre trüben blauen Augen, der argwöhnische Blick, ihr breitbeiniges Dastehen, ihr knalliger Nagellack, das Vorwurfsvolle in ihrer Stimme, all das würde er eines Tages hassen. Und trotzdem war da etwas, das ihn rührte. Also musste er ein paar Tage bleiben, damit von alldem nichts übrigblieb. Als er da in der Tür gestanden sei, da habe sie es gewusst, sagte sie. Marie und Jakob, das klang nach einer Geschichte. Sie blieb mitten im Raum stehen und wartete mit verschränkten Armen. Sie wollte nicht auf Anhieb ihre Weiblichkeit verlieren. Und Jakob machte es richtig. Er ging auf sie zu und küsste sie. Dann fing alles wieder von vorne an. Nur eben zum zweiten Mal.

Zuerst flüsterte sie, dann schrie sie ihm seinen Namen ins Ohr. Er hingegen antwortete immer mit der gleichen Feststellung: Ich ficke dich. Manchmal wurde eine Zwischenfrage geschrien. Magst du das? Gegen Ende verband er die beiden Sätze: Magst du das, wenn ich dich ficke?! Und sie schrie immerzu Jakob, bis sie von einem Orgasmus unterbrochen wurde und aus *Jakob* ein *Ja* wurde. Dann sagte sie, ich liebe dich, und Jakob drückte sie enger an sich, antwortete aber nicht. Er reichte ihr ein Glas. Sie tranken Wein und Champagner, tanzten und vögelten, erzählten einander ihr halbes Leben. Am nächsten Tag fuhren sie wieder über die Insel. Sie hatten das Gefühl, schon überall gewesen zu sein. Jakob hatte dennoch Scheu davor, sie zu fragen, ob sie die Insel wechseln wollten. Was hieße das? Wo würde das enden? Also schlug er vor, den Rest des Tages im Zimmer zu verbringen, um weiter an der Karte zu zeichnen, und er brachte sie auf die gleiche Weise zum Orgasmus wie am Tag zuvor. So würde es bleiben. Immer würden sie hierher fahren, um den Jahrestag zu feiern. Sie tränken den gleichen Wein, würden zu den gleichen Liedern tanzen, die gleichen Strecken fahren, und Marie würde den Orgasmus jedes Mal auf die gleiche Weise vortäuschen. Da beschloss er, zu Rita zurückzukehren. Nicht jetzt, aber in ein paar Wochen, wenn die Auszeit abgelaufen war. Und wenn nicht zu Rita, dann nirgendwo bleiben. Unsichtbar werden! Einer, der nur noch als Beobachter am Leben teilnahm. Ohne festen Wohnsitz. Ohne feste Existenz. Den Aggregatzustand ändern.

Jakob stand auf und nahm den Wodka aus dem Kühlschrank. Marie blieb beim Wein. Er fragte, wie sie mit Nachnamen heiße, wie sie ihre Tage verbringe, wie sie sterben wolle, ob sie an Gott glaube, Lieblingsfarbe, Lieblingsessen, Lieblingsstellung, wie viel Schlaf sie brauche, Bauch-, Rücken- oder Seitenlage, ob sie es möge, wenn er sie lecke, mit wie vielen Männern sie schon geschlafen habe, ob sie in einem anderen Land leben wolle, Land oder Stadt, Hund

29

oder Katze, L.A. oder N.Y. Überall gab es eine wie Marie. Erst als er den Wodka ausgetrunken hatte, sprang er auf und zog sie vom Bett. Nein, sagte sie, du hast getrunken. Doch, sagte er. Freihändig bis ans Wasser fahren. Sich in den Wellen lieben. Letztendlich wurde ihr die eigene Geilheit zum Verhängnis.

Diese Stille. War sie immer da gewesen? Sie war ihm nie aufgefallen. Sonst war da immer zumindest das Rauschen von fernem Verkehr. Immer etwas, das sich darüberlegte. War die Zivilisation ein Ablenkungsmanöver? Es war so still, dass er sich für tot hielt. Er raffte sich auf. Geräuschlos. Betrachtete die Wunde an seinem Arm. Schmerzlos. Blut lief über seine Wange. Nicht kalt. Nicht warm. In seinem Kopf ein grelles Knacksen, blechern wie eine überhitzte Motorhaube. Das Moped war die Klippe hinuntergefallen. Er war abgesprungen und die Bergstraße hinuntergeschleudert worden. Beim ersten Aufschlag. Schwarz. Er hatte ihren Namen vergessen. Jakob. Jakob Schober, 17.3.1975. Der Wind hatte sie in einem Zug fortgetragen. Bestimmt wollte er sie nur in Sicherheit bringen. Nichts wies auf einen Unfall hin. Keine Leiche. Keine Havarie. Keine Rettung. Niemand blieb stehen. Ein Betrunkener. Ein Kind presste das Gesicht gegen die Scheibe. Marie. Sie hieß Marie. Es war seine Schuld. Viel zu schnell gefahren. Sie hatte ihre Finger in seine Schultern gekrallt. Ihre Angst hatte ihn erregt. Orgasmus. Schneller. Aufs Gas. Sie schrie: Jakob. Er schrie: Magst du das? – Jakob! – Magst du das? – Ja! – Wenn ich dich –

Schwarz.

Man konnte ihm keinen Vorwurf machen.

Das Auto, das sie gerammt hatte.

Ein riskantes Überholmanöver.

Sie hatten keine Chance.

Er hatte getrunken.

Er wankte, weil er betrunken war.

Noch immer fehlte die Leiche.

Ohne Leiche kein Mord.

Wo ist der Wagen?

Fahrerflucht.

Beide.

Wahrscheinlich ein Straßenrennen.

Keiner würde ihm glauben.

Einfach loslaufen.

Die Straße hinunter.

Das Motorrad als gestohlen melden.

Mutter anrufen.

Als Kind lief er immer zur Mutter, nie zum Vater.

Mit niemandem reden.

Ein Leben lang.

Nur diese Stille war ewig.

Mutter und Vater.

   - Ein Unfall.

   - Ein schwerer Unfall.

   - Das sieht nicht gut aus.

   - Typisch Jakob.

   - Ist das Auto Vollkasko versichert?

   - Das beige Leder macht nur Schwierigkeiten beim Putzen.

   - Abstand halten.

   - Man muss immer mit einem Fehler eines anderen Verkehrsteilnehmers rechnen.

   - Ihr passt doch gar nicht zusammen.

- Eine Schauspielerin, mein Gott!
- Du kannst von Glück reden, dass nicht mehr passiert ist.
- Du bist kein Vater, Jakob.
- Studier doch Jus, mein Kind.
- Nur Bestatter werden immer gebraucht.
- Sie sieht ganz anders aus als Rita.
- Du bist nur müde.
- Ja, leg dich hin.

Im Rettungswagen hatte er kurz die Augen geöffnet. Der Sanitäter sagte etwas, aber Jakob verstand ihn nicht. Er stellte ihm eine Frage.
- Jakob Schober. 17.3.75.
Aber das wollte er nicht wissen. Es war eine medikamentöse Müdigkeit. Als er aufwachte, hatte er keine Ahnung, wie lange er geschlafen hatte. Die Schwester trug das Haar nach hinten gebunden. Sie roch unter den Achseln. Länger als vierundzwanzig Stunden. Das konnte er an ihren Mundwinkeln ablesen. Länger als drei Wochen? Er hatte mit Rita noch drei Wochen vereinbart. Hatte er die Frist verschlafen? Aufstehen. Ging nicht. Die Krankenschwester kommandierte ihn herum. Diese Sprache klang immer nach Revolution. Jakob gehorchte. Die Eltern. Waren sie verständigt worden? Marie. Er fragte nach Marie. Keine Marie. Sicher keine Marie? Nein, kein Unfall mit einer Marie. Bestimmt nicht. Marie? Noch nie gehört. Dann schlief Jakob wieder ein und wachte erst auf, als er das Gesicht seiner Mutter sah.

Sie hielt seine Hand. Sie sagte: Jakob. Unbegreiflich, was mit dem Namen, den sie ausgesucht hatte, bislang passiert war. Und damit auch ihr. Sie sagte ihm vor, was es zu erinnern gab. Du hattest einen Unfall. Du warst betrunken. Du warst auf einem Motorrad unterwegs. Der vorwurfsvolle Ton war aus ihrer Stimme gewichen. Von Marie erwähnte sie nichts. Dann stolperte Vater mit zwei Bechern Kaffee ins Zimmer.

Er ist wach, sagte die Mutter, und der Vater nickte und murmelte, wach. Niemand habe die Frau auf seinem Motorrad gesehen, sagte die Mutter, ob er sich da ganz sicher sei. Ob Rita von der Frau wisse, fragte der Vater. Sie kannten ihren Namen nicht. Niemand habe etwas gesehen, das hätten sie überprüft. Sie seien die ganze Zeit über hier gesessen und hätten sich um ihn gekümmert. So lange hatten sie den Sohn schon seit Jahren nicht mehr ansehen dürfen. Das hatten sie zwar nicht gesagt, aber bestimmt gedacht. Und jetzt, da Jakob wieder wach war, nistete sich eine Art Trauer in ihren Blick. Sie hielt ihre Hand und seufzte, so wie sie sich durch ihr ganzes Leben geseufzt hatte.

In der Nacht schlich er in das Zimmer von Marie. Er hatte sie ausfindig gemacht. Sie sagten, Marie heiße Jennifer, daher gebe es keine Marie. Im Pass stehe Jennifer Kerbler.

- Vielleicht ein Nom de guerre, sagte der Arzt.

Sein Händedruck war weich und warm.

- Sie ist Schauspielerin, sagte Jakob.

- Ihre Mutter heißt Marie, sagte die Schwester.

Sie sei verständigt worden. Nein, sie könne nicht anreisen. Krankheitsbedingt. Wie krank müsse man sein, dass man seiner Tochter nicht beim Sterben zusehen wolle, fragte Jakob. Der Arzt schüttelte den

Kopf und sagte, Marie müsse nicht sterben, ihre Verletzungen seien erheblich, und man halte sie bestimmt noch ein paar Tage in künstlichem Koma, doch sterben müsse sie nicht. Jakob seufzte, weil er ihren Nom de guerre gebrauchte.

- Sie wird nicht mehr gehen können, sagte der Arzt.

Nicht mehr an den Strand gehen können, dachte Jakob. Dann ging der Arzt, und die Schwester stellte Jakob einen Sessel ans Bett. Ihr Atem stieß ihn ab. Es war das Geräusch der Maschine. Das mechanische Hochziehen von Luft. Die schlagenden Wellen. Ihr Stöhnen beim Sex. Man hielt sie am Leben, gegen seinen Willen.

DREI

Jakobs Eltern? Wenig hatten sie gesagt. Die Köpfe
hatten sie geschüttelt. So wie sie ihr Leben lang die
Köpfe geschüttelt hatten. Zuerst über die eigene Existenz, dann über die der anderen, dann darüber, dass
sie jemanden gefunden hatten, mit dem man über all
das die Köpfe schütteln konnte, im Besonderen über
die Existenz eines gemeinsamen Kindes, dann über
das Zustandebringen eines zweiten Kindes, über die
daraus resultierende Koexistenz und schließlich darüber, nach der geglückten Aufzucht der beiden Kinder noch immer existent zu sein. Vom ersten bis zum
letzten Tag ein schwindelerregendes und alles und
jeden fortbeutelndes Kopfschütteln. Der Rest, der
dem Abschütteln trotzte, wurde widerwillig und resignativ in Worte gefasst.
  - Im Fernsehen ein Schirennen.
  - Ostern ist heuer früh.
  - Ein Kind ist eben ein Kind.
  - Aber Griechenland ist weit.
  - Letztes Jahr war der Karpfen besser.
  Und als Jakob selbst einmal den Kopf schüttelte
und sagte: Sechs Euro für eine Suppe, da wusste er,
dieses Kopfschütteln war auch bei ihm angekommen.
  Es war augenfällig geworden. Jakob und Rita
waren auf dem besten Wege, ebenfalls kopfschüt-
telnd durchs Leben zu gehen. Auch wenn sich ihr
Kopfschütteln voneinander unterschied. Rita ging es
immer um das bessere Leben. Um ihr besseres
Leben, das eben besser war als das der anderen. Bei
Jakob hingegen war es Imitation, und er versuchte,

35

aus diesem Gengehege auszubrechen. Er versuchte es einzustellen. Raus. In die Winde. Auf die Inseln. Auf die Motorräder. Blicke verschwenden. Köpfe in den Fahrtwind legen. Kleider auf der Haut flattern lassen. Die alten Geschichten am Straßenrand liegenlassen. Weiterfahren. In die Nacht, wo die Havarie noch liegen würde, wenn Marie wieder aufwachte. Es müssen Tage, vielleicht sogar Wochen gewesen sein, die er neben ihr gesessen war. In diesem Krankenhaus, in dem sich die Insel genauso klamm anfühlte wie das Festland, da hatte er tage-, vielleicht sogar wochenlang nur seine eigene Stimme gehört. Und das mechanische Atmen von Marie. Im Krankenhaus schüttelte man die Köpfe, weil er blieb, obwohl man ihn entlassen hatte.

- Er kennt sie doch überhaupt nicht.
- Wenn er jetzt bleibt, wird es nie wieder leicht.
- Wenn er jetzt geht, wird es für immer schwer.
- Er kann nicht gehen. Nicht solange sie schläft.
- Er sollte gehen. Solange sie schläft.
- Er muss warten, bis sie ihn wegschickt.
- Es war nicht seine Schuld.
- Sie wird ihn büßen lassen.
- Sie wird uns alle büßen lassen.
- Jakob, komm nachhause, deinem Vater geht es sehr schlecht.
- Jakob, die eigene Familie wird dir doch wichtiger sein als diese Schauspielerin.
- Guten Abend, mein Name ist Kerbler. Können Sie mir sagen, wie es meiner Tochter geht?

Der Anruf aus dem Spital kam in der Nacht. Sie hatte ihn seit Jahren erwartet.

- Wenn man Kinder hat, wird jeder Anruf zu

einem Schrecken. Es ist mir leider nicht möglich zu kommen. Nennen Sie mich Marie.

- Wir sind sehr stolz auf dich, Jakob. Du bist geblieben. Wir haben alles richtig gemacht. Und jetzt kannst du gehen. Wir erlauben es dir.

- Ich verstehe nicht, warum alle flüstern. Wir wollen doch, dass sie aufwacht.

- Dein Vater versteht dein Verhalten nicht.

- Hallo, Rita.

- Hallo, Jakob. Wenn du mich anrufst, um mir zu sagen, dass du noch bleibst, will ich dir sagen, dass du das schon vor Tagen, vielleicht sogar Wochen getan hast. Dein Schweigen hat alles gesagt.

- Ich kann nichts tun. Ich muss warten, bis sie aufwacht.

- Das ist deine Geschichte. Es hat nichts mehr mit uns zu tun. Ich wünsche dir trotzdem das Beste. Ich bin traurig, wenn ich an dich denke. Wenn ich ahne, was da kommt. Gute Nacht, Jakob.

- Entschuldigen Sie. Wie spät ist es bei Ihnen? Ich hoffe, ich habe Sie nicht geweckt. Ist es hell oder dunkel? Können Sie mich informieren, wenn sie aufwacht? Mehr nicht. Nur Laut geben. Ich bin die Schwester. Ich wollte nur wissen, ob sie stirbt. Das hätte etwas bedeutet. Wäre es Ihnen lieber, wenn ich um eine andere Zeit anrufe. Sagen Sie ihr nicht, dass ich angerufen habe. Sagen Sie ihr nichts.

Als Jennifer aufwachte, war von Marie nichts übrig. Als Jennifer aufwachte, war Jakob seit Tagen, vielleicht sogar Wochen wieder an den Strand gegangen. Seine Eltern saßen in Wien und schüttelten die Köpfe. Rita ging zum Zahnarzt und verliebte sich in

Lutz. Er machte ihr die Zähne, und zwei Wochen später hatte sie ihn auf die bessere Seite des Lebens gezogen. Marie Kerbler lag in einem abgedunkelten Zimmer in Rohrbach und schlief. Jennifers Vater stand als Urne in einem Hundsdorfer Wohnzimmer. Liane, seine letzte Frau, die von Jennifers Unfall nichts wusste, hatte sich endlich dazu durchgerungen, den Schrank zu entrümpeln. Sie fand keine Überraschungen. Das empfand sie als tröstlich und trostlos zugleich.

Als Jennifer aufwachte, versuchte man Jakob zu erreichen. Sein Name fiel ihr nicht gleich ein. Als sie erfuhr, dass sie nie wieder würde gehen können, glaubte der Arzt für einen kurzen Moment, sie wäre zurück ins Koma gefallen. Da half es auch nicht, ihr zu versichern, dass sonst keine weiteren Schäden bleiben würden. Das Wichtigste sei der Kopf, hatte er gesagt. Wenn der Kopf der Kopf bleibe, dann sei alles andere nicht so wichtig. Ob man denn überhaupt von einem Überleben sprechen könne, wenn der Kopf nicht mehr der Kopf sei, sagte der Arzt, der schnell merkte, dass hier kein Trost angenommen werden wollte. Also ging er. Ein Arzt war immer mit Gehen beschäftigt. Während die meisten im Warten ihr Auslangen fanden, war es bei den Ärzten das Gehen. Was die einen als tröstlich und die anderen als trostlos empfanden. Er war einer der Ärzte, die untröstlich waren, daher traf er Jakob am Weg zum Strand, denn in solchen Situationen ging er stets an den Strand. Als er ihm sagte, dass seine Frau aufgewacht sei, da zuckte Jakob zusammen. Als ob der Arzt mehr über sein Schicksal wüsste als er selbst. Er sagte aber nicht, dass Marie nicht seine Frau war. Es sei schade, sagte Jakob, dass er nach Tagen, vielleicht sogar Wochen im Moment des Erwachens nicht in ihrem Zimmer gewesen sei. Wenn er daran denke, wie unwahrscheinlich das sei, weil er Tage, vielleicht sogar Wochen dort ausgeharrt habe, dann sei er untröstlich und wolle sofort wieder an den Strand zurückgehen. Und so standen Jakob und der Arzt gemeinsam am Meer und ließen sich den Wind ins Gesicht blasen. Für den Arzt hatte es etwas Tröstliches, wenn die Angehörigen blieben. Und Jakob war einer, der geblieben war, obwohl er noch immer auf die erlösenden Worte hoffte.

- Sie können jetzt gehen.
- Sie können nichts tun.
- Sie können nichts dafür.
- Sie können nichts für sich.
- Sie können nicht gehen.

Jennifer sah ihm an, dass die letzten Tage, vielleicht sogar Wochen alles, was er jemals wollte, aus ihm rausgeschüttelt hatten.

- Sie sind nicht gegangen.
- Wir sollten uns duzen, sagte Jakob.
- Wenn es dir hilft. Ich habe dich anders in Erinnerung, sagte sie und seufzte, als ob sie noch nicht wüsste, ob ihr das, was sie sah, auch gefiel.
- Du sagst das nur, um mich zum Gehen zu zwingen, sagte Jakob. Aber ich bleibe, ich bin all die Tage, vielleicht sogar Wochen geblieben, und ich bleibe auch jetzt, sagte er.

Sie sagte, sie komme gut ohne ihn zurecht, sie brauche ihn nicht, er könne jederzeit gehen. Er sei doch nicht wegen ihr geblieben, sondern ausschließlich wegen seines schlechten Gewissens. Und dann sagte er: Marie. Er versuchte alles, was er zu sagen hatte, in dieses eine Wort zu legen, doch sie fauchte, Marie gebe es nicht mehr, ob er glaube, dass man im Rollstuhl noch spielen könne. Vernichtet habe man sie, nichts habe man übriggelassen, alles, was Marie ausgemacht habe, habe man in diesem künstlichen Tiefschlaf versenkt. Die Marie, die mit ihm an den Strand gegangen war, die würde es nie mehr geben, die leichte Marie sei einer schweren gewichen, einer molkigen, einer aufgedunsenen, einer stumpfen Marie. Aus Marie habe man wieder Jennifer gemacht, die Jennifer, die man schön brav am Boden halte, die Jennifer aus Rohrbach, die von Glück reden könne, wenn jemand bei ihr bleibe, um sie ein wenig durch die Gegend zu schieben. Zu weit ausgeflogen, ja, sie habe sich zu weit vom Schwarm entfernt, als dass Rohrbach das noch akzeptieren könne, und daher habe man sie vom Himmel geschossen, damit sie am Rohrbacher Asphalt kleben bleibe, um darum zu betteln, wieder in den Schwarm der nichtfliegenden Rohrbacher zurückkehren zu dürfen. Man würde ihr dann großzügig die Hand entgegenstrecken, sie hochheben, allen Rohrbachern zeigen, was aus einer werden würde, die sich zu weit vom Rudel entferne, und dann würde man sie in den Rollstuhl setzen und erst mal stehenlassen, damit sie wisse, was sie an Rohrbach habe. Sie sagte Rohrbach, sie sagte Boden, sie sagte, da werde sich der Rohrbacher wundern, und dann verschwand sie im Gemurmel, und der Arzt sagte, das seien wohl die Medikamente, und Jakob fragte sich, ob er gemeint war, ob er für sie der Rohrbacher war, und er sagte sich, dass er jetzt auf keinen Fall gehen konnte, selbst wenn er gewollt hätte.

Es werde keine Geschichte mehr ohne Jennifer geben, sagte er sich, so wie es für sie keine mehr ohne Jakob geben würde. Egal, ob er jetzt blieb oder ging. Sie hätten ihre Hände in den Taschen lassen sollen. Sie würden sich jetzt immer miterzählen, so wie er Rita miterzählt hatte, seine Eltern miterzählte. Nur sein Bruder war aus der Erzählung verschwunden. Ohne dass er es gemerkt hatte, war ihm Konrad über die Jahre abhandengekommen.

Jakob griff zum Telefon, setzte sich in den Sand und erzählte seinem Bruder alles, was es zu erzählen gab. Konrad schüttelte nicht den Kopf. Er seufzte kein einziges Mal. Dachte sich aber, dass jeder tragische Vorfall in einem anderen Leben die Wahrscheinlichkeit eines tragischen Vorfalls in seinem eigenen Leben verringerte. Jeder ist sein eigenes Festland, sagte sich Konrad, der schon als Kind einen Kopf größer als alle anderen war. Obwohl es nichts mit der Größe zu tun hatte, ob etwas Festland oder Insel war. Eher mit dem Wind, dachte Jakob. Auf einer Insel war einfach mehr Wind. Und Wind bedeutete für Menschen von Konrads Größe immer auch, dass sie schwankten. Konrad stieß ständig etwas um, stets für alle sichtbar. Konrad lebte in einer Welt, die für ihn zu klein war. Deshalb fuhr er größere Autos, bewohnte geräumigere Wohnungen und legte weitere Wege zurück als die anderen. Wenn er saß, ragten die Knie meist über die Tischkante. Dann setzte er dieses dümmliche Lächeln auf und runzelte die Stirn. So wurde aus Konrad ein Achselzucker, der irgendwann aufgehört hatte, sich dafür zu entschuldigen, was er im Vorbeigehen alles umgestoßen hatte. Die Scherben hatte Konrad stets weggerunzelt. In dieser ratlosen Gleichgültigkeit hoffte Jakob Trost zu finden. Und während Konrad in irgendeinem Hotelzimmer auf irgendeinem Festland saß und Jakob der Inselwind ins Gesicht blies, sagte Konrad, dass es am Ende völlig egal sei, mit wem man zusammen sei. Er sagte das, obwohl er gegangen war, weil es nicht egal war, aber er sagte es, um Jakob zu beruhigen, nein, um nicht länger darüber reden zu müssen. Denn Jakob stand jetzt dort, wo Konrad schon vor Jahren gestanden war, und wollte von dem Vorsprung profitieren, und daher sagte Konrad genau die Dinge, die Jakob zwar überhaupt nicht weiterbrachten, die dieser aber hören wollte, nämlich dass es eben völlig egal sei, mit wem man zusammen sei, weil Festland eben Festland bleibe, was nichts mit der Witterung zu tun habe. Regen, Wind und Hagel seien niemals Bestandteil des Festlands, und dann war da diese Stille, und Jakob musste lachen, und Konrad war erleichtert, dass ihm zumindest sein Bruder nicht alles abkaufte.

Es war unmöglich, Rohrbach als Witterung abzutun. In Rohrbach schien es überhaupt kein Klima zu geben. Und mit Ausnahme von Marie schlief man dort in den Nächten. Tagsüber starrte man den anderen kopfschüttelnd, stirnrunzelnd und seufzend hinterher. In Rohrbach ging man nicht auf die Straße, man versteckte sich hinter Wänden aus Thujen, die stets höher als auf Augenhöhe standen. Man lebte nach hinten und nicht nach vorn. Man warnte vor dem Wetter, das bestimmt irgendwann auch Rohrbach heimsuchen würde. Sonst war man erleichtert, dass es hier keine giftigen Tiere oder Pflanzen gab.

Wobei man übersah, dass ausgerechnet Thujen giftig waren.

Was er schon groß von Rohrbach wisse, fauchte Jennifer, ein einziges Mal sei Jakob dort gewesen. Und selbst den weltgereisten Konrad habe es nie nach Rohrbach verschlagen, keine Dienstreise der Welt führe jemals dorthin, nicht einmal eine endlose wie die von Konrad, die ohnehin nichts als eine feige Art von Selbstmord sei, wesentlich feiger als der Sprung ihres Vaters, sagte Jennifer, die Konrad verachtete, ohne ihn jemals kennengelernt zu haben. Aber Frau und Kinder für eine nicht enden wollende Dienstreise sitzen zu lassen, das sei ein Selbstmord, dem die letzte Konsequenz fehle. Worauf Jakob sagte, jede Dienstreise habe ein Ende, selbst die von Konrad, der seit sechs Jahren nicht zuhause gewesen war, deshalb von Sitzenlassen zu sprechen, das halte er für übertrieben, worauf Jennifer sagte, wenn jemand sechs Jahre auf jemanden warte, dann sitze er, weil er gar nicht mehr die Kraft habe zu stehen. Warum sich Konrads Frau nicht längst einen anderen gesucht habe, dass sie stattdessen im Sitzen auf diesen Satelliten warte, das sei das Gegenteil von Weiblichkeit, auf diese Entfernung wirke die Anziehungskraft nicht mehr. Es gebe eben einen Unterschied zwischen einer Sitzengelassenen und einer Sitzenbleiberin, die eine sei wie die Sonne und die andere wie ein bewegungsloser Planet ohne Leben. Wobei Rohrbach das Zentrum dieses Planeten sei, sagte Jakob, der ungern über seinen Bruder sprach.

Rohrbach, sagte Jennifer, das sei eine geschlossene Anstalt, aus der es kein Entkommen gebe, nur ihre Mutter habe ein Schlupfloch gefunden, unterbrach sie Jakob, indem sie schlief, wenn sich die Rohrbacher gegenseitig an die Türen klopften, und wachte, wenn Rohrbach in seinem komatösen Schlaf versank. Das Geisterdasein sei die einzige Möglichkeit, diesem Rohrbach zu entgehen, worauf Jennifer sagte, dass es sich um eine Krankheit handle, eine Krankheit, die es nicht gebe, das wisse sie genau. Jeder Arzt, selbst der Rohrbacher Gemeindearzt, würde ihr bestätigen, dass die so genannte Lichtallergie nicht existiere. Das gebe ihm aber noch lange kein Recht, über ihre Mutter zu urteilen, sagte Jennifer, schließlich habe er ohnehin nichts mit ihr zu tun. Die Einzige, die ständig nach Rohrbach pilgere, das sei sie, Jennifer, schließlich sei es auch ihre Mutter, sagte Jakob, der darauf wartete, dass Jennifer jetzt wie üblich aufrechnete, wie oft sie im Vergleich das Kopfschütteln seiner Eltern ertragen müsse. Aber Jennifer sagte nichts. Stattdessen dachte sie an das letzte Gespräch mit ihrer Mutter, die für Jennifers Existenz von jeher blind gewesen war, aber ein Gespür dafür hatte, wenn es etwas an der Tochter auszusetzen gab. Ihr ganzer mütterlicher Instinkt war auf dieses Gespür ausgerichtet. Natürlich hatte sie die Nachricht gelesen. Sie hatte es gar nicht bestritten. Schließlich sei sie ihre Mutter.

- Wenn du mehr von dir erzählen würdest, dann hätte ich keinen Grund dazu.

Das hatte sie gesagt. Schließlich sei Jennifer ihr eigen Fleisch und Blut. Sie betrachtete ihre Kinder nicht nur als ihr Eigentum, sondern als ein Organ, das zu ihrem Körper gehörte. Dieser blinde Anspruch hatte sich verstärkt, nachdem sie dem Vater ihre Niere gespendet hatte. Ein bedingungsloser Liebesbeweis sei das gewesen. Nicht einmal einen Abschiedsbrief habe er ihr geschrieben. Unverantwortlich sei es, so mit den Organen anderer umzugehen. Diese Frau, diese Hundsdorfer Witwe, habe ihn gemästet. Seine Gesundheit habe sie ruiniert. Nicht wegen ihr habe er sich umgebracht, an sie und ihre Niere habe er dabei als Letztes gedacht.

Wer also dieser Mann sei, fragte sie. Was sie das angehe, antwortete Jennifer. Schließlich sei sie ihre Tochter, nicht ihre beste Freundin.

- Glaubst du, ich verstehe nicht, was ich da lese?

Marie hielt ihr das Telefon entgegen.

- Darum geht es nicht.

- Doch, genau darum geht es.

- Dieser Mann ist pervers.

- Weil er mit mir ficken will?

- Musst du so reden?

- Wieso? Hat dich Vater nie gefickt?

- Dein Vater hat nicht gefickt, er hat mich geliebt. Zumindest eine Zeitlang.

- Also ist *ficken* ein Hasswort für dich?

- Kind, er will mit dir ins Bett, weil du gelähmt bist. Und das nenne ich pervers.

- Hier stinkt es. Du solltest lüften.

Irgendwann hatte Marie begonnen, wie eine alte Frau zu riechen. Jennifer hatte es nicht gleich bemerkt, obwohl oder vielleicht weil sie ihre Mutter jede Woche besuchte. Dass die Kosmetikindustrie nichts gegen diesen Geruch unternehmen konnte. Jeden Freitag kam Jennifer pünktlich zur Dämmerung und fuhr vor Mitternacht. In den Wintern kam sie früher. Durfte aber deshalb nicht früher fahren. Täglich stellte sich Marie den Wecker auf fünf Uhr.

45

Auch in den Sommermonaten. Die Jalousien ließen kaum Licht durch. Wenn Jennifer kam, frühstückten sie gemeinsam. Alle vier Wochen drehte ihr Jennifer die Haare ein, wobei sie sich fragte, ob sich ihre Mutter irgendjemandem zeigte. Aber Prinzipien brauchten keinen Anlass. Ihre Mutter, die sie seit dem Unfall Marie nannte, ohne dabei das Gefühl der Vereinnahmung zu verlieren, lebte so, als könnte es jederzeit an der Tür läuten. Immer war genügend im Kühlschrank, um jemanden zu bewirten. Nie blieb sie im Nachthemd, obwohl sie keiner zu Gesicht bekam. Sie putzte täglich das Haus, um sich vor etwaigen Besuchern nicht genieren zu müssen. In der Nacht goss sie die Pflanzen und schnitt die Blumen. Wenn es draußen dunkel wurde, gingen sie in den Wald spazieren.

- Ich habe geträumt, dass dir etwas zustößt.
- Das träumst du ständig. Hör auf damit.
- Und? Ich habe Recht behalten.
- Meistens ist mir nichts passiert.
- Dein Rollstuhl stand am Ufer dieses Flusses.
- Ich will es nicht hören.
- Der Rollstuhl war leer.
- Hör auf. Du musst mich schieben.
- Aber es gibt einen Weg.
- Schieb mich trotzdem.

Jennifer war fünf, als sie das erste Mal weggelaufen war. Sie hatte ihren pinken Rucksack gepackt und war unbemerkt aus dem Haus geschlichen. Ihre Eltern hatten es erst Stunden später bemerkt. Wie die Treiber waren sie ausgeschwärmt, sogar ihre Schwester Conny war panisch in Rohrbach herumgelaufen. Ihr Vater sagte später, er sei krank vor Sorge

46

gewesen. Das hatte Jennifer gefallen. Krank vor Sorge. Das war besser als der Beifall, den sie für ihre Maskeraden erhielt. Jennifer hatte sie alle reingelegt, sie hatte sich unter der Veranda versteckt. Und als alle weg waren, hatte sie sich in ihr Bett gelegt und war eingeschlafen. Sie hatte schon immer Angst vor dem Wald gehabt.

- Im Wald leben Menschen. Ich habe sie entdeckt, als ich letztens zu tief hineingeriet.
- Was für Menschen?
- Sie leben in Zelten.
- Ich will sie sehen.
- Du glaubst mir nicht.
- Wenn ich sie sehe, dann glaube ich dir.
- Sie leben abseits der Wege.
- Wie viele sind es?
- Hör auf, mich wie eine Wahnsinnige zu behandeln.
- Und wie sehen sie aus?
- Ich habe nie einen gesehen.
- Natürlich nicht.
- Wenn ich komme, schlafen sie.
- So wie Conny.
- Hast du mit ihr gesprochen?
- Natürlich nicht.
- Sie ist wach, wenn ich wach bin. Es gibt keine Ausrede.
- Es ist wegen mir, nicht wegen dir, Marie.
- In meiner Umgebung sterben alle.
- Sie ist nicht tot.
- Wer in Australien lebt, ist tot. Zumindest für mich.
- Dreh den Spieß nicht um.

- Australien ist eine Insel für Flüchtlinge.

- Australien ist ein Kontinent.

In Rohrbach erzählte man sich heute noch die Legende der jungen Kerbler. In neun Unfälle mit Totalschaden soll sie verwickelt gewesen sein. Und immer war es die junge Kerbler, die als Beifahrerin überlebte. Natürlich durfte man da nicht zu viel hineindichten. Es war nicht ungewöhnlich, wenn ein junger Rohrbacher in einem Auto ums Leben kam. Aber bemerkenswert war das schon. In so viele Unfälle war noch keine Rohrbacherin verwickelt gewesen. Neun Mal hatte man sie aus der Havarie gelöffelt. Beim zehnten Mal war sie nicht mehr zurückgekehrt. Man sagte, mit der letzten Karosserie habe man auch ihr Herz verschrottet.

- Was ist, Mutter?

- Jennifer, schau mich an. Wegen diesem Mann. Glaub mir, es ist immer traurig, wenn es passiert.

VIER

Lutz hatte immer gesagt, dass er diese Paartherapie
nicht brauche, und als er erfuhr, dass sie anfangs
getrennt bei Doktor Haselbrunner säßen, da sagte er,
dass die Doktorin bestimmt selbst den größten Schaden habe, so wie alle Psychotherapeuten immer den
größten Schaden hätten, weil das schließlich der einzige Grund sei, überhaupt Psychologie zu studieren,
um sich selbst heilen zu können, und das mache, so
Lutz, auch den größten Unterschied zur Schulmedizin aus, dass in der Schulmedizin auch ein kranker
Arzt einen Kranken heilen könne, das sei eben exakte Wissenschaft, und Rita sagte, dass die Psychothe-
rapie inzwischen auch zur Schulmedizin gehöre und
dass ein von der Cholera befallener Chirurg ganz
bestimmt nicht operieren dürfe und seine Theorie
daher völlig haltlos sei. Rita sagte, Lutz habe in
Wahrheit kein Interesse, ihre Beziehung wieder auf
gesunde Beine zu stellen, worauf Lutz völlig ausrastete, was das überhaupt heißen solle, gesunde Beine,
eine Beziehung stehe doch nicht auf Beinen, und
wenn sie auf Beinen stünde, warum ihre Beine jetzt
plötzlich krank seien, und dann sagte Rita einfach
nur: Max, und sie sagte es so, als trüge Lutz die
Schuld an der ganzen Maxgeschichte, als wären es
Lutz' kranke Beine, die das zu verantworten hätten.
Nicht verantworten, sagte Rita, aber sie würden ständig weglaufen, nein, eher wie gelähmt stehenbleiben
und den Ratlosen spielen, das helfe aber nichts, und
daher säßen sie jetzt bei Doktor Haselbrunner, die
Lutz nur die Doktorin nannte. Was er sich dabei

überhaupt denke, schließlich sei sein Metier um nichts komplexer als das der Psychotherapeutin, im Gegenteil, sagte Rita, sie frage sich eher, ob man für den Beruf des Zahnarztes überhaupt studieren müsse. Schließlich beschränke sich die Diagnose beinahe ausschließlich auf Loch oder nicht Loch, Wurzelbehandlung oder nicht Wurzelbehandlung. Kein anderer Arzt habe es mit derart primitiven Diagnosen zu tun. Ja, bereits das Ziehen eines Weisheitszahns überschreite die Kompetenz eines Zahnarztes und müsse von einem eigenen Chirurgen durchgeführt werden. Lutz möge sich also nicht aufspielen und die Doktorin schön brav Doktor Haselbrunner sein lassen.

Darauf sagte Lutz nichts, auch wenn er Einiges zu sagen gehabt hätte, aber wenn Rita solche Geschütze auffuhr, dann war kein Durchkommen mehr, da ging es nicht mehr um richtig oder falsch, denn Rita sprach in Wahrheit mit sich selbst, und während dieser Selbstgespräche, von denen Lutz der Doktorin erzählte, worauf sie allerdings mit keinem Deut reagierte, blendete sie ihre gesamte Umgebung aus, was Lutz zur Weißglut brachte, aber von der Doktorin genauso ignoriert wurde wie von Rita selbst, was für Lutz nur einen Rückschluss zuließ, nämlich dass auch die Doktorin mit sich selbst sprach und dass die beiden Frauen sich blind darauf verständigt hatten, dass Lutz überhaupt nicht existierte, ja, dass dies der eigentliche Sinn der ganzen Therapie war, Lutz vor aller Augen verschwinden zu lassen, nein, ihm einen Lutz anzudichten, der nicht er war, der nur in den Köpfen der beiden Frauen existierte, gegen den man Partei ergreifen konnte. Also sagte er der Doktorin,

50

was sie hören wollte, und diese sagte es dann Rita, die es ihm natürlich nicht sagte, weil sie wusste, dass er die Doktorin bis nach Nebraska klagen würde, wenn er erführe, dass die Doktorin seine Geheimnisse, die ohnehin keine Geheimnisse waren, weil sie ja von keinerlei Bedeutung waren, ausplauderte, und warum für Lutz Nebraska metaphorisch am Ende der Welt lag und nicht wie für die meisten der Nordpol, Madagaskar oder die Wüste, das wussten weder Lutz noch Rita noch Frau Doktor Haselbrunner und wurde in der Therapie auch nicht thematisiert. Den Traum, den immer wiederkehrenden Traum, von dem er selbst einmal gern gewusst hätte, was er zu bedeuten hatte, wollte er ebenfalls nicht mit der Doktorin besprechen. Wer weiß, welchen Strick ihm seine Frau im Falle einer Scheidung daraus drehen würde. Mit der Therapie hatten sie sich noch weiter voneinander entfernt. Vielleicht war ihnen aber auch erst bewusst geworden, wie groß die Distanz inzwischen geworden war. Die Frage, ob es sich überhaupt noch lohne, diese Entfernung zu überwinden, diese Frage wurde aber weder von Rita noch von der Doktorin gestellt. Die Entfernungsfrage, die für Rita und die Doktorin eine reine Orientierungsfrage und keine existenzielle Frage war, wurde ausschließlich von Max thematisiert. Er sagte, das alles sei ein Zazuuuz, und dieser Zazuuuz war nicht zu überwinden. Man konnte lernen, damit umzugehen, aber wegzureden war dieser Zazuuuz nicht. Und Max hatte diesen Zazuuuz zur Realität, zur Lutz'schen Realität, die Lutz aber als objektive Realität wahrnahm. In der Lutz'schen Realität war kein Platz für Zazuuuze, Knois, Fahas, Wackse und Zonze. Auch nicht für fauchende Luchse, zischende Schlangen, bellende Hunde, verletzte Vögel, schlüpfende Küken oder sprachlose Fische. Für Lutz war die Natur etwas, wogegen man sich ständig zur Wehr setzen musste. Haare, Bakterien, Schmerzen, Unzulänglichkeiten, Chaos. Lutz wollte der Natur keinen Einlass gewähren, schon gar nicht in Form eines Trojanischen Pferdes. Und Max war ein Trojanisches Pferd, so wie Jakob ein Trojanisches Pferd war. Glaubte Rita ernsthaft, Lutz wäre Knoi genug, um sich auf diese Fahaspielchen einzulassen? Lutz hatte Jakob die ganze obere rechte Reihe gemacht. Vier Termine für den Rest, hatte er gesagt, und der Knoi hatte es geschluckt. Schließlich war er seit Jahren nicht beim Zahnarzt gewesen. Lutz hatte ihn betäubt, ausgehöhlt und wieder zusammenplombiert. Er hatte nie verstanden, was Rita mit diesem Knoi anzufangen wusste. Letztendlich war sein Charakter ein Krankheitsbild. Er solle sich seine Schilddrüsenwerte mal ansehen lassen, hatte Lutz zu ihm gesagt, was Jakob leider nicht als die gedachte Beleidigung auffasste, was vermutlich an seiner mangelnden medizinischen Bildung lag. Bei Jakob war nichts zu viel, immer von allem zu wenig. Er war eine Defiziterscheinung, während Lutz eine Überschusserscheinung war.

Das Lidocain entsprach Jakobs Aggregatzustand, und Lutz bohrte ihm das halbe Gebiss aus dem Kiefer. Eine Frau wie Rita musste man sich erst leisten können, und Jakob sollte ruhig dazu beitragen. Lutz hatte sich über die Jahre ein Penthaus, ein Wochenendhaus und zwei Autos erbohrt. Sein Leben lang hatte er das Gefühl, für alles bezahlen zu müssen. Die Dinge waren nur von Wert, wenn sie jeden etwas kosteten. Lutz brauchte Zazuuuz. Er drang in Rita ein, wenn sie schlief. Zazuuuz. Sybille. Zazuuuz. Lidocain. Zazuuuz. Jakob aufbohren. Zazuuuz. Der Vereisungsspray. Zazuuuz.

Lutz erzählte der Doktorin nichts von dem Spray. Sein halbes Leben war ein unsichtbarer Subkontinent, von dem keiner etwas ahnte. Er war beherrschter als andere. Immer auf der Hut. Rechnete stets mit allen Eventualitäten. Er wäre ein guter Mörder gewesen. Natürlich hätte es ihn gereizt, Doktor Haselbrunner von seinem Traum zu erzählen. Ihre Ratlosigkeit, ihre Irritation, ihre Erregung. Ihre verächtlich gehobenen Augenbrauen. Tausendmal hatte er sie in seinem Traum in den Schlaf gesprayt. Jede Nacht war sie vor ihm gelegen. Konserviert und betäubt. Er berührte ihr blasses Gesicht, küsste ihr narkotisiertes Fleisch, roch an ihren schlaffen Lippen. Zog die Lider hoch, um den stechend traumlosen Blick zu erwidern. Er ging durch die U-Bahn. Er spazierte durch die Straßen. Er saß in Kinos. Er ging von Auto zu Auto. Er arrangierte die Nacht. Er war ein Künstler. Als Toter würde er genauso durch das Leben der anderen gehen. Lutz starrte auf die Knie von Doktor Haselbrunner. Er legte sie am Ufer ab. Der Teich im Park. Morgengrauen. Tau. Er hatte immer schon hingreifen müssen.

Er hatte ihr den Traum nicht erzählt. Selbst als sie in ihrem Bett lagen, hatte er ihr zwar von der Existenz des Traums erzählt, aber nicht den Traum selbst. Sie sagte, es sei noch schlimmer, etwas von der bloßen Existenz von Dingen zu wissen, als die Dinge selbst. Das sei, als würde ein Unheil vor der Tür warten. Sie hingegen hatte ihm von ihrem Vater erzählt, der sie immer so angesehen hatte, wie man ein Kind nicht ansieht, der zwar nie hingriff, außer mit seinem Blick, mit dem man aber genauso wenig hingreifen durfte wie mit der Hand oder dem Mund oder dem Schwanz. Jetzt hatte der Krebs den Vater aufgefressen, und sie war froh, dass von dem Vater nichts übriggeblieben war. Keinen Brösel hatte der Krebs übriggelassen. Schön brav hatte er den ganzen Vater aufgefressen. Sie frage sich ständig, woran die Leute sterben würden, selten, was man mit ihnen erleben könne. Sex sei für sie kein Mittel, um Zazuuuz zu überwinden, im Gegenteil, es sei ein Schuhlöffel, um den anderen zum Reden zu bringen, sagte Lutz, der noch nie mit jemandem im Bett war, dem man alles erzählen musste. Er hatte sie gebeten, sich schlafend zu stellen. Er hatte ihr erzählt, dass er diese Distanz benötige, dass er aber in diesem Erzählen einen Überschuss Nähe produziere, worauf sie sagte, dass man Nähe nicht produziere, sondern Distanz abbaue und dass da ein wesentlicher Unterschied bestehe. Aus einem Zazuuuz würde ein Zazuuz, ein Zazuz und schließlich ein Zazu werden. Sie sagte, es sei nur eine Frage der Zeit, bis sie sich alles erzählt haben würden. Und wenn sie einander auserzählt hätten, sei diese Geschichte vorüber, sagte Lutz, der von Anfang an Doktor Haselbrunners Ehrgeiz unterschätzte, Erzählenswertes zu schaffen, um einander das Erzählen zu verlängern.

Der tote Vater der Doktorin stand als Unheil vor der Schlafzimmertür. Das spürte er. Das ignorierte er. Vor allem, wenn sie sich schlafend stellte und auf die nächste Berührung wartete. Es war eine Neubauwohnung mit mittelalterlichem Mobiliar. Hier träumte die Doktorin ihren dunkelbraunen Prinzessinnentraum. Er wusste, dass sie nicht schlief, also bestrich er sein Glied mit Lidocain, um Zazuuuuuuuz zu gewinnen, um das Auserzählen hinauszuzögern. Sie konnte sich nicht schlafend halten. Sie sagte, sie flüsterte, sie stöhnte, warum er sie nichts über Rita frage.

Dann kam er.

Und sie wechselte die Seite.

Die Doktorin erzählte sich bis nach Nebraska. Von dem Ekel, den Rita verspüre, wenn Lutz schwach sei, von Ritas Gewissheit, dass Max ausweglos verloren sei, dass Rita sich insgeheim wünsche, es wäre Jakobs Kind, obwohl sie das gleiche Kind vor Augen sehe, dass sie den Zazuuuz in ihrer Beziehung überwinden wolle, obwohl sie wisse, dass Lutz zu sehr Wacks und sie zu sehr Faha war. Sie erzählte von Ritas vorgetäuschten Orgasmen, dass sie Lutz für seinen Waschzwang verachtete, dass sie sich vor Jakob niemals geekelt hatte, sie erzählte, bis ihr nichts mehr übrigblieb, als von diesem Nachmittag zu erzählen, dem Dienstagnachmittag, an dem Rita Jakob auf der Straße getroffen hatte.
- Als ich ihn im Rollstuhl sah, dachte ich, man liebt nur in Katastrophen. Ich weiß, das ist ein dramatischer Gedanke. Aber ich hatte das Projekt völlig vergessen. Es war dann eine stille Abmachung zwischen uns, nur für diesen einen Nachmittag. Ich schob ihn

durch die halbe Stadt, Einkaufszentren, U-Bahn, Museen, Kirchen und schließlich nachhause. Es ist sonst nicht meine Art. Eine aufgekratzte Laune. Es war seltsam. Als wir miteinander gingen, fühlte es sich fremd an, wenn Jakob seinen Arm um mich legte. Aber das hier war richtig. Jakob durch das Leben schieben. Wir lagen Seite an Seite und berührten einander nicht. Das schwöre ich. Und dann habe ich Jakob gefragt, ob er glücklich sei. Er hat mir über das Gesicht gestreichelt. Da hat es sich plötzlich nicht mehr so richtig angefühlt. Ich habe nichts gesagt. Selbst als seine Hand unter meiner Bluse verschwand. Ich habe gesehen, was mit ihm los war. Erst als er mich küssen wollte, da war Lutz einfach zu endgültig dafür. Als stünde er am Ende des Raums und würde *niedlich* sagen. Jakob spürte das und sagte: Ich glaube, Jennifer betrügt mich. Als hätte er nur deshalb versucht, mich zu verführen. Wobei das vielleicht unfair ist. Ich habe ihm sicher Anlass für dieses Missverständnis gegeben. Auf jeden Fall sagte ich etwas, dass ich überhaupt nicht dachte, ich fragte, ob er hoffe oder fürchte, dass Jennifer ihn betrüge. Und dann wurde sein Gesicht ganz weich. Und genau das ist der Unterschied zwischen Lutz und Jakob. Bei Lutz zerklirrt das Gesicht, bei Jakob weicht es sich auf. Warum fragen Sie das? Jeder hat Jakob betrogen. Man kann mit ihm gar nicht leben, ohne ihn zu betrügen. Nein, Sex mit anderen Männern hat mich nie interessiert. Aber ich habe Dinge entfernt, die ihm gehörten. Pullover, die mir nicht gefielen, überflüssige Jacken und Hemden, Fotografien, die nicht mehr in sein Leben passten, Bücher, die er nie lesen würde, Platten, die er aus purer Sentimentalität bunkerte. Den Schachcomputer, den er nie benutzte, den habe ich zu Ruby getragen, das ist der Ramschladen am Eck. Natürlich heimlich. Diesen völlig lächerlichen Aschenbecher, seine Erinnerungsschachtel, drei Notizbücher. Und ganz am Ende seine Geburtsurkunde. Nein, er hat es nie bemerkt. Jakob bemerkt überhaupt selten etwas. Nein. Er hat immer nur sich selbst dahinter vermutet. Als er wegfuhr, musste er sich erst einen neuen Reisepass besorgen. Im Nachhinein hat er das als schlechtes Vorzeichen gewertet. Aber ich bin keine Hexe. Jennifer habe ich schließlich auch nicht verschwinden lassen.

Natürlich war es Ritas Idee gewesen, da war sich Lutz ganz sicher. Beim dritten Termin (untere linke Seite) stammelte der Knoi sein Anliegen, als wäre zwischen ihnen ein Zaz und kein Zazuuuuuuuuuz. Der halbseitig betäubte Jakob saß also beim All-you-can-eat und schaufelte in sich hinein. Er wisse selbst nicht, warum er hier sitze, aber irgendwie habe er so ein Gefühl, welches Gefühl, wollte Lutz wissen, ein Gefühl, als würde sich Jennifer entfernen, aus dem gemeinsamen Raum, wenn er wisse, was er meine. Lutz nickte. Jakob sagte, dass Lutz der Richtige sei, wofür der Richtige, fragte Lutz, der, bei dem Jennifer schwach werden würde, er wollte, dass sie untreu wird, er wollte sie nicht testen, er wollte sie verführen, sagte Doktor Haselbrunner, die Lutz jetzt schon nicht glaubte, wenn er sagte, dass er nicht mit Jennifer geschlafen habe. Sie kenne seine Neigung, und diese Frau entspreche exakt dieser Neigung. Ob er sich mit den Beinen begnügt habe, ob er auch die Finger, die Hände, die Arme, ob er auch ihren Kopf betäubt habe oder ob er dann doch das Bewusstsein des anderen brauche.

- Ich hasse diese Frau, flüsterte Doktor Haselbrunner, sie hat etwas, das ich nie haben werde, dieses Defizit kann man nicht simulieren.

Sie sei bereit, für ihn gegen eine Leitplanke zu rasen, wenn man ihr versichern könne, dass dabei eine Querschnittslähmung herauskäme. Sie führte ihn unter die Dusche. Sie nahm seine Hände und seifte sie ein. Sie wusch seine Handflächen, so lange, bis sich ihre Hände nicht mehr wie fremde Hände anfühlten. Dann wusch sie seinen Bauch. Sie ließ ihre Hände in gleichförmigen Bewegungen kreisen, bis er sich irgendwann ganz taub anfühlte. Nur seine Erregung ließ sie unberührt. Sein Gesicht küsste sie, bis sich ihre Lippen wie seine Lippen anfühlten, und der Gedanke, dass Vereinigung nichts mit Liebe, sondern ausschließlich mit Betäubung zu tun hatte, war ein Gedanke, der sich vielleicht auch nur wie ein eigener anfühlte, und dann sah sie ihn an und rieb seine tauben Finger und sagte, dass die Therapie jetzt beinahe unmöglich sei und dass er Rita ohnehin niemals verlassen würde und sie auch bestimmt nicht der Auslöser dafür sein wolle und dass es Rita nichts ausmachen würde, wenn er mit seiner Neigung zu Prostituierten ginge, und dass es sie nicht störe, dass er noch immer nicht nach ihrem Vornamen gefragt habe, und dass er nicht so geizig sein solle, ob er denn wisse, dass Rita vor ihren Freundinnen behaupte, doppelt so viel Haushaltsgeld zu bekommen, als er ihr gab, um ihn zu schützen, und dass Geiz jeden Mann zum Zwerg schrumpfen lasse, sie aber Respekt vor ihm haben müsse, schließlich stelle sie sich zur

Verfügung, und dass sie sich manchmal fühle wie ein Pinguin am Südpol und dass sie Renate heiße und dass sie jetzt seinen Penis berühren werde, so lange und so gleichförmig, bis er sich wie ihr eigenes Geschlecht anfühlen würde, und dann solle er einfach die Tür hinter sich schließen und sich erst morgen, wenn die Erregung wieder eine Rolle spiele, überlegen, ob er wiederkomme oder nicht.

Lutz hatte das Gefühl, genügend über Renate zu wissen. Als er zu Rita sagte, er wolle die Therapie abbrechen, sagte sie, es sei der richtige Zeitpunkt, um Jakob und Jennifer ins Boot zu holen, zumindest laut Doktor Haselbrunner, die das schon kommen gesehen hätte, was kommen gesehen, na, dass er, Lutz, die Therapie abbrechen wollen würde, worauf Lutz wütend wurde und Rita sagte, dass es da nicht mehr um Rita und Lutz gehe, sondern eben jetzt auch um Jakob und Jennifer. Lutz schnaufte und fragte, ob sie auch noch ihre Eltern dazuholen sollten. In seinen Augen sei diese Doktorin eine mittelmäßige, unbeholfene, überteuerte, enervierende, hysterische, unseriöse, ineffiziente, unprofessionelle, hässliche, vulgäre und strohdumme Therapeutin, und er sehe nicht ein, warum er auch nur eine Minute länger dort seine Zeit verschwenden solle. Und dann zog er Rita zu sich und machte etwas, das er schon sehr lange nicht mehr gemacht hatte: Er schlief mit ihr, während sie wach war. Er sagte ihr, wie schön, begehrenswert, einzigartig, sinnlich, stilsicher, intelligent, geheimnisvoll und faszinierend sie sei. Er hatte sich kein Lidocain auf die Eichel geschmiert, und noch bevor er in ihr gekommen war, hatte sie ihm beigepflichtet, die Therapie sofort zu beenden und

59

dass Sex bei Bewusstsein wahrscheinlich wirkungsvoller sei als jede Therapie und dass sie einfach mehr vögeln sollten, dann werde alles wieder so, wie es schon einmal gewesen sei.

Gleich danach ging Lutz zu Renate, ließ sich den Unterbauch einseifen und sagte ihr, dass er sie nie wiedersehen wolle. Renate wurde hysterisch, schmiss mit Dingen um sich, wobei sie in ihrer Wohnung kaum Dinge fand, mit denen sich herumschmeißen ließ. Sie hieß ihn allerlei, schwor Rache, bedrohte ihn, erpresste ihn, verglich ihn mit ihrem Vater, nur schlimmer, brach zusammen und blieb weinend zurück. Bevor er ging, warnte Lutz sie davor, Jakob und Jennifer hineinzuziehen. Möglich, dass er ihr auch körperliche Gewalt androhte. Aber zwischen Reden und Handeln gab es doch einen Unterschied. Nicht für Doktor Haselbrunner, für die Reden und Handeln immer das Gleiche waren.

Sybille hingegen hatte keine Geschichte, weder eine davor noch eine danach. Genaugenommen existierte sie gar nicht. Sybille gehorchte, und wenn er ihr befahl, nicht zu gehorchen, gehorchte sie auch. Es gab kein Gespräch, das sich wiederholte, keine Forderungen, keinen Vorwurf. Mit Sybille brauchte es keinen Kompromiss, weil es keinen Alltag gab. Es gab nur den Dienstag. Verlangt wurde das, was verlangt wurde, und solange etwas verlangt wurde, waren die Dienstage die Tage, nach denen man verlangte. Während der restlichen Wochentage dachten beide darüber nach, was sie am Dienstag verlangen würden. Das war der Deal. Um nichts anderes ging es.

- Sie sehen nicht aus wie eine Psychotherapeutin.

Zumindest würde ich Sie nicht besetzen. Sie sehen aus wie eine Psychotherapeutin in einem Pornofilm. Ja, ich finde, Sie haben etwas Vulgäres. Man merkt Ihnen an, dass Sie die Therapie ausschließlich für Annäherungsversuche benutzen. Sind Sie jetzt beleidigt? Ich habe längst aufgehört, darauf Rücksicht zu nehmen. Was wollen Sie von mir? Sind Sie lesbisch? Mich ekelt vor anderen Frauen. Aber vor allem ekelt mich vor schlechten Rollenspielen. In Pornofilmen sieht auch nie jemand nach dem aus, was er spielt. Dabei würde mich eine glaubwürdige Situation vermutlich erregen. Wirklich? Das hat er mir gar nicht erzählt. Aber Jakob behält vieles für sich. Und, was spricht er so, mein kleiner stummer Gefährte? Sie haben behauptet, es handle sich um eine äußerst wichtige Angelegenheit. Im Augenblick sieht es eher nach einem dilettantischen Spiel aus. Also, kommen Sie bitte zum Punkt. Ich bin nicht hier, um mich therapieren zu lassen, sondern weil Sie mich herbestellt haben. Das ist in meiner Situation beschwerlich genug. Ich wüsste nicht, was Sie das angeht. Wenn das der Grund ist, dann kann ich jetzt wieder gehen. Fragen Sie doch Lutz. Und, was hat er gesagt? Sind Sie bei der Polizei? Ist das der Grund für Ihr dilettantisches Auftreten? Ich wüsste aber nicht, was daran illegal sein sollte. Schließen Sie daraus, was Sie wollen. Sie werden von mir keine Antwort bekommen. Auch kein Nein. Schon gar kein Ja. Es ist mir völlig egal, ob Sie mit ihm geschlafen haben. Soll das eine Art Geschäft werden? Ich habe kein Interesse an Ihren Privatangelegenheiten. Und an denen von Lutz auch nicht. Zumindest nicht an denen, die Sie betreffen. Kann ich jetzt gehen?

Eine Woche ging Jennifer nicht ans Telefon. Erst als er ihr eine Nachricht schickte, in der nicht mehr stand als *20.000*, erhielt er eine Antwort. Sie lautete: *Dafür bekommst du zehn Minuten.* Er bestellte sie in ein Hotel. Bislang hatten sie einander immer in seiner Arbeitswohnung getroffen, Jennifer gefiel das unpersönliche Ambiente der Zweizimmerwohnung. Sie hatte Bedingungen. Da sie ihn nicht ausstehen konnte, wollte sie die Angelegenheit wie eine Geschäftsbeziehung behandeln. Er dürfe sie keinesfalls bei ihrem Namen nennen. Und er müsse sie bezahlen dafür. Sie mache alles, was er von ihr verlange, vorausgesetzt der Preis stimme. Die Verhandlungen betrachte sie als Vorspiel. Er entschied sich für Sybille, weil er niemanden mit diesem Namen kannte. Sybille rollte in die Mitte der Suite und sah auf die Uhr.

- Wenn du glaubst, das beeindruckt mich, hast du dich geirrt. Wo ist das Geld?

Lutz deutete auf die schwarze Ledertasche, die neben dem Bett stand.

- Also, zehn Minuten.
- Ich will, dass du dich hinlegst.
- Du verschwendest deine Zeit.
- Ich will, dass du dich auf den Boden legst.

Er öffnete langsam seine Hose.

- Ich warte hier auf dich, sagte er und warf ihr den Knebel vor die Füße.
- Ich dachte, du wolltest reden.
- Für Zwanzigtausend? Du musst verrückt sein.
- Du hast noch neun Minuten.

Er stand auf und ging auf sie zu. Der grünlichgelbe Geruch des Rasierwassers war ein Vorbote. Ihr

Blick fiel auf seine offene Hose. Der Geschmack seines Urins. Er schnaufte angestrengt.

- Ich weiß nicht, was du hast. Deine Liebe ist mir egal.

Sie sah ihn an. Puppenblick.

- Liebe? Dafür müsste ich dich hassen können.

- Wo ist dein Problem? fauchte er.

Er stand jetzt vor ihr. Sein Geschlecht roch desinfiziert. Er hatte es akribisch ausrasiert. Seine Hände waren rot entzunden. Offenbar wusch er sich wieder. Sein Atem roch nach Blei. Seine Hand umfasste ihre Gurgel. Langsam drückte er zu.

- Acht Minuten, würgte sie.

Er stieß sie weg, was sie beinahe umkippen ließ. Die Vorstellung gefiel ihm, dass er sie hinlegen konnte, wohin er wollte. Er riss sie an den Haaren. Sie sollte auch etwas davon haben.

- Jetzt fällt dir nichts mehr ein. Geh zu deiner Psychologin und erzähl ihr von uns. Sie kann dich bestimmt heilen.

- Stimmt. Du bist eine Krankheit. So sehe ich das auch.

- Eine, von der du noch lange zehren wirst. Der Schmerz beginnt, wenn Sybille tot ist.

Sie lächelte und warf einen Blick auf die Uhr. Lutz ging zu der schwarzen Tasche. Er nahm das Geld heraus und legte es an den Rand des Betts. Dann ging er zur Tür und schloss ab. Sybille sagte nichts. Schließlich hatte er noch sieben Minuten. Als er eine Spritze aus der Tasche zog, wurde Sybille nervös. Lutz nahm die Kanüle und zog eine milchige Flüssigkeit hoch.

- Was wird das?

- Du bist heute sehr stark geschminkt. Stärker als sonst. Du versuchst dich vor mir zu schützen.

Er stand auf und ging auf sie zu. Er ließ sie nicht aus den Augen. Er sprach mit ihr wie mit einem Tier, das es zu beruhigen galt.

- Ich werde schreien, Lutz.
- Das wird nicht notwendig sein.

Die Spritze näherte sich ihrer gespannten Haut. Langsam drang die Nadel ein. Das Letzte, was sie spürte, war ein Kribbeln. Dann wachte sie auf.

Jennifer lag alleine im Bett. Jakob war bereits ausgefahren, um für den Reiseführer zu recherchieren. Sie nahm das Mobiltelefon, keine Nachricht von Lutz. Sie tippte *500* und drückte auf *Senden*. Eine Stunde später kam der Befehl. Es war eine einfache Übung, zu einfach, seit Abbruch der Therapie waren seine Befehle ambitionslos geworden. Natürlich, sie wusste von dem, was Lutz nur *Vorfall* nannte, aber mit dieser Therapeutin war es zu Ende. Jennifer hatte nie Treue verlangt, das wäre lächerlich gewesen. Sie hatte den Preis eine Zeitlang erhöht, so viel Stolz musste sein. Er hatte sich entfernt, und auf ihre Forderung von Zwanzigtausend hatte er nicht einmal reagiert. Fiel ihm nichts ein, was sich dafür lohnen würde? So viel hatte er für Rita noch nie ausgegeben, dafür musste er eine Menge Zähne bohren. Jennifer wusste nicht, dass er wieder mit Rita schlief. Dass sie es nachmittags taten, wenn beide wach waren. Max wusste es, und er fragte sich, welche Tiere sie hinter der weißen Tür vor ihm versteckten. Sie grunzten, sie schnauften, sie brüllten, sie wimmerten, sie knarrten, sie juchzten, sie fauchten, sie knurrten, sie japsten, sie fiepten, sie wieherten, sie röhrten, sie fläzten. Die

Hausgans hatte Angst vor den Tieren hinter der weißen Tür. Nervös lief sie herum und flatterte mit den Flügeln. Warum konnte sie nicht wie die Wildenten fliegen? Sie stand am Balkon und starrte den Vögeln hinterher. Wenn er Anlauf nähme? Wenn er die Flügel schnell genug bewegte? Wenn er jetzt einfach die Augen schlösse? Wenn er ganz fest daran glaubte? Wenn er den Boden unter den Füßen nicht mehr spürte. Wenn ihm gar nichts anderes übrigbliebe. Dann.

FÜNF

Nach dem Vorfall hatte sich Lutz tagelang im Ruhezimmer verschanzt, während Rita draußen herum-
schabte, Dinge an die Wand nagelte, nervös auf und
ab lief, mit allerlei Experten telefonierte, die der
Situation genauso ratlos gegenüberstanden wie sie
selbst, die aber so taten, als wären sie jedem mensch-
lichen Aggregatzustand Herr, sei er noch so flüchtig.
Aber Lutz sperrte sich und seine Wut ins Ruhezimmer. Dort lauschte er Ritas nervösem Auf- und
Abgehen. Er wünschte sich, dass es endlich still war,
dass sich die Dinge außerhalb der Wohnung lösten.
Er hatte sich ganz bestimmt keine wie Hilde
gewünscht. Da war ihm am Ende jede Dr. Haselbrunner, auch jede vorauseilend alles wissende
Freundin von Rita lieber, als diese Erscheinung, ja,
anders konnte man es nicht ausdrücken, denn sie
hatte nichts, absolut nichts Wirkliches an sich. So wie
der ganze Vorfall nichts Wirkliches an sich hatte.
  - Niemand braucht das Zimmer, sagte Rita.
  Es sei gut, wenn aus dem Ruhezimmer, Verban-
nungszimmer, korrigierte Lutz, wieder ein Gäste-
raum werden würde, sagte Rita. Es würde sie auch
zwingen, wieder näher zusammenzurücken, nicht
nur miteinander zu schlafen, sondern auch nebeneinander. Hilde habe ihre Wohnung aufgegeben,
das sei eine Chance. Für Max, aber auch für sie als
Paar. Lutz habe von Beginn an etwas gegen Hilde
gehabt, und das, obwohl Hilde immer mit einem
Lächeln auf ihn zugegangen sei, aber es helfe
nichts, an Hilde müsse er sich jetzt gewöhnen, sie

wisse nicht, wie sie sonst mit dem Vorfall fertig werden solle.

Wenige Stunden später lagen im Ruhezimmer die Federamulette, die blumigen Kleider, die Lederarmbänder, die Fußkette, die Gesundheitsschuhe, die Duftkerzen und Hilde selbst. Ihre breiten Schultern ragten über die Einzelbettkante hinaus. Ihre ledrigen Hände waren über der mächtigen Brust gefaltet. Das Haarnest zappelte im Rhythmus ihres schweren Atems, den man durch die gesamte Wohnung hörte. Rita war das erste Mal seit Wochen ohne Probleme eingeschlafen. Als würde sie sich an diesen rasselnden Atem schmiegen, der klang wie eine Ankerkette, die an einem Boot scheuerte. Lutz lag wach und fragte sich, wie es Hilde geschafft hatte, in so kurzer Zeit sein Zimmer zu annektieren. Plötzlich war sie dagestanden. Mit ihrem indianischen Haupt, ihren farblosen Augen, die versuchten möglichst durchdringend zu schauen, und streckte ihre Pranken nach Max aus. Der stellte sofort das Bellen ein und schnupperte an ihrer braungebrannten ledrigen Hand. Rita sprach von einer Erscheinung. Und dass Hilde einen inneren Pfad zu Max gefunden habe. Worte, die Lutz aus ihrem Mund noch nie gehört hatte und die bei jemandem wie Rita auch gleich nach Umnachtung klangen.

- Sie hat etwas Tierisches, sagte Rita, sie spricht mit Max auf einer anderen Ebene.

- Wie Dr. Dolittle, antwortete Lutz, und da setzte Rita das erste Mal das neue Gesicht auf, und Lutz begriff den Ernst der Lage. Rita redete trotzdem weiter, denn dann habe Hilde etwas Erstaunliches vollbracht. Sie habe nicht auf den bellenden Max gedeutet, sondern neben ihn, und habe gefragt, was denn das für ein Hündchen sei, das da neben ihm sitze und die Passanten anbelle. Ob er, Lutz, verstehe, was Hilde da vollbracht habe. Lutz schüttelte den Kopf. Hilde, so Rita, habe die Fantasie von Max *kanalisiert*. Warum noch keiner von den sogenannten Experten auf die Idee gekommen sei, das frage sie sich. Was sie mit *kanalisiert* meine, fragte Lutz, der bis auf einen immer größer werdenden Irrwitz überhaupt nichts verstehen wollte. Hilde habe aus dem Hund in Max einen Hund neben Max gemacht, ob ihm jetzt ein Licht aufgehe. Aber Lutz sagte, er verstehe gar nichts mehr und habe in seinem Zimmer, das man ihm jetzt auch noch wegnehmen wolle, beschlossen, auch nichts mehr verstehen zu müssen, worauf Rita sagte, dass er sich getrost auf Hilde verlassen könne. Wenn er bloß dabei gewesen wäre, wie Max Hilde angesehen habe, dann würde selbst er nicht mehr zweifeln, worauf Lutz gar nichts mehr sagte, sich stattdessen ganz der stumpfen Resignation hingab, die sich in ihm ausbreitete. Wie ein Mensch habe er dreingesehen, das erste Mal seit Monaten wie ein menschliches Kind. Lutz! Luise, Lutz!, so heiße der Hund.

- Welcher Hund? fragte Lutz.

Ein fiktiver Hund sei doch besser als ein fiktives Kind, sagte Rita, und Lutz sagte, Max sei kein fiktives Kind, schließlich sei er für jeden sichtbar, man könne ihn riechen und mit ihm sprechen, und Rita sagte, Max und Hilde hätten Luise ebenfalls gesehen, hätten auch mit ihr gesprochen, und es sei in jedem Fall besser, sich um diesen Hund zu kümmern, wenn sie dafür den alten Max zurückkriegen, wobei Lutz

sie korrigierte, den *alten Max* gebe es nicht, dafür sei
Max einfach zu jung. Aber seit dem Vorfall hoffte
Rita auf irgendein Zeichen der Erlösung, und Hilde
sei der Engel, für den sie gebetet habe, und als Lutz
diese ledrige alte Squaw sah, da fragte er sich, ob Rita
womöglich zum falschen Gott gebetet habe, worauf
Rita wieder ihr neues Gesicht aufsetzte, und Lutz
wusste, mit den üblichen Witzen würde er Hilde keinesfalls beikommen.

Der Vorfall hatte sich wenige Tage vor Hildes
Erscheinen ereignet. Sie habe es die ganze Zeit
gespürt, sagte Rita, habe beim Sex die Ohren immer
nach unten gerichtet, und als sie nichts mehr gehört
hatte, kein Scharren, kein Wetzen, kein Tapsen, kein
Summen, kein Atmen, da hatte sie Lutz von sich
gestoßen und war aus dem Zimmer gelaufen. Sie war
die Treppe hinuntergestolpert, ein Schmerz am Ell-
bogen, der sie noch wochenlang daran erinnern sollte. Sie rief Max, sie lief in alle Zimmer, die Spielsa-
chen lagen auf dem Boden, und sie dachte, wenn er
jetzt tot war, würde sie sein Spielzeug für immer so
liegen lassen, sich dazwischen legen, nichts berühren,
nur leise vor sich hin summen. Sie würde Max nicht
aufgeben, sie würde die Stelle von Max einnehmen,
sie würde er sein, damit er leben könne, und da
hörte, nein, spürte sie seinen Atem, als würde er hinter ihrem Ohr sitzen und die Luft anhalten. Er stand
am offenen Fenster. Kein Wort, sie durfte ihn nicht
erschrecken. Jetzt bloß nicht Max sagen, denn das
war nicht Max. Die Hausente wollte dem Schwarm
folgen, das begriff sie sofort. Auch wenn er außer
Reichweite war, mit keiner Bewegung den Fluchtins-
tinkt wecken. Und Max, der sie ansah, als wäre sie ein

Wolf, und vergaß, wo er stand, und den Schritt nach vorne tat. Und Rita, die auf Max losstürzte, und Max, der kerzengerade aus dem Fenster kippte, als hätte sie ihm den Boden weggezogen, und Rita, die sein linkes Bein umklammerte. Und Max, der stolperte und zu strampeln aufhörte. Und Rita, die Max schrie. Und Max, der wie ein Kind schrie, endlich wie ein Kind schrie. Und Rita, die seinen Fuß umklammerte und juchzte, hysterisch juchzte, weil sie begriff, dass darin die Lösung lag, genau in diesem Moment. Es waren die Schreie eines Kindes, nicht die eines Tieres. In diesem Moment war er Max. Und als sie ihn hochzog, verschlug es ihm die Sprache, überhaupt jeden Laut. Denn Giraffen konnten nicht sprechen, ja, nicht einen Laut konnten Giraffen mit ihren langen Hälsen von sich geben, und in solchen Höhen, mit wem sollten sie auch groß sprechen. Und so schlief Max an diesem Abend aufrecht und schwieg über den Vorfall, über den es auch nichts zu sagen gab. Taten mussten folgen.

Rita baute Gitter vor die Fenster, ließ Max keine Sekunde allein, und alles, was nicht haltungsgerecht war, musste raus. Rita habe einen Zoo gebaut, sagte Hilde, ein Gehege, in dem sie selbst im Kreis lief. Hilde sehe die Dinge, sagte Rita, ohne sich von deren Erscheinung blenden zu lassen, sie sehe nicht den Fuchs, nicht die Katze, nicht die Gans, sie sehe den Max, den Rita und Lutz schon längst aus den Augen verloren hätten. Hilde sehe auch den Lutz hinter dem Lutz, vom ersten Abend an, als Hilde für alle Fleisch und Milch zubereitete und Lutz mit Luise Gassi schickte. Sie sehe sogar den Lutz hinter dem Lutz hinter dem Lutz, sagte Rita, das sei, als ob man einen Alibertspiegel aufklappe. Es sei eben nicht wie diese russischen Puppen, wo das Ich immer kleiner würde, bis es nicht mehr teilbar sei, sagte Rita, die genau das wahrscheinlich von Hilde gehört hatte, die das Gesagte wiederum mit diesem Lächeln kommentierte, das ihn von Beginn an rasend gemacht hatte.

Lutz war erleichtert, als er im Hof unten stand, um mit diesem fiktiven Hund Gassi zu gehen. Luise, die ihr eigenes Bett bekam, gefüttert und geimpft werden musste, wurde zum Versprechen, dass Max ein Mensch blieb. Wobei Hilde sagte, der wesentlichste Unterschied zum Tier bestehe darin, dass man als Mensch nicht Mensch bleiben müsse. Aha, sagte Lutz, ob sie damit Verkleidungen meine, ein Fuchs habe nicht das Bedürfnis, sich als Giraffe auszugeben, und umgekehrt. Möglichkeit, korrigierte Hilde, außerdem, was wüssten wir von den Wanderungen der Füchse. Sie sagte das, als würde sie deren unsichtbare Pfade kennen. Das suggerierte sie mit allem, was sie sagte: ein geheimes Wissen. Selbst wenn sie ein Päckchen Milch aus dem Kühlschrank nahm, und Hilde trank viel Milch, mindestens drei Liter pro Tag, sah es aus, als handelte es sich um ein geheimes Ritual. Bei welchem Verein sie eigentlich sei, fragte Lutz, worauf Hilde wieder dieses Lächeln aufsetzte, es machte ihn rasend, und sie wusste das und lächelte, bis ihm die Wut aus den Augen quoll, und dann sagte sie, es gebe keinen Verein. Also sei sie eine Einzelkämpferin, sagte Lutz, und dann wieder dieses Lächeln und Hilde, die sagte, sie sei weder Kämpferin noch sei sie allein, was schon daran liege, dass es sie im eigentlichen Sinn gar nicht gebe, so wie es auch Lutz nicht gebe, die Vorstellung, wir seien

Inseln, die durch nichts miteinander verbunden seien, vergesse halt immer das Meer, aber auch das darunterliegende allumfassende Festland, das übersehe man gern, weil man ständig nur an die Boote denke, die man von Insel zu Insel schicke, und dann wieder dieses Lächeln und Lutz, dessen Wut zwischen Hildes Wellen ruderte, denn er sah Menschen weder als Inseln noch als Festland, er sah sie als Statisten in seinem Film, und daran wollte er auch nichts ändern, aber am meisten ärgerte ihn, dass Hilde hier den Ton angab, selbst in der Nacht, wenn sie die Wohnung vom Ruhezimmer aus lautstark beatmete. Wie ein großes Luftschiff, das behäbig abhob und seinen Flug in Richtung Schlafzimmer aufnahm. Dieser Flug dauerte fünf Tage, und Lutz fragte sich, wie es möglich war, dass er plötzlich mit Luise im Ruhezimmer lag und Hilde stattdessen im Schlafzimmer neben Rita. Er lauschte und hörte, wie Ritas Atem völlig willfährig Hilde hinterherhechelte, als würden die beiden im Schlaf den gleichen Körper beatmen, wobei er sich fragte, ob sie tatsächlich schliefen, ob es nicht Geräusche einer Einverleibung waren. Es war Ritas Wunsch gewesen, dass Hilde neben ihr lag. Hilde habe nichts dergleichen gesagt, sagte Rita, das sei nicht ihre Art. Aber es sei nun so, dass Hilde nicht nur den Lutz hinter dem Lutz hinter dem Lutz sehe, sondern eben auch die Rita hinter der Rita hinter der Rita, und diese Rita, die fühle sich ganz bei sich, wenn sie den Atem von Hilde neben sich spüre. Da könne sie endlich nach Jahren wieder tief in sich ruhen, ohne das Gefühl zu haben, dass ihr jemand im Schlaf auflauere. Ob sie das je vom Schlafen abgehalten habe, fragte Lutz, ob sie sich tatsächlich von ihm aufgelauert fühle? Rita nickte, nicht verhalten, nein, sie nickte geradeheraus, als hätte sie endlich die Klarheit erlangt, die wichtigen Dinge mit einem Nicken ins richtige Regal zu legen. Lutz wurde ganz schummrig angesichts dieser Klarheit, die sich durch nichts kompromittieren ließ. Stumm wie eine Giraffe stand er da und kaute Gedanken. Sie schliefen doch miteinander. Wach. Und wozu habe das geführt, fragte Rita. Lutz wagte nicht zu fragen, wie lange Hilde noch bleibe, denn er fürchtete die Gegenfrage, wie lange er denn noch bleibe, obwohl ihm Rita versicherte, dass es ihr ausschließlich um die Familie gehe, wobei sich Lutz fragte, wer denn jetzt eigentlich aller zu dieser Familie gehöre. Lutz und Luise im Ruhezimmer, Max, Hilde und Rita im Schlafzimmer, das Festland war für keinen mehr sichtbar. Außer für Hilde, die plötzlich neben ihm saß.

Er hatte ihren milchigen Atem neben sich gespürt. Lutz war im Wald gestanden, er hatte Jennifer den Weg entlanggeschoben. Luise hatte die Fährte aufgenommen. Sie waren ihnen gefolgt. Auch abseits der Wege, wo bald kein Weiterkommen war. Er hatte Jennifer durch das Unterholz getragen. Sie hatten Luise aus den Augen verloren. Immer tiefer waren sie hineingelangt. Als hätte sich der Wald vor ihnen geöffnet und hinter ihnen geschlossen. Als hätte sie der Wald verschlingen, nein, verdauen wollen. Und dann dieser milchige Wind von der Seite. Ein träger, saurer Dunstteppich. Die Luft war zu dick geworden, und Lutz musste Jennifer auf die getrockneten Nadeln legen. Weiter, hatte sie geschrien. Er rief: Luise! Aber die war längst im Dickicht verschwunden. Da leben keine Menschen, schrie Lutz, als ginge ein Sturm. Und dann wachte er auf, und Hilde saß neben ihm. Sie sagte, sie wisse, wer er sei, was er tue, was er denke, was er wolle. Aber all das spiele keine Rolle. Ihr ginge es um Max. Um den Subkontinent. Lutz war sofort bei Sinnen und sagte, dass er ebenfalls wisse, wer sie sei, was sie tue, was sie denke, was sie wolle und dass er keinesfalls zulasse, dass sein Kind Opfer einer Sekte werde, und dann wartete er auf Hildes Lächeln, dass es ihn in Rage brachte, um diesem ledrigen Fleischkoloss endlich die Milch rauszuwürgen. Doch das Lächeln kam nicht.

Schon bald gab es in der Wohnung keinen Winkel mehr, der nicht von Hilde beatmet wurde. Rita gehorchte ihr in Fragen der Einrichtung, der Erziehung, des Umgangs und der Ehe. Lutz musste beim Essen auf Pölstern knien, seine Schuhe vor der Tür ausziehen, die negativ aufgeladene Straßenkleidung wechseln, sich ausschließlich mit Wasser waschen, den Fernseher in den Keller tragen, Luise baden, bürsten und füttern, dem Kind von seiner eigenen Kindheit erzählen und mit Hilde über sein Sexualleben sprechen, was er verweigerte, indem er behauptete, er habe keines. Dazwischen lag Lutz mit Luise im Ruhezimmer und fragte sich, was diese Frau mit seiner Frau im Schlafzimmer trieb.

Am Ende der dritten Woche hatte sich plötzlich etwas verändert. Etwas fehlte. Lutz hatte es nicht gleich bemerkt, schließlich war es nicht augenfällig. Aber nach zwei Tagen fragte er Hilde, wo denn eigentlich Luise abgeblieben sei. Diese setzte sofort das lächelnde Gesicht auf. Es machte Lutz nicht mehr wütend, er hatte kapituliert. Hilde sagte, für

Luise sei es an der Zeit gewesen zu gehen. Das hätten Rita und sie so beschlossen. Dann doch wieder Wut. Sie hätten das so beschlossen? Obwohl es Lutz war, der mit ihr Gassi gegangen war, ihr Futter gegeben und sie eingefangen hatte, wenn sie sich wieder hinter dem Schrank versteckte. Sie hätten das einfach so beschlossen. Und Lutz erkannte, wie man etwas vermissen konnte, das es gar nicht gab. So wie Gott, hätte er früher gesagt, aber seit Hilde hier die Entscheidungen traf, verbat er sich solche Bemerkungen. Wer weiß, wofür sie sich hielt, und ihren inneren Pfad zu Gott kannte er auch nicht. Aber er wusste, dass es nicht Rita und Hilde waren, die das beschlossen hatten, sondern Hilde allein. Hilde hatte Rita ausgelöscht, und dann kam Lutz endlich Max in den Sinn. Er ging nicht zu ihm, er fragte Hilde, wie es seinem Sohn damit gehe. Hilde sah ihn an, erhob ihr lediges Haupt und verschränkte die Arme wie ein Türsteher und sagte, dass es für Max auf jeden Fall das Beste sei. Das würde seine Frage nicht beantworten, sagte Lutz und löste den Blick nicht von Hilde, deren Stirn sich runzelte. Ihre Haut leuchtete rot wie die australische Wüste. Max würde es gehen wie einem Kind, das sein Haustier verloren habe, sagte sie. Aber es sei Max, der um dieses Tier weine, und nicht das Tier selbst, wenn er verstehe, was sie meine, und Lutz verstand genau, was sie meinte, nämlich, dass er ab jetzt einfach keine Fragen mehr stellen solle. Außer er wolle mit allem wieder alleine fertig werden. Lutz schüttelte den Kopf. Sie sei schließlich nur hier, um zu helfen. Und zu zerstören, murmelte Lutz. Heilung sei eben ein schmerzhafter Prozess, Krankheit auch, säuselte Lutz, und dann sprachen sie wieder über das, was es nicht gab. Er fragte, wohin man Luise denn gebracht habe, und Hilde setzte wieder dieses Lächeln auf. Max habe Luise einem Kind geschenkt, das Kind heiße Ronald und habe sich einen Hund gewünscht. Hilde fand, dass Max damit soziale Kompetenz bewiesen habe, und plötzlich musste Lutz lachen. Es fühlte sich an wie ein epileptischer Anfall, aber es war ein Lachen, da war sich Lutz sicher, und zwar ein so herzhaftes wie seit Jahren nicht mehr. Und während er vor sich hin schepperte, bemerkte er, wie sich Hildes Stirnrunzeln zu Zornfalten verhärtete. Es würden jetzt sehr schwierige Wochen für Lutz werden, aber in diesem kurzen Moment hatte er das Gefühl, er könne Hilde einfach so weglachen. Oder wegschlafen. Und dann kam die Nachricht, die Zwanzigtausend-Euro-Nachricht. Und Lutz wurde vor den Augen Hildes unscharf. Und verschwand in sich selbst.

SECHS

Jennifer und Jakob waren nie wieder an den Strand gefahren. Sie waren nach dem Unfall überhaupt nie wieder irgendwohin gefahren. Sie richteten sich ein. Über Jahre waren sie damit beschäftigt, die Möbel in der Wohnung herumzuschieben. Aus dem Wohnzimmer wurde die Küche, aus der Küche das Schlafzimmer, aus dem Schlafzimmer das Wohnzimmer, aus dem Wohnzimmer wieder die Küche. Sie stritten, weil er es nicht ertragen konnte, wenn sie ständig die Möbel herumschob. Sie hingegen ertrug es nicht, wenn die Zimmer stets die Zimmer blieben, die sie waren. Sie sprachen auch nie mehr darüber, wohin es sich zu reisen lohnen würde. Jennifer saß in ihrem Rollstuhl und Jakob an seinem Schreibtisch, um Reiseführer zu schreiben, für die man nicht zu verreisen brauchte. Im Herbst wehte der Wind Wüstensand an ihr Fenster. Und im Winter kam der Regen aus dem Osten. Die Sommergewitter aus dem Norden und der Frühlingsfön aus dem Süden. Das Wetter kam zu ihnen. Und wenn sie ein Fenster öffnete, schloss er es kurze Zeit später. Sie stritten oft wegen der Temperatur. Auch wenn sie Hunger hatten. Mit der Zeit gewöhnten sie sich aber an, gemeinsam zu essen. Wenn in den Nächten die Phantomschmerzen kamen, blieb Jakob neben ihr liegen. Sie hatten beschlossen, unter allen Umständen zusammenzubleiben. Ihre Liebe war räumlich, sie bewohnten einander. Sie schoben einander von Zimmer zu Zimmer. Jennifer gestaltete um, Jakob gestaltete zurück. Ihre Liebe war in Bewegung.

Geschlossene Fenster. Solange das Draußen nicht hereindrang, blieben sie ruhig.

Vormittags saßen sie in ihrer Wohnung. Sie hörten einander durch die Wände. Ein Umblättern. Das Tippen auf einer Computertastatur. Ein Seufzen. Ein Husten. Stimmen, die aus den Kopfhörern drangen. Noch ein Seufzen, wenn ein Schauspieler den richtigen Ton nicht getroffen hatte. Sie standen gemeinsam gegen neun Uhr auf. Meistens lag Jennifer dann bereits seit einer Stunde wach. Sie weckte Jakob, sonst würde er bis in den späten Vormittag hinein schlafen. Sie frühstückten gemeinsam, wobei Jakob das Essen und Jennifer den Tee zubereitete. Sie lasen gemeinsam die Zeitung. Jennifer griff immer zuerst zum Feuilleton und Jakob zur Chronik. Wirtschaft und Sport lasen sie beide nicht. Jennifer aß wenig, Jakob über die Sättigung hinaus. Jennifer sagte oft, dass Jakob nicht sehr alt werden würde. Jakob seufzte dann wie Jennifer, wenn ein Schauspieler den Ton nicht traf. Jennifer duschte morgens, Jakob abends. Sie wollte nicht, dass er ihr half. Sie brauchte diese Stunde alleine im Bad. Jakob nutzte die Zeit, um sich eine Route für den Tag zurechtzulegen. Wenn sie miteinander schliefen, dann geräuschlos. Wenn Jakob masturbierte, kam er meistens mit einem kurzen Schrei. Als ob ihn der Orgasmus jedes Mal von neuem überraschte. Wenn draußen die Sonne schien, zog Jennifer die Jalousien herunter. Sie mochte es, wenn die Streifen über ihr Gesicht wanderten. Er brauchte klares Licht, dämmrige Stellen im Raum machten ihn fahrig. Jakob ertrug es nicht, wenn Musik nur im Hintergrund lief, Jennifer benutzte sie ausschließlich als Mittel gegen die Stille. Manchmal spielte sie Klavier. Aber sie liebte nicht die Musik, nur das Bild: sie am Klavier. Jakob hörte ihr dann aus dem Nebenzimmer zu. Wenn er die Augen schloss, sah er ein pelziges Wesen, das durch die Walddämmerung lief. Wenn Jennifer die Augen schloss, sah sie Türme aus Papier, die im Regen einknickten. Jakobs Gemüt veränderte sich über den Tag, Jennifer blieb in ihrer Rolle. Sie sprachen nie über Geld. Es war ein gemeinsamer Beschluss, nie über Dinge zu sprechen, die sie sich nicht leisten konnten. Sie gingen so gut wie nie aus. Manchmal luden sie jemanden ein, es gab aber nur wenige Menschen, auf die sie sich einigen konnten. Jakob hatte Schmerzen in den Gelenken, Jennifer brannten jede Nacht die Beine. Dann vertiefte sie sich so lange in den Schmerz, bis ihr seine Anwesenheit nichts mehr ausmachte. Jakob versuchte den Schmerz zu ignorieren, was ihn meist noch verstärkte. Jennifer blies Kerzen aus, Jakob löschte sie mit den Fingern. Er griff auch ins Kaminfeuer. Aber wenn ein Fenster offenstand, lief er hin und sah panisch hinunter. Jennifer würde sich vergiften, Jakob die Pulsadern aufschneiden. Beide bevorzugten das Wegdämmern. Jakob Fleisch. Jennifer Fisch. Jakob Gin. Jennifer Grappa. Jakob Brillen. Jennifer Kontaktlinsen. Jakob Malerei. Jennifer Fotografie. Es hingen aber nur ein paar Kinoplakate im Vorzimmer.

Jeden Morgen warteten sie auf die Züge der Hochbahn, die an ihrem Fenster vorbeizogen. Sich die Welt da draußen als stummen Zustand zu denken, war ein gemeinsames Bild von Heimat. So wie ihnen vermummte Radfahrer im Winter das Gefühl von Geborgenheit gaben. Und flackernde Straßenlaternen Unwohl bereiteten. Freundliches Personal widerte sie im gleichen Maße an wie Menschen, die Gratiszeitungen lasen. Mit Hunden verbanden sie die Einsamkeit des Alterns. Katzen fanden sie nicht unheimlich, aber hinterhältig und stumpf. Wenn sie am Himmel einen Kondensstreifen sahen, dachten beide an einen Flugzeugabsturz. Wenn sie das Haus verließen, blickten beide als Erstes in den Himmel, ob dort eine Katastrophe abzulesen war. An wolkigen Tagen hofften sie, dass nichts passiert war, weil man ohnehin nichts davon hätte. Immer verließen sie gemeinsam das Haus. Jennifer mit ihrem Rucksack, Jakob stopfte alles in seine Jacke. Meistens begannen sie schon im Aufzug zu streiten. Jakob weigerte sich, seinen Rollstuhl bis zum Haustor zu tragen. Er bestand darauf, die Recherche für das Projekt müsse authentisch sein, da durfte man sich nicht schon von der Haustür ins Erdgeschoss schummeln. Jennifer musste sich querstellen, damit sie im Aufzug beide Platz fanden. Sie fragte, wie lange das noch so gehe, es sei ein unerträglicher Zustand, und wenn er das schon bis ins letzte Detail nachahmen wolle, dann möge er doch auch zuhause nicht aus dem Rollstuhl steigen. Aber Jakob sagte, sie verstehe offenbar das ganze Projekt nicht. Er schreibe einen Reiseführer für Behinderte und nicht einen Erlebnisbericht, wie es sich als Rollstuhlfahrer lebe. Das wüssten die Betroffenen ohnehin am besten. Sie versicherte ihm, dass kein Gelähmter der Welt seinen Reiseführer je kaufen werde. Jennifer bevorzugte *gelähmt*, weil sie *behindert* zu schwammig fand. Behindert seien viele, selbst Menschen, die es gar nicht wüssten. Behindert sei doch jeder, der an gewisse Grenzen stoße, sagte sie. Ja, heutzutage sei doch beinahe jeder behindert, sei es geistig, körperlich oder sozial, sie sehe da überhaupt keinen Unterschied. Und wenn er jetzt wieder sage, dass sich aber nur der wirklich Behinderte nicht aus seiner Lage befreien könne, dann wolle sie gar nicht weiterreden. Niemand könne sich irgendwann aus seinem behinderten Dasein loseisen. Warum sie jetzt *loseisen* sage, fragte Jakob, *loseisen* sei ein Wort, das sie nie verwende. Stimmt, *loseisen* sei ein Jakobwort, sagte Jennifer, und daran sehe man schon, wie behindert man sei. Ein jeder nehme ständig vom anderen etwas an, jeder sei also behindert, worauf Jakob wütend den Kopf schüttelte und sagte, wenn man so wie sie argumentiere, dann brauche man überhaupt keine Worte mehr. Dann werde nichts je konkret. Ein Behinderter müsse eben damit leben, dass er behindert sei und könne dann nicht einfach die ganze Welt für behindert erklären. Natürlich sei die gesamte menschliche Existenz behindert in ihrem Dasein. Der Körper an sich sei allein schon die größte Behinderung. Das gelte aber für jede Existenz. Ein Maulwurf sei schließlich auch blind. Niemand würde aber auf die Idee kommen, diesen Maulwurf als behindert zu bezeichnen. Hätte dieser Maulwurf hingegen keine Schaufelhände, dann müsse man zwangsläufig von einem behinderten Maulwurf sprechen. Es zähle eben schon der Standard der eigenen Gattung, und sie, Jennifer, sei eben behindert, weil sie nicht gehen könne. Und für solche Menschen würde er einen Reiseführer schreiben. Wenn Jennifer wütend wurde, spannten sich ihre Kiefer und ihre Nasenflügel zogen sich zusammen. Was er sich eigentlich einbilde? Er habe doch nicht den blassesten Schimmer, wie sich ein Gelähmter durch eine Stadt bewege. *Behindertengerechtes Reisen*, wenn sie das schon höre. Ob er tatsächlich glaube, sie stehe ratlos vor einer U-Bahntreppe, wenn der Aufzug defekt sei. Das passe schon eher zu Jakob, der in solchen Situationen immer gleich in einen Lähmungszustand verfalle. Jakob leide da unter einer viel größeren Behinderung als sie. Wenn Jakob wütend wurde, dann biss er die Zähne zusammen und neigte seinen Kopf, als könnte er die Wut aus dem Ohr schütteln. Bei ihm saß die Wut im Kopf, bei ihr im Bauch. Nur weil er sich nicht mit jedem Taxifahrer oder jeder Kassiererin gleich in die Haare kriege, fauchte Jakob, heiße das nicht, dass er alles mit sich machen ließe. Aber Jennifer fahre die Geschütze auf, bevor noch etwas passiert sei. Sie leide an Streitsucht, sagte er, Konfliktscheu, fauchte Jennifer zurück. Kein Streit, dem er nicht aus dem Weg gehe, sagte Jennifer, worauf Jakob noch schneller rollte und sagte, dass man das im Augenblick wohl kaum behaupten könne. Schließlich stritten sie gerade, und Jennifer, die ebenfalls ihr Tempo erhöhte, murmelte, dass sie sich längst frage, warum er sie nie verlassen habe. Diese Beziehung pendle ohnehin nur zwischen Langeweile und Streit, aber wahrscheinlich sei auch das ein Ergebnis seiner Konfliktscheu. Und der Grund, warum er sich in diesen Rollstuhl setze.

Sie rollten nebeneinander am Gehsteig die Straße hinunter. Die Passanten wichen genervt aus. Jakob, den Blick nach vorne gerichtet, sagte, dass sie sich schon anschauen werde, wenn sie so weitermache. Er könne jederzeit gehen, unterbrach ihn Jennifer, das habe sie ihm von Beginn an gesagt. Seit Jahren versuche sie sein Gehen herbeizureden, sagte Jakob, das liege an ihrem Vater, dessen Gehen man auch herbeigeredet habe, aber er, Jakob, sei nicht Jennifers Vater, sie möge das endlich zur Kenntnis nehmen und einen Therapeuten aufsuchen. Er habe diese Stellvertreterkriege satt. Was ihm übrigens einfiele, intime Dinge mit Ritas Therapeutin zu besprechen, sagte Jennifer. Ausgerechnet mit dieser fehlbesetzten Pseudotherapeutin. Da könne man sich die Ex-Verlobte gleich ins Bett legen. Er sei da schließlich nicht freiwillig hingegangen, sagte Jakob, es gehe ausschließlich um Rita und Lutz.

- Ha, sagte Jennifer.

Selbstverständlich gehe es auch um ihn, schließlich sei Rita jetzt mit Lutz zusammen, weil er sie damals verlassen habe. Man könne diesen Plombierer gar nicht losgelöst von Jakob betrachten. Vielleicht erkläre das auch, warum Lutz ein Auge auf Jennifer geworfen habe, sagte Jakob und sah sie an. Beide hielten den Blick.

- Wie kommst du darauf?
- Ein Gefühl.
- Ein Gefühl?
- So etwas spürt man.
- So etwas sieht man.
- Ich sehe seinen Blick.
- Ich nicht.
- Und er hat nie etwas probiert?
- Nein.
- Du würdest es mir sagen?
- Nein.
- Warum nicht?

- Dir kann man so etwas nicht sagen.

- Also hat er es probiert.

- Nein.

- Wie soll ich wissen, ob du die Wahrheit sagst?

- Es ist egal, ob ich die Wahrheit sage. Es ändert nichts.

- Ich sehe es an deinem Blick.

- Nichts siehst du.

- Du würdest es mir nicht sagen, obwohl du ihn hasst?

- Ich hasse ihn nicht, er ist mir egal.

Ein Passant sprang fluchend zur Seite.

- Du würdest es benützen, um mich und Rita auseinanderzubringen.

- Ihr seid auseinander.

- So meine ich das nicht.

- Doch.

- Nein.

- Egal.

Jakob blieb an der Kreuzung stehen. Er sagte, er glaube, Lutz habe ihm achtzehn Mal gesunde Zähne plombiert. Ob Jakob jetzt völlig durchdrehe, warum er das tun solle? Keine Ahnung, Rache, Skrupellosigkeit, es gebe viele Möglichkeiten. Er sei paranoid, sagte Jennifer, Lutz sei doch bei allen Vorbehalten kein Doktor Mengele. Warum sie ihn plötzlich so verteidige, wollte Jakob wissen. Jennifer ignorierte die grüne Fußgängerampel. Was er ihr da unterstellen wolle? Nichts, sagte er, er wundere sich nur, dass ausgerechnet sie ihn so vehement verteidige. Da verstehe er offensichtlich etwas falsch, sagte Jennifer. Sie versuche ausschließlich, Jakob vor sich selbst zu schützen. Jakob stieß kopfschüttelnd Luft aus. Bei der Ärztekammer werde er ihn anzeigen. Abgetragen habe Lutz seine Zähne, wie einen Steinbruch, wegen ein paar tausend Euro. Das Ordinieren würden sie ihm verbieten. Auf schwere Körperverletzung klagen! So viel zum Thema Konfliktscheu. Wenn er sich unbedingt der Lächerlichkeit preisgeben wolle, dann sei das der richtige Weg, sagte Jennifer. Rita würde ihm eine solche Unterstellung niemals verzeihen. Seine Gesundheit, sagte er, sei offenbar gar nichts wert in diesem Zusammenhang. Jedem Taxifahrer gebe sie Recht, jedem Kellner krieche sie in den Arsch, bevor sie sich auch nur einmal hinter ihn stelle. Die Ampel sprang von Rot auf Grün. Jennifer schüttelte den Kopf, aber nicht wie Jakobs Eltern ihre Köpfe schüttelten.

- Es reicht, Jakob!

Ohne ihn anzusehen, rollte sie über die Straße und ließ ihn stehen. Er hatte den Spieß umgedreht. Sie wusste gar nicht mehr, wie der Streit begonnen hatte. Hatte sie Lutz zu offensichtlich verteidigt? Ganz ruhig. Niemals würde Jakob ernsthaft annehmen, dass sie mit Lutz eine Affäre hatte. Sie hatten auch keine, da ging es nicht um sie und Lutz, Sybille hieß das Spiel. Ein teures Spiel, für das man viele Zähne bohren musste. Hatte Lutz tatsächlich Jakobs gesunde Zähne plombiert, um sich Sybille leisten zu können? Sie fühlte sich geschmeichelt. Wenn man für jede Plombe 300 Euro bekam, dann hatte Lutz mit Jakob 5.400 Euro verdient. Dafür würde sich Sybille glatt auf ein Bahngleis stellen. Der Befehl: Lutz müsse kommen, bevor der Zug kam. Sie lachte auf. Zu albern. Für 5.400 musste es schon eine Szene mit Anspruch sein. Eine Autostoppszene: Er stand an der Landstraße. Sybille hätte es wissen müssen, außerhalb von Rohrbach nahm man keine Fremden mit. Aber er sah so vertrauenswürdig aus. Er stieg hinten ein, da hätten doch alle Alarmglocken läuten müssen. Als sie durch den Wald fuhren, strangulierte er sie mit einem Nylonfaden. Ihre Augen quollen über, aber Jennifer blieb am Gas. Er ahmte ihre Würgegeräusche nach und lachte. Ihr Bauch zappelte über den toten Beinen. Phantomschmerz. Er hielt das Nylon gespannt und befahl ihr, in den Wald zu fahren. Dort warf er sie zu Boden. Sie versuchte davonzurobben. Aussichtslos. Er stellte sich vor sie hin. Er sagte, wenn sie leben wolle, dann möge sie jetzt artig sein. Er öffnete seinen Hosenschlitz und befahl ihr, sich hinzuknien. Hände auf den Rücken! Mund auf! Augen offenhalten! Er schlug sie ins Gesicht. 1001 Nacht, sagte er, sie solle um ihr Leben erzählen, sie habe fünf Minuten Zeit. Er nahm seinen Schwanz in die Hand, und sie sah ihn an, während sie von dem Bahngleis und dem Spiel erzählte. Es dauerte drei Minuten, dann ließ er sie im Wald liegen und fuhr mit dem Auto davon.

Jennifer kannte den Lutz hinter dem Lutz. Sie hatte das ängstliche Kind gesehen, den Jungen, der sich nicht traute, einen Blick zu erwidern. Dessen Hand sehnsüchtig über Gegenstände strich, der davon träumte, die anderen als Puppen nachzubauen. Er hatte ihr eine Seife gegeben, die den Eigengeruch entfernte. Er hatte gesagt, dass er sich nicht verlieben wolle. Und dass eine geruchlose Sybille mehr Raum für eine Szene lasse. Wenn Lutz die Augen schloss, dann sah er sich selbst ohne Gesicht. An seiner grünen Haut perlte der eigene Schweiß ab. Er weinte, weil es ihn nicht gab. Und oft, nach einer Szene, legte sie die Rolle ab und nahm ihn in den Arm, bevor sie sich schweigend trennten. Sie kannte Lutz zart, brutal, bettelnd, handgreiflich, wimmernd, kaltblütig, naiv, distanziert, gefährlich – sie kannte jedes Adjektiv an Lutz. Hatte sie begonnen, etwas für ihn zu empfinden? Sie vermisste seine Befehle, wenn sie ein paar Tage ausblieben. Sie hatte sein Auge zu schätzen gelernt. Es war natürlich nicht geschult, trotzdem erkannte er, ob eine Rolle gut gestaltet war. Er hatte ihre Arbeit richtig zu bewerten gelernt und war mit der Zeit auch bereit gewesen, mehr dafür auszugeben. Wie viel Leid ihm Sybille wert war. Es musste jeden etwas kosten. Ökonomie. Volkswirtschaft. Fuck! Für zwanzigtausend Euro musste man viele Zähne bohren.

Jennifer versuchte, den Streit mit Jakob auszublenden. Für die Zwanzigtausend musste sie in Höchstform sein. Sie hatte noch zwei Stunden Zeit, aber Jakob hatte sie aufgewühlt zurückgelassen. Zur Ruhe kommen, Jakob wegatmen, dieser Nachmittag gehörte Lutz. Eine Rolle annehmen. In einer Welt, in der es Jakob nicht gab. Aber es ging nicht, in jeder Szene tauchte er auf und erinnerte sie daran, wer sie nicht war. Jennifer dies, Jennifer das, Jennifer dort, Jennifer da. Sie flüchtete nachhause und legte sich aufs Bett. Sie inhalierte die stehende Luft, die gemeinsame Luft. Sauerstoffmangel. Blei. Rohrbach. Anschnallen. Sie schloss die Augen. Leicht werden. Jeden einzelnen Gegenstand dieser Wohnung hinter sich lassen. Das Wohnzimmer. Die Küche. Das Schlafzimmer. Die Kleider. Die Schuhe. Den Schmuck. Die Bücher. Die Platten. Das Klavier. Den

Rollstuhl. Alles ließ sie zurück. Als hätte es nie zu ihr gehört.

SIEBEN

Jakob war den ganzen Tag herumgefahren. Aber nur
hier am Flussufer sah es so aus, als hätte er schon
immer dagestanden. Er beobachtete die Passanten,
wie sie vor dem Rollstuhl stehenblieben und das
Wasser nach einem leblosen Körper absuchten. Solche Flüsse sogen Selbstmörder massenweise in sich
auf und spuckten sie nur selten wieder aus. Das liege
an der Kälte, sagte ein Passant, durch die Kälte würden die Leichen nicht hochgespült, das habe etwas
mit der Wasserdichte und dem Gewicht zu tun. Ein
zweiter Passant widersprach ihm nicht, und ein anderer schaute sich um, ob nicht doch ein lebloser Körper an der Oberfläche trieb. Niemand dachte an
Mord. Warum sollte man jemanden im Rollstuhl
ermorden, noch dazu hier, wo ständig Menschen
vorbeigingen? Wer würde eine gelähmte Leiche entsorgen und den Rollstuhl stehenlassen? In den Fluss
werfen. Die Leiche anbinden. Stoßen. Versenken.
   Jetzt, da er den Rollstuhl am Ufer stehen sah, dachte Jakob an Mord. Obwohl es nicht ihr, sondern sein
Rollstuhl war. Hätte er nicht an Selbstmord denken
müssen? Aber er dachte an Mord und stellte sich vor,
wie er sie im Fluss versenkt, wie er sie im Wald ver-
gräbt, wie er sie von einem Hochhaus hinunterge-
stoßen, wie er sie mit gefesselten Händen auf ein
Bahngleis gelegt hätte und dann mit dem Rollstuhl
hierhergefahren wäre, um von dem wirklichen Tat-
hergang abzulenken. Der Wunsch, sie wäre tot, war
über die Jahre nie vollständig abgestorben. Das hier
sah nicht nach Mord aus, das hier sah aus wie ein

Täuschungsmanöver. Das passte zu Jakob. Immer nur halb, immer nur Andeutung.

Ein Leben ohne Identität und ohne festen Wohnsitz. So lange, bis man aufgehört hätte, sich umzusehen, ob man verfolgt wurde. Ein Leben im Überall, wo es nach Hotelwäsche roch, wo man Musik durch die Wände hörte und aß, wo ein Lächeln erwidert wurde. Im Überall folgte man Passanten und hoffte, dass sie nicht ebenfalls nur jemandem folgten. Im Überall nannte man falsche Namen, erfand einen Aufenthaltsgrund und erschwindelte sich eine Biografie. Im Überall unterhielt man sich mit dem Wetter, ließ U-Bahnen davonfahren und ging in Supermärkte, ohne etwas zu kaufen. Im Überall erkannte man die Menschen, mit denen man einst gelebt hatte, nicht mehr.

Als Jakob Schober war er geboren worden, und als Jakob Schober würde er sterben. Von Schober zu Schober wurde immer weniger geschobert, so lange, bis vor der Welt und vor ihnen, den Schobers, selbst nichts Schoberisches mehr übrigbleiben würde. Dieses Verstecken von allem Schoberischen nahm über die Generationen derart zu, dass Jakobs Eltern bereits nur noch das konstatierten, was ohnehin jeder mit freiem Auge erkennen konnte: das Wetter, das Fernsehprogramm, den Verkehr oder eine Schlagzeile. Insofern hatten sie Konrads Verschwinden gut verkraftet. Denn eine Dienstreise war eben eine Dienstreise. Dem Begriff wohnte etwas ähnlich Absolutes inne wie dem Wetter oder dem Verkehr. Das sei eben so. Kinder hin, Kinder her, das verhalte sich wie bei einem Naturgesetz. Und hätte Jakob jemals eine angemessene Begrifflichkeit für seine

Nicht-Existenz gefunden, dann hätten sie auch diese abgenickt. Aber für Jakobs Nichtstun gab es keinen Begriff. Daher wurde Jakobs Nichts auch immer als solches bezeichnet und mit der immergleichen, auf dem Platz tretenden Nervosität quittiert, die eine solche Unbegrifflichkeit in den kopfschüttelnden Eltern auslöste.

Als Marie eingeschlafen und Jennifer aufgewacht war, da sagte Jakobs Vater, sie sei aufgewacht, und Jakobs Mutter sagte, dass sie jetzt wohl wach bleiben würde. Da fielen sie selbst in den letztmöglichen Tiefschlaf, aus dem sie nicht mehr erwacht wären, wäre es nicht immer schon Jennifers Ansinnen gewesen, alles und jeden bis in den letzten Winkel zu erkennen zu geben. Sie machte da vor sich selbst keinen Halt. Im Gegenteil, sie serviere sich jedem, der es nicht wolle, sofort auf einem Silbertablett, hatte Jakobs Mutter gesagt, ohne dabei Jennifers Existenz besprechen zu wollen, denn diese wurde von ihrem Erwachen weg ignoriert. Es gab mit Jennifer keinen Nicht-Jennifer-Moment, während es mit den Schobers ausschließlich Nicht-Schober-Momente gab. Das vertrage sich nicht, dachte Jakob, wobei sich gerade das vertrage, sagte Jennifer, bei der Reden und Denken stets das Gleiche waren. Jennifer stellte von Beginn an klar, dass sie jemand sei, der nie zuerst den Blick abwende, der bei diesem Hin- und Hergeschobere nicht mitmache. Das kenne sie zur Genüge aus Rohrbach, wo auch keiner dem anderen in die Augen sehe, und dass man nicht gemeinsam hier sitzen würde, wenn einen die Umstände nicht zwängen, wobei diese Umstände nur so lange aufrechtzuerhalten seien, so lange sich die Schobers bereit erklärten,

91

ihre Schoberangelegenheiten offen auf den Tisch zu legen und alles Rohrbacherische im Schoberischen auszumerzen, denn sie, Jennifer, sei nicht bereit, sich wieder einzutreten, was sie ein Leben lang loszuwerden versucht habe. Ihr, Jennifer, sei natürlich bewusst, dass man hier jetzt lieber Rita sitzen sähe, die als Schwiegertochter natürlich viel besser zu den Schobers passe, denn während die Schobers nie aus ihrer Unkenntlichkeit heraustraten, stülpte Rita stets immer ihr Bestes nach außen, selbst dann, wenn das Beste nichts mit ihr zu tun hatte. So wusste man von den Schobers nichts und von Rita nur das Beste, was bei genauerer Betrachtung keinen Unterschied machte. Jennifer hingegen hatte sich vorgenommen, wenn schon so eine Existenz, dann eine völlige, und sie bezweifelte, dass Jakob und seine Eltern bereit waren, eine so völlige Existenz in Kauf zu nehmen. Worauf Jakobs Eltern sagten, es gebe auch Dinge, die vom Wetter, dem Verkehr oder dem Fernsehprogramm abhingen. Und Jakob sagte gar nichts mehr, wünschte sich nur, dass das ständige Reden ein Ende finde, bis sich selbst dieser Wunsch verlor und es ihm gar nicht mehr auffiel, was von wem wann gesagt worden war.

Der wesentliche Vorfall passierte dann mit Großmutter Schober, die nur sterben konnte, wenn alle getauft waren. Selbst Konrad musste sich diesem Zwang unterwerfen. Großmutter Schober und ihre zwei Schwestern waren in Summe zweihundertsiebenundachtzig Jahre alt. Alle drei waren seit Jahrzehnten verwitwet, und Jakob sagte, dass sie vielleicht deshalb so lange lebten, weil sie es alle nicht eilig hätten, ihre Ehemänner wiederzusehen, wobei

Großmutter Schober selbst behauptete, dass sie immer aufgehört habe zu essen, wenn sie satt gewesen sei. Großmutter Schober hatte aber trotz des frühen Ablebens ihres Mannes ein unglückliches Leben hinter sich, denn ihr fehlten von Kindheit an drei Finger. Wenn sie einem Fremden die Hand reichen musste, zog sie sie möglichst schnell wieder zurück und verschränkte ihre Hände dann hinter dem Rücken. Sie sollten unsichtbar sein, darauf hatte man sich bei den Schobers geeinigt.

Die ungetaufte Jennifer meinte, mit zweiundneunzig wäre es an der Zeit, sich diesen Händen zu stellen, nur so könne man das Leid überwinden. Nicht für dieses Leben, aber für das nächste. Nein, nicht katholisch. Auch nicht evangelisch. Die Kerblers seien von jeher nur Rohrbacher und sonst nichts gewesen. Nein, sie sehe nicht, dass die Gläubigen immer mehr Glück im Leben hätten als die Ungläubigen. Es sei nicht Gottes Schuld gewesen, sondern Jakobs. Letztendlich spiele aber die Schuldfrage die geringste Rolle. Ob Jennifer die Hände betrachten dürfe? Sie könne sich genau vorstellen, wie demütigend das mit dem Großvater gewesen sei. Natürlich habe er sie trotz der Hände geliebt. Ob sie für ihr Opfersein nicht insgeheim dankbar sei. Ob diese Hände ihren Katholizismus nicht veredelten. Jeder Katholik wünsche sich doch ein sichtbares Leiden, eine eigene Passion, um dem Opfer Christi näher zu kommen.

Die Eltern Schober fuhren für drei Wochen in Urlaub, die Großmutter lag zwei Wochen im Krankenhaus, und Jakob schlief eine Woche lang im Wohnzimmer. Er ignorierte ihr Weinen im Nebenzimmer. Phantomschmerzen, sagte er sich. Jennifer versuchte nicht, um Verzeihung zu bitten. Zu sehr hasste sie sich selbst, zu groß der Schrecken, dass es ihr nach all der Zeit wieder passiert war. Es war nie ganz verschwunden. Sie hatte damit zu leben gelernt. Von den anderen konnte man das nicht verlangen. Keiner konnte auf Dauer verzeihen. Sie habe einen Blick für das Schlechte, hatten sie in Rohrbach gesagt. Für das Gute sei sie blind. Für das Schöne taub. Und für das Verbindende stumm. Mit so einer wolle man nicht. Miteinander hieß, im richtigen Moment Trennendes nicht auszusprechen. Aber Jennifer konnte nicht anders. Sie musste, gegen ihren Willen, aber sie musste. Sie sagte, dass Jakob sie jetzt bestimmt verlassen würde, dass sie das verstehe, dass man mit so einer Person nicht zusammen sein könne und dass es für alle besser gewesen wäre, sie hätte diesen Unfall nicht überlebt. Jakob sagte darauf nichts. Er starrte in seine eigene Existenz wie in einen leeren Brunnen, in dem nur ein paar Skelette von Mäusen und Fröschen lagen.

Anfangs hatte sie es noch genossen, ihn zu befriedigen, aber mit der Zeit ekelte sie sich vor seinem Orgasmus. Vor jedem männlichen Orgasmus. Sie empfand ihn als völlig lächerlich und konnte keinen Mann mehr ernst nehmen, der einmal vor ihren Augen gekommen war. Jeder Orgasmus ließ den Charakter eines Mannes auf das absolute Minimum schrumpfen. Das hatte sie in ihr Tagebuch geschrieben, und Jakob hatte ihr nie erzählt, dass er es gelesen hatte. Sie schliefen kaum noch miteinander, auch nicht in den Tagen, als Jennifer nächtelang weinte. Schon gar nicht, um den Phantomschmerz zu lindern. Er warf ihr nichts vor, aber er tröstete sie auch nicht. Jennifer verschwand im Netz, und Jakob beschloss, nie wieder Hunger zu haben. Er nahm fünfzehn Kilo zu und sah bald so aus, wie er sich seit langem fühlte. Er telefonierte mit Konrad, der ihm wieder nicht von Buenos Aires, Mombasa oder Tokyo erzählte. Von einer Dienstreise gab es eben nichts zu berichten. Für einen Mann von Konrads Größe war es beinahe unmöglich, sich nicht zu erkennen zu geben, dachte Jakob und glaubte daher, in seinem Bruder einen guten Ratgeber zu finden. Aber Konrad eignete sich ausschließlich als Zuhörer. Längst hatte er alle Fäden durchschnitten. Sein Desinteresse wurde mit Geduld verwechselt. Sein Schweigen wurde so gut wie nie als Stumpfheit benannt.

Für Konrad war Jennifer reine Erzählung. In seiner Vorstellung hatte sie kurz geschorenes Haar, eine sehr männliche Stimme und roch stechend nach Schweiß. In Jakobs Wirklichkeit hatte sie rot gewelltes Haar, ihre Stimme war hell und brüchig und vor ein paar Monaten hatte sie aufgehört zu riechen. Als wäre jemand mit einem Geruchsentferner über ihren Körper gegangen. Jakob hatte es bemerkt, als er die Bettwäsche wechselte. Er roch an ihrer Kleidung, an ihrem Nacken. Jennifer hatte ihre Witterung verloren, obwohl sie sich immer seltener wusch. Aber irgendwo musste sie den Eigengeruch gelassen haben. Mit dem Verlust des Eigengeruchs gingen auch andere Dinge. Als hätte man Teile von Jennifer entfernt. Als hätte jemand versucht, Jennifer in Etappen zu stehlen. Vor allem hatte sie aufgehört, sich und andere zu erkennen zu geben. Sie hatte ihre Aufmerksamkeit woanders hingelenkt, sie war abwesend.

Also begann Jakob ihr zu folgen. Er war der festen
Überzeugung, dass Geruch und Aufmerksamkeit nur
den Ort gewechselt hatten. Tagelang schlich er ihr
nach, aber ihre Wege waren von provokanter Belang-
losigkeit. Supermärkte, Einkaufszentren, Parkanla-
gen, U-Bahnstationen, Kaffeehäuser. Als hätte sie
ihn von Beginn an bemerkt.

Donnerstag, 17. April
Heute wieder gefahren. Nirgends findet man Men-
schen, die richtig besetzt sind. Eine Supermarktkas-
siererin sieht nicht aus wie eine Supermarktkassiere-
rin, ein Portier nicht wie ein Portier. Selbst die Pas-
santen sind als Passanten völlig unglaubwürdig. Wenn
man ein Kaffeehaus betritt, hat man nicht das Gefühl,
von Kellnern bedient zu werden. Man fragt sich, ob
Autofahrer überhaupt noch selbst lenken. Ob in Flug-
zeugen echte Piloten sitzen. Und ob ein Polizist im Ernst-
fall eingreifen könnte. Wir leben in einer falschen Welt.
Und sie entlarvt sich, weil sie zu schlecht inszeniert ist.

Aber schließlich war die Liebe keine exakte Wissenschaft, sondern eine Nahkampfdisziplin, in der es am
Ende nur darum ging, wer als Letzter den Raum verließ. Also blieb Jakob hartnäckig. Wenn er ihr einen
Betrug nachweisen könnte, ergäbe sich daraus die
Möglichkeit, ihr großspurig zu verzeihen. Er würde
sie damit zum Schweigen bringen. Niemand würde
ihm einen Vorwurf machen. Das ganze Projekt war
doch genau darauf angelegt, irgendwann unbemerkt
aus dem Bild zu rollen. Aber er hatte nicht mit dem
Schrecken von Rita gerechnet. Hatte nicht damit
gerechnet, dass sie ihn noch immer liebte.

Rita hatte ihn durch die Stadt geschoben. Er hatte sich in ihr Bett gelegt. Er hatte gerochen, dass es ihre Seite war. Sie hatten einander geküsst. Hatten gelacht. Dann die Seiten gewechselt. Jakob hatte Lutz gerochen. Gerochen, dass es nicht nach Lutz roch. Dass es nach gar nichts roch. Er hatte gefragt, ob Lutz verreist sei. Sie hatte verneint. Ob er Angst habe, er würde plötzlich in der Tür stehen. Da könne sie ihn beruhigen. Er bohre Zähne, um das hier zu bezahlen. Er hatte gefragt, warum das Bett von Lutz frisch überzogen sei und ihres nicht. Sie hatte ihn angesehen, als habe er sie beschuldigt, die Leiche von Lutz zu verstecken. Sie hatte gesagt, sie habe die Bettwäsche nicht gewechselt. Doch, denn sie rieche nach nichts, nach absolut nichts. Er irre sich, hatte sie gesagt. Hätte sie das Bett frisch überzogen, würde es ja riechen, zumindest nach dem Weichspüler, aber das hier, da habe er Recht, rieche nach nichts, was aber daran liege, dass Lutz nach nichts rieche. Wenn das Bettzeug dieses Nichts bereits angenommen habe, dann heiße das, dass es längst gewechselt gehöre, was sich gut treffe, da es ja später vielleicht nach Jakob riechen würde. Und dann küsste er sie, und sie küsste zurück, und als sie merkte, dass er an etwas anderes dachte als an diesen Kuss, dass er sich aus dem Unüberlegten in eine Überlegung hineinbewegte, da zog sie sich plötzlich zurück. Da war tatsächlich ein Gedanke entstanden. Nämlich, ob Jennifers Geruchlosigkeit mit der von Lutz in Zusammenhang stand. Es war nur ein Gefühl, ein seltsamer Zufall, der jeder Logik und jeder Wahrscheinlichkeit entbehrte. Aber schließlich hatte Jennifer einmal nach Jennifer gerochen. Und als Rita seine Hand von ihrer

Brust schob und sagte, sie könne das nicht, nicht sagte, sie wolle das nicht, sie könne es nicht, da sagte er, dass Jennifer ihn wahrscheinlich betrüge. Er sagte es, um seine Annäherung an Rita als Verbitterung zu tarnen, als gedankenlose Tat, als lindernden Moment. Er sagte es, um eine Arzt-Patienten-Situation herbeizuführen, und vielleicht kam Rita so die Idee, Lutz einzubinden, ihn als Köder vorzuschlagen, vielleicht, weil auch in ihr der Gedanke schlummerte, der sich unter Umständen mit dem Kuss übertragen hatte, dass Jakob über die gemeinsame Geruchlosigkeit eine Verbindung aufgespürt hatte. Vielleicht hatte Rita aber auch Angst, ihre eigene Endgültigkeit wäre endgültiger als die von Lutz.

Und so saß Jakob eine Woche später im Wartezimmer, um sich die Zähne machen zu lassen. Eigentlich, um sie kontrollieren zu lassen, aber wenn man so lange bei keinem Zahnarzt gewesen war, dann bedeutete Kontrolle automatisch Behandlung. Lutz betäubte die ganze obere Seite und begann zu bohren, ohne Jakob damit zu behelligen, wie viele Zähne wovon betroffen waren. Jakob fragte nicht nach, die Gedanken waren zu gut weggesperrt. Das Lidocain umschloss sein Gehirn wie ein geliehener Schlaganfall. Auf jeden Fall dürfe er mehrere Stunden nicht essen, sagte Lutz danach, und Jakob fragte, ob er mit ihm noch essen gehe, er müsse mit ihm sprechen, und Lutz, der Jakobs Ignoranz ignorierte, bejahte und sagte, nächste Woche komme die andere Seite dran, zu schnell bejahte, um damit nicht zu offenbaren, dass ihn Rita bereits eingeweiht hatte. Wahrscheinlich, um davon abzulenken, dass es eigentlich ihre Idee gewesen war.

Jakob überging das geflissentlich.

In den nächsten Wochen bohrte ihm Lutz so gut wie alle Zähne auf. Jedes Mal sagte er ihm, Jennifer habe auf seine Avancen noch nicht reagiert, und als er die letzte Reihe fertig hatte, sagte er nicht mehr, dass sich Jakob für nächste Woche einen Termin ausmachen solle, und über die ganze Angelegenheit wurde nie wieder gesprochen.

Jakob hatte daran gedacht, Lutz nach Lidocain zu fragen. Denn zwischenzeitlich war ihm der Gedanke gekommen, Lutz habe womöglich gesunde Zähne aufgebohrt. Und dass er sehr wohl etwas von Jennifer gehört hatte. Und dass er seine Geruchlosigkeit über Jennifer spritzte und sie dabei ihren lauten Lacher nicht unterdrücken konnte. In seiner Gegenwart hatte sie schon lange nicht mehr laut gelacht. Warum hatte sie ihm nichts von Lutz' Avancen erzählt? Verhöhnten sie ihn?

Er starrte auf den Rollstuhl am Ufer. Das Bild fühlte sich wie ein Déjà-vu an. Als wäre der Rollstuhl ein Vorbote für einen bereits hundert Mal begangenen Mord. Jakob wartete, ob sich jemand reinsetzte, um damit davonzufahren, ob jemand tatsächlich eine Leiche fand, ob sich eine Weggabelung ins Überall auftat. Er schloss die Augen. Es hatte zu regnen begonnen, er hatte es gar nicht bemerkt. Das Ufer war menschenleer. Der Regen prasselte auf den Rollstuhl. Das Projekt war beendet. Ein Vibrieren in der Tasche. Er brauchte es nicht zu lesen, er wusste es gleich. Das Signal war in seinem Kopf angekommen, bevor es das Gerät erreicht hatte. *Jakob, ich habe dich verlassen. Suche nicht. Es gibt nichts zu finden. Sei glücklich.* Sie hatte wieder einmal alles vorweggenommen. Sogar eine mögliche Antwort schlug sie ihm aus. Ein Befehl für die weitere Vorgehensweise. *Sei selbst glücklich, Jennifer, leb wohl, Marie.* Aber er schrieb nicht zurück. War es wegen des lächerlichen Streits?

Lass den Rollstuhl einfach am Ufer stehen. Irgendjemand wird ihn schon holen. Sie werden nach einer Leiche Ausschau halten. Aber der Fluss wird nichts ausspucken. Was für ein Tag war heute? Dienstag. Der Tag, an dem Jennifer in den Fluss ging. Nicht hier, dieser Rollstuhl war nur eine Attrappe. Ganz bestimmt. Es war ihr nichts zugestoßen. *Herr Inspektor, wir haben ständig gestritten, da hätte ich sie doch ständig ermorden müssen.* Ohne Zweifel war sie es. Manchmal konnte auch Jakob Dinge spüren. An einem Dienstag. Ganz sicher Dienstag. Es war windig. Er war spazieren. Was solle er groß gemacht haben. Nachgedacht hatte er. Nein, natürlich hatte er nicht vor, sie zu verlassen. Es war nur ein Streit. Nein, sonst fiel ihm nichts ein. Sie hatte keine Feinde. Schon gar keine Freunde. Nicht dass ich wüsste. Wer sollte so etwas tun? *Ich bitte Sie.* Und die Nachrichten? *Sie haben doch bestimmt Programme, die so etwas orten können.*

Jakob ließ den Rollstuhl am Fluss stehen und rannte los. Er lief die Stiegen hinauf in die Wohnung, wo die Möbel noch immer dort standen, wo sie schon morgens gestanden waren. Im Schrank hingen ihre Kleider. Ihr Reisepass steckte in der Dokumentenmappe. Nichts sah nach Aufbruch aus. Sollte er die Polizei benachrichtigen? Er musste mit jemandem sprechen. Konrad. Er griff zum Telefon. Eine neue Nachricht von Jennifer. *Wundere dich nicht. Ich habe alles zurückgelassen. Bitte bring es zu Ruby. Es wäre schön, wenn du Jennifer entsorgen könntest.*

Entsorgen! An diesem Wort erkannte er sie. Kein Zweifel. Das letzte Mal war Jakob bei Ruby gewesen, als er sich den Schachcomputer zurückholte. Rita hatte ständig Dinge von ihm verschwinden lassen. Er hatte sie nie darauf angesprochen, die Dinge, die ihm wichtig waren, versteckte er im Keller. So gesehen hatte er recht früh mit dem Auszug begonnen. Ein Auszug auf Raten. Dass sie Ruby überhaupt wahrgenommen hatte, erstaunte Jakob. Dieser überladene Ramschladen und ihre verwirrte Besitzerin passten so gar nicht zu ihr. Aber er kannte diesen Ton, er konnte ihre Stimme dazu hören. Er sah, wie sie vom Hochhaus sprang, sich auf ein Bahngleis legte und in den Fluss ging. Sie hatte eine Diagnose erhalten. Wie ihr Vater. Jemand hatte sie vergiftet. Jemand hatte ihr Mobiltelefon, man musste es orten. Nein, musste man nicht. Jakob saß in der Garderobe. Sie hatte ihn zum Bleiben gezwungen. Er musste mit jemandem sprechen. Aber nicht mit Rita oder Lutz. Wahrscheinlich müsste er nach Rohrbach fahren. Wollte er sie finden? Er müsste mit Australien telefonieren. Aber Jennifer und Conny hatten seit Jahren kein Wort miteinander gewechselt. Er müsste. Er müsste. Er müsste. In seiner Tasche surrte es. *Jakob. Alles gehört dir. Dort wo ich hingehe, brauche ich nichts. Das ist meine letzte Nachricht. Diese Nummer gibt es nicht mehr. Bitte melde sie ab.*

Entsorgen! Im Entsorgen war Jakob schon immer schlecht gewesen.

Er musste jemanden anrufen. Konnte ihre Nachrichten nicht einfach so stehenlassen. Er musste mit dem Satelliten Kontakt aufnehmen. Konrad. Konrad würde ihm Anweisungen geben. Freizeichen. Ausländisches Surren. Konrad stand an Deck der *Nauru II*. Der Ozeanwind blies in den Hörer. Jakob konnte ihn kaum verstehen.

nur suchen

was finden

wen

wieder in den Käfig

Chance

Mittäter werden

Wind

Dann riss die Verbindung ab.

Konrad legte auf, obwohl er in dem Moment nicht das Gefühl hatte, jemals abgehoben zu haben. Er hatte auch nicht mehr gesagt, als Jakob am anderen Ende der Welt verstanden hatte. Die Aussetzer fanden bereits in seinem Kopf statt. Das Rauschen war in den letzten Wochen lauter geworden. Hatte ihn aufs offene Meer gezogen, und mitten in diesem milchigen Orkan hatte sich die Gewissheit manifestiert, dass diese Reise, von der es absolut nichts zu erzählen gab, am nächsten Ufer ihr Ende finden würde, dass sie nicht durch seinen Tod, der vermutlich in einem Hotelzimmer stattfinden würde, abgebrochen werden würde. Das hatte er immer gewusst, aber dass es ihn ausgerechnet auf dieser verlorenen Insel ereilen würde, damit war nicht zu rechnen gewesen, wobei sich Konrad nicht erwehren konnte, darin einen anwesenden Erzähler aufspüren zu wollen. Kein Platz der Welt wäre passender als Nauru gewesen, vor allem in Anbetracht der Geschichte dieser Insel, die schon aufgrund ihrer Winzigkeit wie eine Metapher wirkte. Passend, das war vermutlich das, worum es einem Erzähler gegangen wäre. Konrad hatte gelernt, die Zeichen zu lesen. Er hatte sie ausfindig gemacht, die angelehnten Türen, die sich geräuschlos öffnen ließen. Immer näher war er dem Kern der Geschichte gekommen, und jetzt fehlte nur noch diese eine Tür, hinter der das Rauschen bereits lauter war als die eigenen Gedanken.

ACHT

Jakob raste in die alten Bilder. In den ersten Geburtstag nach dem Unfall, die Torte, die er mit einer Havarie aus Marzipan verzierte, ihr Lächeln, als er sie in den neuen Rollstuhl hob, ihr lautes Lachen, wenn sie Beach Boys hörte, ihre steifen Brustwarzen, wenn er den heißen Kaffee gegen ihre Beine hielt, ihre trockenen Haare, die schwitzten, wenn sie im Liegestuhl einschlief, ihre kindliche Freude, wenn jemand einen Joint baute, ihr völlig übertriebenes Gehabe, wenn es darum ging, den richtigen Taxifahrer auszusuchen, ihr Juchzen, wenn man Champagner reichte, ihr Getöse, wenn man sie nicht ernst nahm, ihre warme Hand, die mit seinen Ohrläppchen spielte. Er wollte nicht zählen, in wie vielen Blechgehäusen sie auf den Rettungswagen gewartet hatte. Wie vertraut ihr der Moment war, bis mit dem Auslöffeln begonnen wurde, während ein lebloser Körper neben ihr verendete. Keinem Fuchs, keinem Reh, keinem Igel wich er aus. Jakob raste durch ihre erschrockenen Blicke, als würde sein Fernlicht die Fahrbahn in zwei Hälften schneiden. Er raste auf Rohrbach zu, direkt in das verstaubte Wohnzimmer mit den Stickbildern, den Einbaukästen, den falschen Blumen, dem beigen Spannteppich und dem wässrigen Filterkaffee.

- Hier ist deine Mutter. Ich weiß nicht, wo du bist. Ich weiß nicht, wie oft ich diesen Satz schon auf deine Mobilbox gesprochen habe. Ich sitze hier, mitten in der Nacht, wie immer allein, immer allein, aber mit irgendjemandem muss ich darüber sprechen. Ich habe sie gesehen, ich habe heute Nacht jemanden vor den Zelten stehen gesehen. Ich war nicht im Wald. Ich habe geträumt, die Dinge vermischen sich, wenn man nur noch in der Nacht lebt. Ich habe Conny gesehen. Sie hat eine Zigarette geraucht. Ich weiß, du hältst mich für verrückt, weil du mir glauben musst, weil du selbst nicht bis zur Lichtung kommst, aber heute Nacht würde ich dich dorthin tragen, damit du es mit eigenen Augen sehen kannst, ich wünschte, jemand würde mich hinbegleiten, ich weiß nicht, ob ich es schaffe, wenn ich weiß, dass dort etwas auf mich wartet, dass etwas auf mich wartet, daran habe ich keine Zweifel, vielleicht dein Vater, vielleicht leben sie dort, die Toten, in ihren Zelten, im Wald, man darf es niemandem erzählen, niemandem in Rohrbach erzählen, ausräuchern, lynchen würden sie selbst die Toten, wenn sie in ihren Wäldern herumgeistern –

Marie stand im Garten und schnitt die Rosen. Sie hatte bereits gewässert, und die feuchte Wiese schimmerte im Vollmondlicht. Jakob hatte Marie noch nie Marie genannt. Seine Marie war auf der Insel geblieben. Jennifers Mutter war eine namenlose Marie, mit der er ohnedies nie gesprochen hatte. Für sie war die Geschichte mit Jakob ein weiterer Beweis dafür, wie ungerecht die Welt war und dass man sich eben mit dem Schicksal arrangieren musste. Einstecken können, wo man nie austeilen durfte, und als Jakob aus dem Auto stieg, da wusste sie sofort, dass etwas passiert war. Dieses Mal war sie nicht Beifahrerin gewesen. Man hatte ihren Körper aus dem Blechgehäuse gelöffelt, und jetzt lag er völlig zerquetscht im Kühlhaus. Marie ließ die Rosenblüten fallen und ging auf Jakob zu.

- Wo?

Er blieb vor dem Zaun stehen. Die Grillen zirpten wie wild.

- Das weiß ich nicht.
- Jeder Unfall braucht einen Ort.
- Ich weiß nicht, ob es ein Unfall war.
- Mord.
- Ich weiß nicht, was passiert ist.
- Aber es ist etwas passiert.
- Ja, passiert ist etwas. Das schon.
- Ist sie tot?
- Ich weiß es nicht.
- Gott sei Dank. Eine Ungewissheit.

Sie bat ihn herein, obwohl es warm genug gewesen wäre, auf der Terrasse zu sitzen. Aber das Zirpen der Grillen verunmöglichte jedes Gespräch.

- Cognac?

Jakob nickte.

- Erzählen Sie mir bitte alles, was Sie wissen.

Jakob zeigte ihr Jennifers Nachrichten. Erleichtert atmete die Mutter auf.

- Sie ist also nur weg und nicht tot.
- Wenn jemand immer weg ist, dann ist da kein Unterschied.
- Doch, glauben Sie mir, da ist einer.
- Es könnte auch jemand anders geschrieben haben.

Sie lächelte und holte einen Teller trockener Butterkekse. Ihr Blick suchte den Spannteppich nach Brösel ab.

- Dann machen Sie sich eben Sorgen, und ich mache mir keine.

Sie klopfte ihm auf die Schulter und schenkte ihm

Cognac ein. Er schmeckte seltsam abgestanden, aber ein Rohrbach ohne Cognac wäre an diesem Abend unmöglich gewesen.

- Vielleicht hat sie Selbstmord begangen, und das war ihr Abschiedsbrief.

- Die Kerblers schreiben keine Abschiedsbriefe, sagte Marie, und Jakob konnte die Verunsicherung sehen, die ihre Pupillen streifte. Sie wollte die Akte Jennifer nicht übernehmen. Sie konnte es nicht.

- Alle in meiner Umgebung bringen sich irgendwann um, sagte sie, und der Spannteppich sog ihre Worte auf, und sie verschwanden im Einbaukasten hinter der Kristallvase, wo man mit dem Putztuch nicht hinkam.

- Es ist Ihre Tochter. Sie müssen wissen, ob Sie suchen wollen oder nicht.

- Sie kommen alle zurück. So oder so.

Denn nach Rohrbach war noch jeder zurückgekehrt. Spätestens, um hier begraben zu werden. Diese Gewissheit gab dem Rohrbacher jene innere Ruhe, um die er von all den Nicht-Rohrbachern beneidet wurde.

- Jetzt sind alle weg.

Marie seufzte, als wäre die Geschichte endgültig so ausgegangen, wie sie es immer vorausgesagt hatte. Ab heute war sie allein in der Rohrbacher Nacht.

- Und was machen Sie jetzt?

Marie war erstaunt, dass Jakob diese Frage stellte und nicht sie selbst.

- Nichts. Und Sie?

- Vermutlich vergessen lernen, sagte Jakob, der nur wusste, dass er genauso schnell wieder zurückrasen wollte, durch die Stadt hindurch, an der anderen

Seite wieder hinaus und dann endlos lange um den Erdball herum, ohne einmal zu bremsen.

- Wollen Sie Ihre Sachen?

Sie schüttelte den Kopf und stand auf.

- Ich könnte einen Spaziergang vertragen.

Jakob nickte. Wieder auf Schritttempo herunterfahren. Das Fernlicht ausschalten. Und die Überholspur verlassen. Marie ging voraus. Jakob hielt nur mühselig Schritt.

- Sind Sie oft im Wald?

- Ich will Ihnen etwas zeigen.

- Was?

- Das müssen Sie selbst sehen.

Jakob konnte sich nicht erinnern, wann er das letzte Mal nachts in einen Wald gegangen war. Die erste Nacht mit Rita. Es war November gewesen, und ihr kalter Atem war in kurzatmigen Blasen aus dem Dickicht aufgestiegen. In der Stadt gingen nachts viele in den Wald. Der Rohrbacher mied ihn. Vor allem bei Nacht. Denn der Rohrbacher hatte den gleichen Respekt vor dem Wald wie der Küstenmensch vor dem Meer. Er ging hinein, um sich Nahrung zu beschaffen, aber er benutzte den Wald nicht zum Spielen. Vielen Rohrbachern wäre beileibe wohler gewesen, man hätte den Rohrbacher Wald gerodet. Natürlich ahne der Rohrbacher nichts von den Menschen im Wald, sagte Frau Kerbler. Sie watete mit ihren schlammgrünen Gummistiefeln durch das nasse Laub und sagte, Jakob sei der Erste, dem sie die Waldmenschen zeige. Das habe nichts mit Vertrauen zu tun, er brauche sich darauf nichts einzubilden. Sie wolle nur prüfen, ob der Traum etwas zu bedeuten habe. Jakob sagte, er glaube nicht, dass

108

in einem so kleinen Wald eine Zeltsiedlung sehr lange unentdeckt bliebe. Da kenne er den Rohrbacher aber schlecht, sagte Frau Kerbler. Bevor der Rohrbacher einen Schritt in seinen eigenen Wald setze, überhaupt in die Natur, müsse wirklich etwas passieren, worauf Jakob sagte, dass es meistens so sei, dass etwas passieren müsse, damit etwas passiere. Und dann dachte Jakob an Jennifer. Und Frau Kerbler dachte an Conny. Beide dachten daran, was den beiden möglicherweise zugestoßen war. Dann blieb Frau Kerbler mitten im Wald stehen und sagte:

- Da!

Jakob blieb ebenfalls stehen. Er lauschte einem Käuzchen. Sehen konnte er nichts. Sein Blick fiel auf Frau Kerbler, aber auch sie sah nichts.

- Sind Sie sicher, dass es hier war?

Frau Kerbler seufzte. Sie suchte nach Spuren, doch das Laub schien völlig unberührt.

- Sie haben ihre Spuren verwischt, aber warum?
- Wessen Spuren?

Die Rohrbacher hatten die Waldmenschen womöglich aufgestöbert. Sie hatten sie eingekesselt, und dann hatten sie gleichzeitig geschossen. Keiner musste das Kommando geben. Keiner trug Schuld. Dann hatten sie das blutige Laub weggebracht und mit den Leichen verbrannt. Jetzt saßen sie im Wirtshaus und tranken. Es gab auch eine geheime Rohrbacher Geschichte, die sich die Rohrbacher nicht einmal untereinander erzählten, die aber Rohrbach zu dem Rohrbach machte, das es war. Möglicherweise waren die Waldmenschen aber weitergezogen, weil sie immer weiterzogen. Möglicherweise waren es nur Städter gewesen, die nach ihrem Zeltabenteuer in die

Stadt zurückgekehrt waren. Möglichweise waren es Flüchtlinge gewesen, denen Rohrbach keine Zuflucht geboten hatte. Möglicherweise gab es keine Waldmenschen, und Frau Kerbler hatte sie bloß erfunden. Möglicherweise gab es die Waldmenschen, aber Frau Kerbler war die Einzige, die sie sehen konnte. Frau Kerbler meinte, dass sie sich bestimmt versteckt hielten, schließlich sei Jakob ein Fremder, und jetzt, da Jennifer weg sei, umso mehr, auch wenn sie ihm dankbar sei, dass er sie begleitet habe. Sie reichte ihm die Hand. Er nahm sie und sagte, dass er im Fall Jennifer nichts mehr unternehmen werde, dass er das jetzt an sie übergeben habe, und sie lächelte und drückte seine Hand, löste sie wieder und starrte auf das Laub, um weiter nach Spuren zu suchen.

Jakob saß im Blechgehäuse. Die Hand am Lenkrad. Er schloss die Augen und stieg aufs Gas. Das Telefon abmelden. Ihre Sachen zu Ruby bringen. Ihre Nummer aus dem Kontaktspeicher löschen. Ihr nicht auf die Mobilbox sprechen. Ein Fernlicht schlug gegen die Scheibe, Jakob riss den Wagen nach rechts. Er griff zum Telefon. Nicht anrufen. Sie würde den Anruf in Abwesenheit erkennen. Selbst wenn ihr Telefon ausgeschaltet war. Keinen Streit provozieren. Er musste etwas tun. Kurzwahltaste 3.

Konrad fuhr auf. Das *Nauro International* war ein Hotel, in dem selten ein Telefon läutete. Konrad war so lange vor dem Spiegel gestanden, bis er sich selbst nicht mehr erkannte. Das Telefon läutete, aber er blieb regungslos stehen und versuchte geräuschlos zu atmen. Es lauerte im Nachbarzimmer. Vielleicht hatte es sich inzwischen im ganzen Hotel ausgebreitet. Es gab keinen Winkel, wohin es sich nicht ausge-dehnt hatte. Das Telefon verstummte. Er hatte nicht mehr viel Zeit. Gleich würde er mit dem Handels-minister dinieren.

In Nauru gab es kaum noch Naururer. Sie zeugten keine anderen Naururer mehr. Es gab so wenige, dass jeder, der wollte, einmal Minister werden konnte. Alle Politiker von Nauru waren inkompetent und korrupt. Das Land, das einmal das reichste der Welt gewesen war, stand am Rande des Zusammenbruchs. Das größte Phosphatvorkommen der Welt. Jahrhun-dertelang mussten die Zugvögel dafür die Insel ein-koten. Völlig abgetragen. Heute glich die Insel einem Krater. Nauru, hatte die Rezeptionistin gesagt, heiße: *Ich gehe an den Strand*. Was anderes bleibe einem hier auch nicht übrig, hatte Konrad gesagt, der sich sei-nen Sarkasmus eigentlich abgewöhnen wollte. Die Rezeptionistin, ein blonder Kolibri, goutierte seinen Sarkasmus auch nicht und überreichte Konrad schweigend den Zimmerschlüssel. Es hatte sie wegen der Liebe hierher verschlagen, weswegen sonst, dachte Konrad, der mindestens zwei Köpfe größer war als sie. Es wäre töricht, sich in sie zu verlieben. Nauru lag auf 0° 31' 59" südlicher Breite und 166° 55' 0" östlicher Länge. Alleine die Anreise hatte vier Tage gedauert. Konrad stolperte über seine stelzen-artigen Beine und fiel beinahe in den defekten Auf-zug. Der Kolibri lächelte, versank aber gleich wieder im Monitor. Konrad räusperte sich verlegen, und sie sagte, ohne aufzusehen: *Synchronize your feet*. Das machte er und seufzte sich in den vierten Stock.

Auf Naurus Straßen gab es kein elektrisches Licht. Konrad spiegelte sich im staubigen Panoramafenster.

Das Bett roch, wie Betten rochen, wenn sie zuletzt vor Monaten überzogen worden waren. Der Raum hatte inzwischen unbemerkt ein Eigenleben entwickelt. In der Luft schwebten die kleinen Teilchen dieser Selbstbefruchtung. Da war sie wieder, die Anwesenheit, die sich selbst verschluckte. Er wollte aufstehen, als erneut das Telefon läutete. Jakob rief in letzter Zeit ständig an. Als das Display erlosch, wartete Konrad, ob die Anwesenheit durch das Läuten verscheucht wurde. Als ob eine unsichtbare Person im Zimmer stünde. Es kam aus dem Nebenzimmer. Geräuschlos öffnete Konrad die Tür. Im Gang surrte es, eine Klimaanlage. Die Temperatur im Hotel entsprach exakt der Außentemperatur. Der senfgelbe Spannteppich. Leise Stimmen aus dem Nachbarzimmer. Die Tür einen Spalt offen lassen. Ein Mann sprach, die Stimme kam ihm bekannt vor. Der Mann sagte, dass es ihm leidtue, dass er zu spät komme, dass er sich das niemals verzeihen werde. Wenn sie doch nur einen Tag gewartet hätte, sie hätte doch ahnen müssen, dass es ihn gab, dass er sie früher oder später finden würde. Warum sie nicht Schlaftabletten genommen habe, dann hätte er eine Chance gehabt.

Konrad kannte die Stimme. Konrad klopfte. Die Stimme verstummte. Er presste das Ohr gegen die Mahagonitür. Er spürte, wie der Mann auf der anderen Seite das Gleiche tat. Es war seine eigene Stimme. Was machte sie in diesem Zimmer? Er klopfte erneut. Er strich mit den Fingerspitzen über das Holz. Hinter ihm. Es starrte auf seinen Nacken. Er lief zum Aufzug. Defekt. *Synchronize your feet.* An der Rezeption saß der Kolibri und starrte in seinen Com-

112

puter. Als Konrad über die Stiegen in die Lobby stolperte, entkam ihr ein Lächeln. *Mister Schober*. Sie hatte sich seinen Namen gemerkt.

- Can I help you?

Er war vermutlich der einzige Gast.

- Someone died in room 412.

- That's impossible, sagte der Kolibri.

- Why? fragte Konrad.

Die Dame sei gestern abgereist. Sie habe auf jemanden gewartet, der aber nicht erschienen sei. Konrad schüttelte den Kopf. Sie möge das Zimmer öffnen. Er schwöre, dass etwas passiert sei. Vermutlich Selbstmord.

- We would know, Sir, sagte der Kolibri.

- Do it for me, sagte Konrad, als herrschte zwischen ihnen Zazu. Der Kolibri sagte nicht wie erhofft: *For You*, stand aber auf und suchte den Schlüssel. Sie war tatsächlich zwei Köpfe kleiner als er, und während er hinter ihr her stolperte, war er kurz davor zu fragen, was sie nach Nauru verschlagen habe. Er ahnte aber ihre Antwort, nämlich, dass sie an den Strand gehen wollte, er ahnte eine Antwort, weil er tatsächlich das Gefühl hatte, es herrsche zwischen ihnen Zazu. Und weil er diese Ahnung nicht gefährden wollte, ließ er die Frage und richtete seine ganze Aufmerksamkeit auf ihre Schritte, die geräuschlos über den Boden wischten. Gleich würde etwas passieren, das ihre Leben für immer verändern würde.

Vor der Mahagonitür blieben sie stehen. Der Kolibri schenkte ihm noch ein Stirnrunzeln, um vorwegzunehmen, was sie gleich zu sehen bekämen. Dann zog sie die Karte durch den Schlitz, und die Tür

113

sprang auf. Konrad wollte, dass ihr Blick zuerst ins Zimmer fiel. Die Tür zu 411 war geschlossen. Er hatte sie doch angelehnt. Oh, sagte der Kolibri, oh what? fragte Konrad, doch der Kolibri sagte nichts mehr, drückte die knarrende Tür auf, damit er ins Zimmer sehen konnte. Oh, sagte Konrad, und der Kolibri trippelte zum offenen Fenster. Konrad wartete in der Tür und beobachtete jede Bewegung. Sie schloss das Fenster, ohne hinunterzusehen. Dann blieb sie vor dem Bett stehen und sagte: Aha. Man sagte nicht Aha, wenn dort jemand hing, daher betrat Konrad zögerlich das Zimmer. Aha, sagte sie jetzt in seine Richtung und deutete auf das frisch überzogene Bett. *For You*, flüsterte sie und überreichte ihm ein Kuvert, das auf dem Bett gelegen war. For me? fragte Konrad, *For You*, sagte der Kolibri und lächelte. Das Kuvert trug das Logo des Hotels. Auf dem Umschlag stand *For You*. Konrad runzelte die Stirn. Der Kolibri hob die Augenbrauen, und beide sagten noch einmal: Aha, dann läutete ihr Telefon.

- The Minister is waiting for you.

Konrad nickte und steckte das Kuvert in die Tasche.

- I take it to my room, sagte Konrad, worauf der Kolibri weder nickte noch Aha sagte.

Als sie vor Zimmer 411 standen, war es Konrad, der Oh sagte, und sie, die Oh what? fragte. Er hatte die Tür nur angelehnt. Sicher. Er öffnete seine leeren Hände, um der Rezeptionistin zu verdeutlichen, dass er seinen Schlüssel im Zimmer vergessen hatte. Sie seufzte, dachte, Synchronize yourself, und zog dieselbe Karte durch den Schlitz wie zuvor.

- You got the key, sagte Konrad.

Sie zuckte mit den Achseln, weil sie nicht wusste, ob er das metaphorisch meinte. Konrad legte das Kuvert auf den Tisch. Er dachte, es wäre klüger, das Kuvert nicht aus der Hand zu geben. Der ungeduldige Blick der Rezeptionistin. Kein gutes Gefühl. Hinter seinem Rücken.

NEUN

Jennifer betrat die Suite und zog die Vorhänge zu. Sie blieb vor dem Spiegel stehen. Ihre blonde Perücke war leicht verrutscht. Sonst gab es keinen Grund nachzubessern. Die Gesamterscheinung war geglückt, hielt aber auch einer Nahaufnahme stand. Der beige Trenchcoat. Das rote Halstuch. Die hautfarbenen Handschuhe. Der schwarze Kajal. Die wächserne Blässe. Nur der pinke Rucksack störte ihre Erscheinung.

Der Mann an der Rezeption hatte ihr die drei Stiegen zum Aufzug hinaufgeholfen. Gegen ihren Willen. Kein Aufsehen. Jelinek, hatte sie gesagt. Frau Jelinek. So auffällig ihre Erscheinung, so weltläufig sollte der Name sein. Er durfte keine Erinnerungen hinterlassen. Nur eine Rolle. Eine leichte Jennifer.

Sie rollte in das Badezimmer. Sie hätte den Rucksack nicht mitnehmen dürfen. Sie hatte alles zuhause erledigt. Sechs Paar Handschuhe hatte sie benötigt. Makellos. Nichts würde er finden. Wenn sie die Augen schloss und es aus dem Darm holte, musste sie an Eier mit toten Küken denken. Sie stellte den Rucksack ins Eck. Für Zwanzigtausend durfte man sich keine Blöße geben. Das verlangte perfekte Rollengestaltung. Wenn er den Rucksack im Badezimmer erblickte, war es vorbei. Für Zwanzigtausend hatte er das Recht, streng zu sein. Sie verstaute ihn unter dem Bett. Warum hatte sie ihn überhaupt mitgebracht? Sie war Profi genug. Den Rollstuhl in die Mitte des Raums stellen. Ausweglos. Unabdingbar. Ein goldener Schnitt, wenn er in der Tür stand.

Sie legte sich auf das Bett. Ausgestreckt auf dem Rücken liegen. Die Hände auf den Bauch. Keine Falten im Leintuch. Sie war seinen Anweisungen gefolgt und hatte das Propofol, das er ihr gegeben hatte, auf die Kommode gestellt. Sie dachte an Milch. Und an ihre Mutter. Durchgeschrien habe sie. Jede Nacht. Den Grundstein für ihre Krankheit habe sie damit gelegt. Tag und Nacht habe sie verwechselt. Sie nahm die weiße Flasche und zog den blauen Deckel ab. Gleich würde sie schlafen. Er brauchte das Besteck nur durch die dünnhäutige Beschichtung zu stechen. Ihr Wille war eindeutig erkennbar. Ganz wie er es verlangte. In der Flasche befanden sich 1000 mg Propofol. Das sollte reichen. 0,3 bis 4,0 mg pro Kilogramm und Stunde. Je nach Tiefe der Sedierung. Das hatte sie im Netz überprüft. Aber Lutz war der Arzt. Bei einer OP hätte sie auch nicht gefragt. Aber bei einer solchen gab es Beatmungsgeräte. Sie schloss die Augen. Seine Nasenspitze strich über ihre weiche Haut. Am intensivsten roch sie am Hals und zwischen den Schenkeln. Die Infusion tropfte so schnell, wie ihr Herz schlug. Ihre schlaffen Lippen erwiderten den Kuss nicht. Er ließ den Kopf in den Nacken fallen und legte sein Ohr an ihren Brustkorb. Der Herzschlag war flach und regelmäßig. Sybille schlief. Er zog das Halstuch fester. Bewusstlose würgen nicht. Mit seinem Speichel verwischte er die schwarze Schminke um ihre Augen. Es sah aus wie ein Bluterguss. Dann legte er sie auf den Boden und zog sie aus. Ihre Muskeln waren träge und schlaff. Er biss sanft in ihren Arm und wartete, bis sich der Geruch seines Speichels mit dem ihrer Haut vermischt hatte. Ihr Atem verriet keine Erregung.

Gleichmäßig und ruhig hob sich ihre Brust, selbst wenn er ihre Vagina küsste. Er bestrich sie mit Öl. Und während er in sie eindrang, schob er mit den Fingern ihre Lider zurück. Er stöhnte in den entstellten Blick. Ihre Pupillen blieben starr, und der Augapfel drehte sich ins Weiß. Er kam völlig geräuschlos.

Als sie aufwachte, roch es nach Desinfektionsmittel. Sie merkte, dass der septische Geruch von ihr ausging. Er hatte sie gebeten, auf jeden Fall die geruchsentfernende Seife zu verwenden. Sie spürte ihn kommen. Sie hielt den Dämmerzustand. Er blieb in der Tür stehen. Sie hielt ihre Muskeln angespannt und versuchte, flach zu atmen. Wenn sie aufwachte, würde sie nach ihm riechen. Nein, er würde alle Spuren entfernen. Aber ihr Körper würde sich anders anfühlen. Gefickt. Was würde er mit ihr anstellen? Würde sie davon träumen, während es geschah? Er zog seine Schuhe aus. Ihre Augen hielt sie wie vereinbart geschlossen. Er legte das Kuvert mit den Zwanzigtausend neben ihren Mantel. Er sagte kein Wort. Er trug den dunkelblauen Anzug, sie erkannte ihn an dem steifen Geräusch. Er legte seine Brille auf die Kommode, nahm die Flasche mit der milchigen Flüssigkeit und durchstach sie mit dem Besteck. Sie hatte alles richtig gemacht, das erkannte sie an seinem Atem. Dann tastete er ihren Arm ab, was sich grob anfühlte, und desinfizierte die Vene mit kaltem Alkohol. Er konnte gut stechen. Ein kurzes Kribbeln.

Er tastete über den Beifahrersitz. 02845-33872. Rohrbach. Jakob hob ab.

- Ja.

- Sie müssen zurückkommen, sagte Frau Kerbler.

- Ich bin fast zuhause.

- Ich stehe schon seit einer Stunde vor meinem Haus.

- Warum gehen Sie nicht hinein?

- Ich habe kein gutes Gefühl.

- Um diese Zeit kann nichts sein.

- Sie sind im Haus.

- Wie kommen Sie darauf?

- Das Licht ist an.

- Sie haben es vergessen auszuschalten.

- Niemals.

Dem Rohrbacher wird von Kind an eingebläut, hinter sich das Licht abzuschalten. Der Rohrbacher weiß, dass Energie nicht endlos vorhanden ist und dass man mit seinen Ressourcen sparsam umgeht. Ein Rohrbacher Kind hat keine Angst, im Dunkeln zu schlafen. In einem Rohrbacher Haus brennt nur Licht, wenn jemand wach ist.

- Gehen Sie hinein. Ich bleibe am Telefon.

- Sie wären nicht rechtzeitig hier.

- Aber ich würde hören, was passiert.

- Sie könnten nichts tun.

- Ich würde jemanden benachrichtigen.

- Ich warte lieber im Garten.

- Können Sie jemanden sehen?

- Natürlich nicht. Bis zur Morgendämmerung müssten Sie hier sein.

- Das Licht wird dann noch immer brennen, Sie werden sehen.

- Heißt das, Sie kommen nicht?

- Ja, Frau Kerbler, das heißt es.

Sie legte auf, und Jakob beschlich das Gefühl, das

119

einen immer beschleicht, wenn man nicht sicher ist, ob man gerade das Schicksal herausgefordert hat. Aber warum sollten die Waldmenschen ins Haus der Kerbler eindringen? Hielten sich solche nicht immer dort auf, wo sie am wenigsten verloren hatten? Drangen solche nicht einfach in Häuser ein, um sie zu ersitzen, um die Besitzer zu unterjochen. Es läutete erneut.

- Frau Kerbler.

- Ich habe einen von ihnen gesehen.

Jakob war froh, dass ihr nichts zugestoßen war. Nicht dass er an die Existenz dieser Waldmenschen glaubte, aber Jakob vermutete hinter jeder seiner Entscheidungen das ironiebereite Schicksal.

- Wen haben Sie gesehen?

- Hermann.

- Wer ist Hermann?

- Mein Mann.

- Ich dachte, er ist tot.

- Das dachte ich auch.

Jakob hatte Jennifers Vater nie kennengelernt. Er war ein Jahr vor dem Unfall gestorben. Wäre er nicht aus dem Fenster gesprungen, wäre er bei normalem Krankheitsverlauf etwa zu der Zeit gestorben, als Jennifer verunglückte. Dann wäre vermutlich auch Frau Kerbler gestorben, weil sie einen solchen Doppelschlag niemals weggesteckt hätte. Immer hatte sie gehofft. Immer hatte sie im Dunkeln auf ihn gewartet.

- Frau Kerbler, das haben Sie sich eingebildet.

- Ein Geist braucht doch kein elektrisches Licht.

- Da ist kein Geist. Soll ich vielleicht doch kommen?

- Nein, bis Sie da sind, ist er weg.

120

- Dann bleib ich dran.

- Ja, das wäre mir sehr recht. Also, ich gehe da jetzt hinein. Das Licht brennt noch. Ich stehe direkt vor der Tür. Soll ich den Schlüssel laut oder leise umdrehen?

- Laut. Dann warten Sie, ob das Licht ausgeht. So wissen Sie, ob man Ihnen auflauern will.

- Sie meinen, wenn das Licht an bleibt, besteht keine Gefahr.

- Genau.

- Aber wenn mir jemand im Dunkeln auflauern will, dann hätte er doch das Licht gar nicht angelassen.

- Wenn es Ihr Mann ist, haben Sie nichts zu befürchten.

- Aber warum ist er zurückgekommen?

- Das können Sie ihn gleich selbst fragen.

- Und wenn ich mich doch hineinschleiche?

- Gehen Sie einfach hinein, als wäre niemand drin.

- Ich habe aufgesperrt. Haben Sie es gehört?

- Ja.

- Gut, dann öffne ich jetzt die Tür.

- Und, was sehen Sie?

- Ich habe vergessen, die Schuhe zu putzen.

- Sehen Sie jemanden?

- Nein.

- Brennt das Licht noch?

- Ja.

- Gehen Sie langsam ins Wohnzimmer.

- Ich muss noch die Schuhe ausziehen.

- Bitte.

- Was ist los?

- Ich lausche nur.

- Wenn jemand bemerkt werden will, hätte er längst Laut gegeben.

- Ich gehe jetzt.

- Gut. Sie werden sehen, dass da niemand ist.

- Ich bin im Wohnzimmer.

- Und?

- Da steht ein Glas Wein.

- Ihres.

- Frau Kerbler?

Die Verbindung war unterbrochen. Jakob blieb am Straßenrand stehen. Er stellte den Motor ab und drückte die Wiederwahltaste. Freizeichen. Mit jedem Läuten presste Jakob das Telefon fester gegen sein Ohr. Frau Kerbler hatte ihre Mobilbox nicht aktiviert. Jakob ließ es läuten. Er schaltete auf Freisprechanlage. Das Freizeichen ließ die Armaturen vibrieren. Jakob lehnte sich zurück und schloss die Augen.

Bis nach Rohrbach sind es 94 Minuten. Läuten. Er muss nicht zurückfahren, sie kennen einander kaum. Und Jennifer – Läuten – ist auch weg. Sie spielt ein Spiel. Sie spielt das Spiel, das – Läuten – sie mit Jennifer schon gespielt hat. Eine Krankheit behaupten, die es – Läuten – nicht gibt. So jemandem ist alles zuzutrauen. Niemand bleibt ihr – Läuten – außer

Jakob, alle anderen haben sich losgesagt oder sind freiwillig – Läuten – gestorben. Niemand konnte von ihm verlangen, dass er jetzt 94 Min – Läuten – uten zurückfuhr, nur um festzustellen, dass sie gespielt hatte mit ihm, – Läuten – sie die ganze Zeit Wein trinkend im Wohnzimmer gesessen war und – Läuten – mit sich selbst wettete, wie lange es wohl dauern würde, bis dieser Knoi – Läuten – vor der Haustür stünde, im Garten hinter der Rosenhecke und auf – Läuten – das Licht im Wohnzimmer gaffte und sich fragte, was da drin wohl ge – Läuten – schehen war, ob er da jetzt gleich seine erste Leiche sehen würde – Läuten – und warum der Täter das Licht brennen ließ, vielleicht war er noch zu – Läuten – gange, und er würde ihn überführen, lieber hier warten und sicher – Läuten – gehen, wahrscheinlich wollte sie sich nur revanchieren für seinen – Läuten – Spott, dabei hatte er es nicht spöttisch gemeint, bestimmt, bitte, lass – Läuten – sie abheben, es ist heute doch schon genug passiert, und wenn du sie jetzt – Läuten – abheben lässt, dann werde ich mindestens ein Jahr lang um Jennifer – Läuten – trauern, nicht trauern, sie ist ja nicht tot, ich werde ein Jahr lang – Läuten – keine andere Frau berühren, daran denken schon, nicht berühren, ein Jahr lang, hörst du, also lass sie jetzt abheben, es sind 94 Minuten, für nichts, bitte erspare mir das, genug für heute, ich muss mit jemandem reden, zu Rita und Lutz fahren, was, wenn sie sagen, man muss die Polizei verständigen, was, wenn sich dabei etwas Schreckliches herausstellte, was, wenn sie lebte, wenn er sie fände. Sie würden das Telefon überprüfen, wenn sie die Kerbler morgen bei brennendem Licht tot am Boden fänden, dann wären da mehrere Telefonate registriert, sie würden ihn in die Mangel nehmen, beschuldigen, sie würden nicht verstehen, wie man nach so einem Telefonat nicht nach Rohrbach zurückfahren konnte, außer man hätte etwas zu verbergen, aber warum sollte er telefonieren, wenn er sie umgebracht hätte, dieser Anruf wäre doch ein handfestes Alibi, sehr gerissen, das Telefon des Opfers abzuheben, um ein Gespräch zu simulieren, besser, wenn sie nicht abhob, dann wäre nichts bewiesen, weder in die eine noch in die andere – Stille. Das Läuten war längst weg.

Jakob schaltete die Freisprechanlage so laut wie möglich. Er presste sein Ohr gegen den Lautsprecher, um festzustellen, ob es eine tote oder eine lebendige Stille war, eine Leitungsstille oder eine Wohnzimmerstille, ob das Rauschen aus Rohrbach oder aus dem Lautsprecher selbst stammte. Waren da Schritte hinter diesem beinahe geräuschlosen Rauschen? Schritte, die eine Leiche versteckten, Schritte und vielleicht auch ein Atmen, als würde jemand direkt vor dem Ohr die Luft anhalten? Je länger er in dieses Rauschen hineinlauschte, desto mehr wurde er Teil dieses Rauschens, das alles verschluckte. Die Kerbler, ihr Haus, Rohrbach, die umliegenden Wälder und am Ende Jakob selbst. Das Rauschen war mit der Erkenntnis lauter geworden. Er hatte alles versucht. Aber plötzlich hatte sie aufgehört zu leben, nein, plötzlich hatte er es bemerkt, an ihrer Temperatur, an ihrer Haut, die sofort ihre Spannung veränderte, als ob das Leben an der Oberfläche säße. Sie roch nach sich selbst, noch nicht nach Tod. Der Geruch ging erst nach der Seele, oder war der

Geruch die Seele? Und geschüttelt hatte er sie, nachdem alle Wiederbelebungsversuche nichts geholfen hatten, geschüttelt, angeschrien, geschlagen, im Spiel, und jetzt, um sie zurück ins Leben zu schlagen. Jennifer! Beruhigen. Lutz. Atmen. Als wäre das hier medizinisch. Not, aber Routine. Kein Herzschlag. Kein Atem. Körpertemperatur unter zwanzig Grad.

- Scheiße!
- Scheiße!
- Scheiße!
- Scheiße!
- Scheiße!
- Scheiße!

Sie muss weg. Scheiße! Niemand darf davon erfahren. Scheiße! Ohne Leiche kein Mörder. Scheiße! Aus dem Hotel schaffen. Scheiße! In einem Sack. In was für einem Sack, Scheiße! In kleine Teile schneiden. Füße, Oberschenkel, Rumpf, Lungenflügel, Kopf, Hände, Arme. Mit einem ordentlichen Messer würde das maximal eine Stunde dauern. Eine Axt. Nein, Säge. Vier Handtücher. Ein Eimer. Wenn er jetzt das Hotel verließ und zurückkam, würden sie Verdacht schöpfen. In einem Hotel. Was für eine beschissene Idee. Ihre beschissene Idee. Neutraler Ort. Scheiße! In der Arbeitswohnung wäre alles kein Problem. Da könnte er sie in kleinste Teile verarbeiten und dann über die ganze Stadt verteilen. Nein, verteilen war keine Option. Lebend. Lebend musste er das Hotel mit ihr verlassen. Es durfte keinen Beweis für eine Tote geben. In den Rollstuhl und hinausfahren. Den Körper ins Auto setzen. Den Rollstuhl an ein Flussufer stellen. Falsche Fährte. Selbstmord. Die Leiche im Fluss verschwinden lassen. Nein, vergraben. Nur

125

ein Rollstuhl. Keine Leiche. Kein Mord. Das Mobiltelefon. Als Lebensbeweis. Abschiedsbrief. Ortungsdienst ausschalten. Dann das Telefon in den Fluss werfen. Keine Eventualitäten.

Lutz roch an der Haut. Er rieb sie mit der desinfizierenden Seife ein. So lange, bis nichts mehr von ihr übrigblieb. Er zog sie an. Ihr Gesicht war gegenständlich geworden. Los, bevor der Körper zu viel von seinem Wesen verlor. Er tastete die Augenlider ab. Sie waren steif. Die Totenstarre hatte eingesetzt. Die Kaugelenke waren noch locker. Gut. Es sollte sich ausgehen, den Körper ins Auto zu schaffen. Beifahrersitz. Wie in einem schlechten Film. Warum sagte man das? Wie in einem schlechten Film. Situationen, die nicht wahr sein durften. Machten wir deshalb Filme, um die Dinge, die nicht wahr sein durften, nachzuäffen. Hallo, hier bleiben! Jetzt noch die Schuhe. Dann in den Rollstuhl heben, den Schlüssel abgeben, in der Tiefgarage verschwinden. Das Propofol. Scheiße! Das Propofol nicht vergessen. Das Geld einstecken. Es war nicht mehr sein Geld. Diebstahl. Keine Spuren. Schauen. Einmal. Nein, zweimal. Ein drittes Mal. Atmen. So. In den Aufzug, der jetzt hoffentlich nicht steckenblieb. Ihr Kopf hing schief auf die Brust herab. Von hinten sah sie aus wie eine angezogene Puppe. Von vorne wie ein schlafender Mensch. Von der Seite wie eine Leiche im Rollstuhl. Sollte er mit ihr reden? Ihre Hand nehmen. Die Aufzugtür ging so laut auf, dass die Gäste in den ebenerdigen Zimmern jedes Mal aufschreckten. Der Rezeptionist, 42, zurückgekämmtes Haar, blond, schlank, klein, ukrainischer Blick, bisexuell, blaues Acrylhemd, weißes Halstuch, *Acqua di Parma,* stand gelangweilt hinter dem Tresen und vermied es, den Gästen ins Gesicht zu schauen. Das war sein Verständnis von Diskretion. Aber Branko warf trotzdem einen Blick auf die Frau im Rollstuhl, auch auf den Mann, der sich eine gelähmte Geliebte hielt. Als Lutz den verstohlenen Blick des Portiers bemerkte, murmelte er etwas vor sich hin. Er achtete nicht auf seine Worte, er ging nicht davon aus, dass ihr Sinn eine Rolle spielte.

- Nein, da brauchst du dir wirklich keine Sorgen machen, der Parkschein läuft erst in einer Stunde ab, um diese Zeit gehen sie nicht mehr, aber ich bringe dich nachhause, Bärbel, nein, Barbara, entschuldige, ich weiß – danke, bis zum nächsten Mal –, links oder rechts? Ich schaffe das schon, ja, die Tür ist breit genug, danke, bitte, bleiben Sie, wo Sie sind, Verzeihung, ich bin nur in Eile, links oder rechts, Barbara, wie bitte? Warum flüsterst du? Ja, rechts, und nein, der Herr merkt sich prinzipiell keine Gesichter –

Er hätte ihm nicht zuzwinkern sollen. Das war ein Fehler. Dieser Verkumpelungsblick hatte ausschließlich dazu geführt, dass sich Branko sein Gesicht einprägte. Mit dem gesenkten Haupt sah Barbara – niemand, der im Rollstuhl saß, hieß Barbara – aus, als hätte sie einen Schlaganfall gehabt. Da passten die Einzelteile nicht zueinander, dachte Branko und fragte sich, was jetzt an dieser Frau anders war. Er hatte ihr vor zwei Stunden die Stufen hinaufgeholfen. Das war keine, die ihren Kopf auf die Brust sinken ließ. Diese Frau Jelinek – niemand, der in ein Stundenhotel ging, hieß Jelinek, aber natürlich war Branko falsche Namen gewohnt, und ein Name war einfältiger als der andere, nie hatte auch nur ein

Name zu einem Gesicht gepasst –, die kam ihm bekannt vor, wobei einem Rezeptionisten eines Stundenhotels sehr schnell jemand bekannt vorkam, saß er doch ständig in irgendwelchen Bars und wurde das Gefühl nicht los, eine Frau von irgendwoher zu kennen, wobei das Irgendwo eine klare Verortung hatte, aber trotzdem ein Irgendwo bleiben musste, und selbst wenn er mit irgendeiner Frau dann irgendwo schlief, durfte er nicht offenbaren, warum ihr Gesicht nicht irgendein Gesicht war. Aber an dieser Jelinek war nicht nur der Name falsch, nicht nur die Haare, da passte irgendwie nichts zusammen, eine billige Klamotte, mieseste Rollengestaltung. Diese Jelinek, die hatte schon einmal seinen Blick gesenkt, diese Jelinek hieß Kerbler und hatte ihm so lange gesagt, dass er nicht wieder zu kommen brauche, bis sich sein Blick gesenkt hatte, für Jahre, bis er außerstande war, auch nur irgendjemanden anzusehen, und vielleicht war er deshalb so geeignet für diesen Ort, wo man auch immer den Blick senken musste. Er sei unerträglich untalentiert, unlebendig, uninspiriert und völlig degeneriert. Das hatte sie gesagt, als er sein erstes und einziges Casting bei Frau Kerbler bestritten hatte. Degeneriert! Und seitdem arbeitete er in diesem Stundenhotel, mit gesenktem Blick und ohne Publikum. Einer, der nichts darzustellen hatte, der brauchte kein Publikum. Der verdiente es nicht, die Blicke auf sich zu ziehen. Dabei war sich Branko sicher, dass es in ihm gesteckt hätte, aber eben nur gesteckt, so wie alles in ihm immer zu stecken schien. Immer blieb alles nur stecken, auch dieser Stachel steckte noch in ihm, und nur Frau Kerbler konnte ihn entfernen. Als er seinen Blick in den Rücken dieses Mannes bohrte, beschloss er, sie aufzusuchen. Sie hatte ihn nicht erkannt, als er ihr die Stiegen hinaufhalf, und er hatte nicht genau hingesehen, er war so verliebt in sie gewesen. Er hätte eine wie sie gebraucht, eine, in der absolut nichts steckenblieb. Es war nicht ihre Art, den Kopf auf die Brust fallen zu lassen, er würde sie finden, ihre Nummer war bestimmt die gleiche. Er hätte mit ihr schlafen sollen, aber so wollte er es nie geschafft haben. Gab es jemanden, der sich nicht dafür ficken ließ? Jetzt kam die alte Wut wieder, er hatte sie überwunden geglaubt, und die Silhouette des Mannes verschwand im Regen, sonst wäre er ihm vielleicht nachgelaufen.

Dass es jetzt zu regnen begann. Ein Glücksfall. Der Rollstuhl am Ufer. Seltsam, dachte ein Passant, der trotz des Wetters hier entlangspazierte. Er beschloss, die Polizei zu verständigen, blieb aber nicht stehen, wählte im Gehen und verschwand im Dunst des Regens. Der Wasserstand hatte sich erhöht. Lutz hatte das Gefühl, die Donau würde gleich überschwappen, würde den leeren Rollstuhl mit sich fortreißen. Aber er musste so knapp am Wasser stehen, sonst fragte man sich womöglich, warum sich die Gelähmte das Leben erschwerte, wenn sie sich mit dem Selbstmord doch Erleichterung verschaffen wollte. Sie würden die Leiche nicht finden. Der Fluss spuckte so gut wie nie etwas aus. Das wusste auch die Polizei. Außerdem war er Arzt, er konnte mit Stress umgehen. Der Rollstuhl diente nur als Köder. Die Leiche war nicht im Fluss.

Er hatte sie in die Garage geschoben, an dem Schranken vorbei, jede Eventualität im Kopf. Falls man jemandem im Aufzug begegnete. Er hatte die

Kamera gesehen. Klar. Aber was war so ungewöhnlich daran, jemanden im Rollstuhl am Schranken vorbeizuschieben? Ein Rollstuhl war ein Fahrzeug wie jedes andere. Es gab keine Leiche. Er hatte sich nichts zuschulden kommen lassen. Die Dosis hatte gestimmt. Er hatte es drei Mal geprüft. Eine andere hörte da noch lange nicht zu atmen auf. Nein, er hatte sie nicht nach Allergien gefragt. Schließlich handelte es sich um keine OP. Also war eigentlich nicht die Ärztekammer zuständig. Er konnte so etwas abschätzen, er war Arzt. Zahnarzt. Aber er hatte sich während des Studiums sehr für Anästhesie interessiert. Hatte sich da richtiggehend hineingetigert. Hatte sich dann aber doch für Dental entschieden. Aus finanziellen Gründen. Und ob ein Anästhesist tatsächlich ein Arzt war, da schieden sich die Geister. Die Infusion war richtig eingestellt. Ihre Haut hatte die milchige Farbe des Propofols angenommen. Tausende hatte er schon betäubt. Ob Mund, ob Fuß, ob ganz, der Unterschied lag ausschließlich in der Dosis. Und die stimmte. Man konnte ihm nichts vorwerfen. Schon gar nicht die Ärztekammer, diese Verbrecher. Alles korrekt gelaufen. Auch das mit dem Rollstuhl. Woher sollte er bitte einen Rollstuhl auseinanderklappen können? War er Pfleger oder Arzt? Es war schon schwierig genug, den Patienten am Beifahrersitz zu positionieren. Trotz voranschreitender Leichenstarre. Er war nicht gut im Schlichten, da hatte Rita Recht. Ein steifer Körper war kein IKEA-Möbel. Richtig. Ein IKEA-Möbel konnte man zerlegen. Verlor er endgültig den Verstand? Nichts würde je wieder wie vorher sein. Es gab keine Leiche. Er hatte den Rollstuhl so, wie er war, in den Kofferraum gestellt. Da hatte sich der Combi schon wieder rentiert. Für jeden sichtbar. Aber was war falsch daran? Ampeln musste man eben meiden. Im Navi hatte er Wienerwald eingegeben, der umschloss doch die ganze Stadt. Er verstand deshalb überhaupt nicht, warum ihn diese enervierende Frauenstimme ständig zurechtwies. Wenn ein Wald eine Stadt umschloss, dann gab es keine falschen Wege. *Links abbiegen! Links abbiegen! Bei der nächsten Möglichkeit wenden.* Kein *bitte,* kein *danke.* Dieser gleichbleibende Ton, diese völlige Gleichgültigkeit gegenüber seiner Verfassung. Da durften sich auch schon mal ein paar kleine Fehler einschleichen. Hören Sie, die Ärztekammer ist nicht zuständig. Egal. Ein Polizeiauto. War zu erwarten. Und wem hatte er es zu verdanken? Dieser enervierenden Stimme. Er hatte es ihr gesagt, Ampeln meiden. Er durfte nicht hinsehen. Mit ihr sprechen, sie beruhigen, dass sie bald da sein würden. Als es Grün wurde, sprang ihm der Gang raus. Das passierte sonst nur Rita. Er war Arzt. Im Dienst. Warum sollte die Polizei darauf reagieren? Es gab keine Leiche. Er brauchte natürlich einen Spaten. Wenn er sie im Wald vergraben wollte, dann kam er mit der Kinderschaufel von Max nicht weit. Außerdem hätte es sich nicht richtig angefühlt. Tankstelle! Aber der Tankwart hatte ihn angesehen, wie man einen ansah, der nicht wusste, wie viel ein Liter Benzin kostet. Doch die rote Plastikschaufel von Max! Er musste ein Waldstück mit weicher Erde finden. Kaum zu glauben, wie laut es im Wald war. Er fühlte sich beobachtet. Aber für die Tiere tat er nichts Unrechtes. Max war kein Tier. Er erkannte sich selbst im Spiegel. Die

131

Kammer, verdammt nochmal, die Kammer war nicht zuständig. Noch einmal, für die Deppen in der letzten Reihe: Es war keine OP. Das Schaufeln dauerte ewig. Gut, der Wienerwald war keine Sandkiste. Sonst wäre er auch die Sahara. Der Wienerwald war nämlich der größte Mischwald Mitteleuropas. Das wusste er noch aus der Schule. Die Leiche würden sie nie finden. Eine Zeitlang nicht in den Wald gehen. Versprochen. Hoffentlich brach die verdammte Schaufel nicht.

Jennifer hatte im Auto gewartet. Er nahm sich fest vor, sich die Stelle nicht zu merken. Die Schaufel abklopfen! Sie sah jetzt aus, wie sie geschminkt war. Nur gegenständlicher. Er legte sie in die Grube und bedeckte den Leichnam mit Laub. Das erschien ihm würdevoller. Dann senkte er das Haupt und warf eine Portion Erde auf die Leiche. Er hatte ein schlechtes Gewissen, dass sie ohne Rede beerdigt wurde. Er beschloss, im Wagen eine Rede zu halten. Das galt. Das war wie mit dem Urbi et Orbi auf Video. Er stieg ein und fing sofort an. Er sagte, dass sie keine einfache Person gewesen sei, dass er aber mit ihr nie Schlechtes im Sinn gehabt habe. Er sagte, dass Jakob sie bestimmt liebe und dass es für jemanden, der so viel Leid ertragen musste, so vielleicht sogar besser sei. Er wollte damit keineswegs seine Tat rechtfertigen, vor allem, weil es keine Tat war, sondern ein Unfall und damit natürlich einer OP näher als einem Mord. Er hoffe, sie sehe das genauso, es sei einfach Schicksal gewesen, obwohl es für ihn als Atheisten natürlich kein Schicksal gebe, somit auch keine Strafe. Ein Gott, der einen bestrafen wolle, weil man nicht an ihn glaube, habe ohnehin nichts Göttliches an sich. Ein Gott mit Minderwertigkeitskomplexen. Mit einem solchen könne er es aufnehmen. Einfach an alle Eventualitäten denken. Sie würden ihn nicht kriegen. Es gab keine Leiche.

Lutz sah auf die Uhr. Es war spät geworden. Seltsamerweise hatte Rita nicht angerufen, um zu fragen, wo er bleibe. Der Regen prasselte auf ein menschenleeres Ufer. Der Regen hielt die Zeugen fern. Morgen kämen Passanten und würden den Fluss nach einer Leiche absuchen. Aber der Fluss würde nichts preisgeben. Lutz nahm das Mobiltelefon, der Beweis, dass Jennifer Kerbler um 18 Uhr 27 noch gelebt hatte, dass sie keinesfalls tot war und dass sie sich von ihrem Lebensgefährten verabschiedet hatte. *Jakob, ich habe dich verlassen. Suche nicht. Es gibt nichts zu finden. Sei glücklich.* Das klang nach ihr. Da machte eine Suche keinen Sinn. In vier Sätzen alles vom Tisch gewischt. Keine Eventualitäten offengelassen. Warum hatte sie eigentlich ihre Sachen nicht mitgenommen? *Wundere dich nicht. Ich habe alles zurückgelassen. Bitte bring es zu Ruby. Es wäre schön, wenn du dort Jennifer entsorgen könntest.*

Lutz musste lachen. *Entsorgen* klang nach ihr. Einmal hatte sie gesagt, wenn sie sterbe, dann wolle sie in der Feuerhalle *entsorgt* werden. Wie ihr Vater. Nur Atheisten ließen sich entsorgen. So kam sie doch noch zu einer ordentlichen Beerdigung. Bei Ruby. Rita hatte Jakobs Sachen bei Ruby entsorgt, da schloss sich der Kreis. Und jetzt ging es vor allem um geschlossene Kreise. Es gab keine Leiche. Die Wohnung. Das Telefon. *Jakob. Alles gehört dir. Dort wo ich hingehe, brauche ich nichts. Das ist meine letzte Nachricht. Diese Nummer gibt es nicht mehr. Bitte*

133

melde sie ab. Lutz nahm das Telefon. Den Ortungs-dienst ausschalten. Dann in den Fluss werfen. Aus-schalten! Ausschalten.

ZEHN

Konrad habe einen ungewöhnlichen Abend gewählt, sagte der Minister, er könne sich gar nicht daran erinnern, wann es auf Nauru das letzte Mal so windstill gewesen sei. Auf Nauru habe es immer 27,5 Grad, das liege an der Nähe zum Äquator und sei an sich nicht ungewöhnlich. Wobei, eine solche Windstille, das sei schon ungewöhnlich, da habe Konrad richtig Glück gehabt, eine so windstille Nacht habe es seit Jahren, vielleicht sogar Jahrzehnten nicht gegeben, und er könne sich wahrscheinlich vorstellen, wie man sich bei einem so konstanten Klima über die kleinste Veränderung freue. Nein, auf das Gemüt schlage das nicht, nein, auch nicht *monoton*, der Naurer sei eben wie sein Klima, keinen großen Schwankungen ausgesetzt, ein konstantes Gemüt, ganz klar obenauf und nicht untenher, beim Wind, da sei es genau umgekehrt, sagte der Minister, da sei Nauru eine Insel unter dem Wind und nicht über dem Wind, aber beim Gemüt, da sei man witterungslos, ja, zugegeben, ambitionslos, aber im besten Sinne. Die Menschen hier seien zufrieden, der Naurer kenne keine Habgier, im Gefängnis säßen gerade mal zwei Jugendliche, und trotzdem sei man zum Schurkenstaat erklärt worden. Ein harter Schlag. Aber einem freien Land stehe es doch zu, seine Staatsbürgerschaften frei zu vergeben, Taliban hin, Taliban her, vor allem, wenn man daran denke, wie viele Flüchtlinge Nauru Jahr für Jahr aufnehme, natürlich gegen Geld. Man sei die Müllhalde Australiens, die Jungen gingen, und der Abschaum komme, ja, Australien, die meisten seien nach Australien gegangen, er brauche sich ja nur umzusehen, die Insel sehe aus wie ein einziger Steinbruch, man habe sich den eigenen Boden unter den Füßen abgetragen. Bei Vollmond habe man das Gefühl, auf einem anderen Planeten zu stehen, aber selbst er, der Minister, würde seine Regierungsgeschäfte inzwischen von Australien aus betreiben, der Nauru-Tower sei das höchste Gebäude Australiens. Seinerzeit habe man die Havarien einfach am Straßenrand liegen gelassen, seit Jahren habe sie keiner mehr weggeschafft, ob sie an den Strand fahren sollten, da mache gerade ein Haufen Zugvögel auf Zwischenstation, da könne man sehen, wie die Phosphatvorkommen wieder angereichert würden. Ja, man habe den Eindruck, die Viecher kämen nur zum Scheißen hierher, aber ihm sei das natürlich recht, sagte der Minister und ließ den Fahrer am Strand halten. Auf Nauru, das müsse aber jetzt wirklich unter ihnen bleiben, gebe es noch viel mehr Phosphat als ursprünglich angenommen. Man habe sich ja bereits am Ende geglaubt, alles abgebaut, Nauru pleite, aber jetzt, unter den verdammten Korallenfelsen, da sei noch Phosphat aufgetaucht, also noch eine Runde im Karussell, lachte der Minister, und dann, mal sehen, sie müssten in die Zukunft investieren, wurde er plötzlich ernst. Dieses Mal könne nicht jeder Nauruer eine Putzfrau vom Staat zur Verfügung gestellt bekommen, keine Mona-Lisa-Musicals dürften finanziert werden, immerhin habe man es damit in die Geschichtsbücher geschafft, lachte der Minister, es gelte noch immer als der größte Misserfolg aller Zeiten, er räusperte sich, dieses Mal würde man sein Geld nicht in Immobilien anlegen. Und genau darüber wolle er mit Konrad sprechen, der die Anwesenheit da zum ersten Mal wieder spürte, hier am Strand, zwischen all diesen Vögeln im Vollmondlicht mit Blick auf die schwarze Wand, hinter der das Meer verschwand, da spürte er die Anwesenheit so stark, dass es ihn mit sanftem Druck aufs offene Meer zog. Ob es dem Minister etwas ausmache, wenn sie jetzt dinieren würden, sagte Konrad, I am starving, antwortete der Minister und griff sich an den korpulenten Bauch. Der Naaruer setzte sich im Auto noch einen Schuss Insulin, Diabetes, grunzte er, fast alle hier hätten Diabetes. Es sei ihnen einfach zu lange zu gut gegangen, lachte er, aber immerhin habe er noch alle Beine. Er öffnete das Fenster, um in dieser windstillen Nacht zumindest den Fahrtwind zu spüren. Dann saßen sie allein im Speisesaal und wurden von einem Filipino bedient. Der Minister seufzte zufrieden bei jedem Gang und platzierte die Serviette sakral auf seinem Wanst. Am Ende hatte man sich auf den Bankrott von Nauru geeinigt, ohne dass es der Minister gemerkt hatte. Trotzdem war Konrad nicht nach Feiern zumute, auch wenn der Jahresbonus damit einen neuen Rekordwert erreicht hatte. Für Konrad war Erfolg kein Grund mehr zur Freude, sondern eine Notwendigkeit, um seine Dienstreise fortsetzen zu können. Die Überlegenheitsfantasien hatten längst ihren Reiz verloren. Man war kein Jäger mehr, wenn man das Wild blind aufspürte.

Niemand saß an der Rezeption. Konrad war allein im Hotel. Der Kolibri war durch die windstille Nacht geflattert, um sich neben den schlafenden Kakapo zu legen, wegen dem er einst den langen Weg über das

Meer gekommen war. Abgestrampelt hatte sich der Kolibri aus Liebe zu diesem seltsamen Vogel, der keine natürlichen Feinde kannte, der zu dick war, um zu fliegen, und zu faul, um sich fortzupflanzen. Vom Aussterben sei er bedroht, das hatte ihm die kleine Kolibridame immer wieder vorgezwitschert, während sie unaufhörlich seinen großen, freundlichen Kopf umschwirrte. Diese Flügelschläge machten den Kakapo nervös, aber er ließ sich nichts anmerken, immerhin hatte dieser Kolibri einen weiten Weg auf sich genommen, nur um in den Nächten neben ihm zu liegen. Ob sie nicht die Insel wechseln wollten, fragte der Kolibri immer öfter, aber der Kakapo verwies darauf, dass er nicht fliegen könne und dass es ihm hier gefalle, schließlich gebe es keinen Grund, warum es jemandem hier nicht gefallen solle, was noch lange kein Grund sei, dass es einem gefallen müsse, erwiderte der Kolibri.

- Wenn du nicht mitkommst, dann wird es dich nicht mehr lange geben, sagte der Kolibri, wobei dieser natürlich nicht den Kakapo selbst, sondern den Kakapo an sich meinte.

Aber mit dem Kakapo an sich konnte der Kakapo selbst wenig anfangen, solange der Kakapo selbst genügend Essen und Schlaf bekam. Vögel gebe es genug, sagte er, man brauche nur an den Strand zu gehen, da werde jede Nacht Phosphat für sieben Inseln produziert, und der Kolibri sagte, dass er die Vorstellung, dass die Inseln aus der Verdauung heraus entstünden, eigentlich schön finde, worauf der Kakapo seufzte und sagte, er könne schon wieder, womit er das Essen und nicht das Schlafen meinte.

Konrad war unwohl. Selbst wenn er sich Geschichten um den Kolibri ausdachte. Der Aufzug war nicht mehr defekt, das hatte er erst gemerkt, als er schon ausgestiegen war. Es war 411, oder? Er öffnete die Tür nur einen Spalt. Die Zimmer sahen völlig gleich aus. Das Kuvert am Schreibtisch war verschwunden. Vermutlich hatte es der Kolibri entfernt. Er hätte es nicht aus der Hand geben dürfen. 411. Sonst hätte der Schlüssel nicht gepasst. Das Zimmer war aufgeräumt worden, der Koffer stand jetzt unter dem Tisch. Jemand hatte das Kuvert auf das Bett gelegt. Er war der einzige Gast. Das spürte er deutlich. Vermutlich hatte der Kolibri selbst die Zimmer gereinigt. Die Überdecke war verschwunden. Sie hatte aus der Bettdecke ein freundliches Faltenmuster gezaubert. Keine Blüten ausgestreut. Auf Nauru gab es vermutlich keine Blumen. *For You.* Das weiße Kuvert. Der Wind drückte gegen das staubige Panoramafenster. Ein massiver Schüttregen brach ohne Ankündigung über Nauru herein. Der Sturm wehte eine Fastfood-Verpackung über die Straße. Es gab keine Bäume, die sich im Wind gebogen hätten. Konrad hielt das Kuvert in der Hand und öffnete es, ohne es aufzureißen. Wer weiß, wer mit *You* tatsächlich gemeint war.

Du bist zu spät gekommen. Ich habe so lange auf dich gewartet. Und trotzdem habe ich immer gewusst, dass wir uns knapp verpassen werden. Es war nicht vorgesehen. Doch, es war vorgesehen. Es fühlt sich auch an, als hätten wir es schon ein paar Mal geschafft. Ich habe das Warten nicht mehr ausgehalten. Bitte verzeih.
Mia Kouri

Konrad war überrascht, dass der Brief unterzeichnet war. Er hatte immer gewusst, dass er ihr begegnen würde, dass es keinen Sinn hatte, sie zu suchen, dass sie einander früher oder später über den Weg laufen würden. Er hatte immer damit gerechnet, dass er sie erkennen würde, egal in welcher Verkleidung sie vor ihm stünde. Sie hatte ihm so sehr gefehlt, dass sein Festlandleben unerträglich geworden war. Konrad hatte den Großteil seiner Dinge bei Melina gelassen, wegen der Kinder, damit sie glaubten, er sei nur verreist. Die Kinder freuten sich über jeden seiner Anrufe. Meistens waren sie es, die anriefen. Eigentlich immer. Wenn er sie gefunden hatte. Dann würde er öfter anrufen. Dann würde er auch kommen. Dass sie einen Namen hatte, enttäuschte ihn. Sollte er das Kuvert in ihr Zimmer zurücklegen? Oder an der Rezeption abgeben? Wahrscheinlich war sie nicht unter diesem Namen eingetragen gewesen. Niemand hieß Mia Kouri. Nicht einmal jemand, der in Hotelzimmern Briefe für Fremde hinterließ. Konrad war gegangen, weil er gehofft hatte, im Überall den Menschen zu finden, mit dem es keine Synonyme mehr gab, bei dem Liebe nicht Hoffnung, ein Kuss nicht Schweigen, Zusammensein nicht Gefängnis bedeutete. Kein Mensch, der einen dauernd für sein Glück zuständig machte. Keine Verschwiegenheit, aber viel Schweigen. Wo Zorn Zorn, Abscheu Abscheu, Hass Hass und Argwohn Argwohn sein durften und der Zorn nicht plötzlich Abscheu und der Argwohn nicht Hass genannt wurde. Wo sich der Name des anderen wie der eigene anfühlte.

Konrad nahm das Telefon und tippte *Mia Kouri* in die Suchmaschine.

Mia Kouri bedeutet übersetzt: ein Mädchen.

Ein Mädchen. Ohne Gesicht. Ohne Geruch. Mia Kouri. Er setzte sich. Der Teppich roch wie ein modriger Teppich, der Regen war bloß Regen, und das Bett war ein ausgelegenes Bett, das keine Geschichten zu erzählen hatte, die es nicht überall anders auch zu erzählen gab. Konrad merkte, wie sich das Zimmer verkleinerte. Wie ihm alles zu Kopf schrumpfte. Die Zeit verging plötzlich schneller. Die Straßen wurden enger. Die Autos rasten immer knapper aneinander vorbei. Konrad spürte es wieder, und es fühlte sich wie Jakob an. Als wäre Konrad nur sein Schatten, sein Geist, das Entsorgungslager für verworfene Ideen, nicht verfolgte Möglichkeiten, nur ein Gedanke, eine Erfindung. Er lief hinaus. Der Regen hatte aufgehört. Aber der Asphalt war nass. Die lange gerade Straße zwischen den Kratern war leer. Und das Mondlicht leuchtete jeden Winkel von Nauru aus. Er lief bis zum Strand, wo die Zugvögel herumflatterten, als ob sie bereits von jemandem geweckt worden wären. Hunderte weiße Vögel flogen im Kreis, verschwanden im Schwarz und tauchten aus dem Schwarz wieder auf. Er blieb hinter ihr stehen. Sie hatte ihn nicht bemerkt, sie hatte die Blicke der anderen noch nie bemerkt. Erst als die Vögel ihren Radius vergrößerten und plötzlich über zwei Köpfen kreisten, drehte sie sich um und sagte Oh, und er sagte Oh-Oh, und sie sagte: Oh what? Er hätte jetzt gerne ihre Hand gedrückt, um sie gleich danach unter dem hysterischen Geschnatter der Zugvögel zu küssen, doch sie steckte ihre Hände in die Tasche und sah ihn an, worauf er nur sagte: Oh, just Oh. Sie blieb stehen und wartete, ob er auf sie zuging, wartete, ob er sich aufmachte, sie zu küssen, um sich währenddessen zu überlegen, ob sie dem Kuss nachgeben würde. Noch nie war sie auf jemanden zugegangen, immer wollte sie zum Nachgeben gebracht werden, aber Konrad blieb stehen, denn er ahnte, dass sie nicht nachgeben würde. Und daher sagte er etwas, das diesen Kuss noch mehr verunmöglichte, als es eine Kirche getan hätte, er sagte, dass dies wohl der Moment sei, von dem sie ihren Kindern erzählen würden, in dem sie sich das erste Mal geküsst hätten, wohl ahnend, dass die Vorwegnahme einer Situation immer zum völligen Ausfall derselben führte. Sie lächelte und sagte, dass sie sehr oft hier an den Strand gehe und dass diesem Strand keine solche Situation innewohne, sondern ausschließlich eine auf das Meer hinausschauende. Zu oft sei sie hier gestanden, um diesem Ort noch eine Bedeutung zu verleihen, es wäre also eine Lüge, wenn sie das ihren Kindern erzählen würden, vorausgesetzt, sie hätten jemals welche, denn das hier würde nicht der Moment sein, an dem der erste Kuss stattgefunden hätte, ab wann man denn jemanden küsse, wann dieser erste Kuss denn beginne, wollte er fragen, was aber diesen Moment auseinandergerissen hätte, also sagte er stattdessen, dass sie ihren Kindern dann zumindest erzählen könnten, dass sie hier über ihren ersten Kuss erstmals gesprochen hätten. Sie lachte und schüttelte den Kopf, aber nicht so, wie seine Eltern die Köpfe schüttelten, eher überrascht, nein, erstaunt, nein, geschmeichelt, nein, ahnend, dass die Vorwegnahme einer Situation nicht immer zum völligen Ausfall derselben führte. Sie lachte in sein ratloses Stirnrunzeln hinein und ahnte, dass sie dieses Stirnrunzeln einmal hassen würde. Jetzt war es aber genau dieser Anblick, der sie zum Nachgeben bringen hätte können, was sie ihm nicht sagen konnte, ein Aussprechen hätte ein Nachgeben völlig verunmöglicht, und so sagte sie Oh, und er sagte Oh-Oh, und sie sagte aber nicht Oh-what?, sondern senkte ihren Blick, um ihm die Möglichkeit zu geben, jetzt auf sie zuzugehen, um den ersten Kuss in Angriff zu nehmen, um sie kapitulieren zu sehen, um gemeinsam am Strand nachzugeben und sich diesen Moment mit den Vögeln, dem Wind, den Kratern und den Wellen einzuprägen und ihn zu eincm erzählbaren Moment werden zu lassen. Aber Konrad blieb stehen und senkte ebenfalls den Blick. Er war schon seit Jahren auf niemanden mehr zugegangen, vielmehr durch alle hindurchgegangen, und mit diesem zweiten Moment nach dem ersten Aneinandervorbeigehen hatte er einfach nicht gerechnet, nein, war es längst nicht mehr gewohnt, mit irgendetwas rechnen zu müssen, und blieb daher auf der Stelle stehen, aus Ratlosigkeit, aus Erstaunen, diese Situation selbst heraufbeschworen zu haben. Es kreischten die Vögel, es wehte der Wind, es schlugen die Wellen, und das Phosphatvorkommen stieg, weil die Vögel mit diesem Moment auch nichts anzufangen wussten. Beide hielten ihre Blicke gesenkt, machten den Augenblick immer mehr zu einem nicht erzählbaren Augenblick, und begannen in kleinen wankenden Schritten aufeinander zuzugehen, als hätte man ihnen Fußfesseln angelegt. In zentimeterkleinen Schritten und mit geschlossenen Augen wankten sie aufeinander zu, ließen es möglichst unbeabsichtigt aussehen, jedem Rascheln im Kies folgte ein weiteres. Wenn man tanzt, stirbt man nicht, dachte er und ließ es noch einmal rascheln, und dann trug der Wind eine Zitronenlavendelwolke in seine Nase, und er hörte ihren letzten Schritt, denn jetzt konnte er sie spüren, ihre Fingerspitzen, die sich nach seinen ausstreckten, wie kleine Tentakel, die ihre Beute zart lockten, um sie mit einem Kuss zu Fall zu bringen, und ihre Lippen, die weich und salzig schmeckten und ihn endgültig kapitulieren ließen. Die Finger krallten sich ineinander fest, und jeder nahm den Geruch des anderen an. Sie flüsterte, dass es wie immer sei, dass diesem Moment absolut nichts Außergewöhnliches innewohne, und er, dass es so eine wie sie überall gebe, dass er den Moment schon jetzt vergessen habe. Sie ließen die Zugvögel hinter sich, gingen zur Straße hinauf, lauschten den Schritten des anderen, schlichen durch die Lobby, küssten einander im Aufzug in den vierten Stock hinauf, stießen die Tür auf und spiegelten sich nackt im staubigen Panoramafenster. Alles fühlte sich an wie tausend Mal erzählt. Überall gab es eine wie sie, die ihr Gesicht gegen die schwarze Panoramafenster presste, die ihre Finger spreizte und in deren kurzen erregten Atemzügen das Glas beschlug. Wie immer umfasste einer wie er ihr schlankes Becken mit seinen großflächigen Händen. Überall starrte eine wie sie in das Spiegelbild im Fenster und erkannte einen großen Mann, der ihr eruptive Wellen in den Unterkörper schlug, die sich in massiven Starkstromschlägen bis in die Fingerspitzen ausbreiteten. So eine riss immer an seinem Haar, um diese Wellen zurückzuleiten, um mit dem Schmerz ihre Anwesenheit zu beweisen. Ihre Schreie klangen wie ein Echo aus einem unsichtbaren Körper, der sich in ihnen verbarg, von so tief unten stöhnte ihr Verlangen, dass sie das Gefühl hatten, überall gleichzeitig zu sein, als sie schrien und beide in Millionen Splitter zerfielen, die sich als transparenter Ascheregen geräuschlos über die ganze Insel verstreuten. Wie immer lag man dann schweigend nebeneinander. Die Hände machten das, was sie in solchen Momenten immer machten. Sie strichen über die Haut des anderen und lauerten auf die nächste Möglichkeit. Die Körper rochen, wie sie rochen, wenn sie das, was ständig überall passierte, erneut zuließen. Und der Atem bemühte sich, möglichst geräuschlos zu sein. Denn die Worte kamen erst, wenn man dem Moment nicht mehr genügte. Es sei beruhigend, dass diesem Moment nichts Besonderes innewohne, sagte sie, und ihre Fingerspitzen legten sich sanft auf sein Glied.

- Es war mir von Beginn an klar, dass du es nicht bist, sagte er.

- Wir sind uns schon tausend Mal begegnet, sagte sie und küsste sanft seinen Hals.

- Überall, ständig, flüsterte er und suchte ihre Lippen, um die Momente zwischen den Worten zu übertauchen.

- Wenn es die Liebe angeblich überall gibt, fragt man sich, warum man sie so lange sucht, sagte sie, während sie seinen Kuss erwiderte.

Sie spürte, wie sich sein Glied unter ihren Fingerspitzen regte. Er sei sich bis heute nicht sicher, ob er sie suche oder vor ihr davonlaufe. Also vor der Liebe, nicht vor ihr. Sie existiere für ihn gar nicht, flüsterte er und liebkoste ihr Ohr. Dann drang er in sie ein und versank in einem lauwarmen Brunnen, der ihn immer weiter in die Tiefe saugte, bis sie sich in geflüsterten Schreien erneut in sich selbst auflösten, um endgültig das Interesse an diesem Moment zu verlieren. Dennoch blieben sie liegen und starrten ins Schwarz von Nauru. Die schalldichte Scheibe ließ den aufbrausenden Sturm da draußen nur erahnen, denn es gab nichts, das sich bewegte. Sie sagte, dass es einen Unterschied zwischen ihnen gebe und sonst nur Gemeinsamkeiten, und er fragte, was dieser Unterschied sei, und sie sagte, dass er einmal gegangen und sie nie irgendwo angekommen sei. Das spüre sie ganz deutlich. Er habe ohnehin von Anfang an das Gefühl gehabt, sie würden alles übereinander wissen, sagte er, und sie schüttelte den Kopf und sagte, er habe zwar das Gefühl gehabt, sie aber habe alles über ihn gewusst, über sie wisse er gar nichts. Denn Konrad, und das sehe sie sofort, würde überhaupt wenig erkennen, was für ihn auch nicht vonnöten sei, es wäre beinahe existenzgefährdend, worauf er widersprach und sagte, er würde sehr viel verstehen, zu viel verstehen. Das habe sie aber nicht gesagt, sagte sie, dass er nichts verstehe, sondern dass er nichts erkenne, da bestehe ein wesentlicher Unterschied. Was für ein Unterschied, fragte er, für so einen wie ihn, sagte sie, gebe es immer Synonyme, aber es gibt keine Synonyme, so wie man eine Liebesbeziehung nicht benennen dürfe, und das sei genau der Grund für das Scheitern gewesen, dass er diese Liebesbeziehung zu oft benannt habe, so lange, bis der Name, den er ihr gegeben hatte, nur noch ein leeres hässliches Gefäß gewesen sei, als ob man hundert Mal *Sessel* sage, dann sei der Sessel irgendwann kein Sessel mehr, sondern ein völlig fremder Gegenstand. Wie er sie genannt habe, wollte sie wissen, aber er sagte, dass dieser Moment keinen Namen vertrage. Sie hingegen sei bestimmt wegen der Liebe hier gelandet, sagte er, und sie lachte und sagte, das habe sie sofort gesehen, dass er das denke, aber da liege er völlig falsch. Sie ginge immer dorthin, wohin es sie beruflich verschlage. Der Beruf sei ihr Wetter, ihr Gesprächsstoff und bestimme ihre Gemütsverfassung und treibe sie in windigen Lagen an andere Orte. Er sagte, er habe gar nicht gewusst, dass Rezeptionistin ein Beruf sei, eher eine Beschäftigung, sagte sie, aber mehr brauche sie auch nicht. Sie brauche nur einen Anlass für einen Aufenthalt, ihr Dasein sei ohnehin überall gleich. Ob er untertauchen oder verschwinden habe müssen, das würde sie gerne erfahren, sagte sie und legte seine Hand auf ihren Bauchnabel. Verschwinden, sagte er, schließlich habe er nichts verbrochen. Konrad war verschwunden, bevor er überhaupt gegangen war. Es war ihm spät aufgefallen, aber irgendwann war er auf keinen Familienfotos mehr zu finden gewesen. Er wurde einfach nicht mehr fotografiert. Er wurde beim Einkaufen nicht mehr bedacht, seine Wäsche wurde nicht mehr mitgewaschen, seine ungelesene Zeitung verschwand ungefragt im Altpapier, Schuhe und Kleider wurden einfach entsorgt, und als er seine Geburtsurkunde plötzlich nicht mehr fand, da wusste er, es war Zeit zu gehen. Konrad hatte schon immer den Wunsch gehabt zu verschwinden, das lag an seiner Größe. Selbst wenn er neben einem stand, schaffte er es inzwischen, übersehen zu werden. Schon als Kind hatte sich Konrad so geräuschlos angeschlichen, dass sich Jakob sicher war, der große Bruder würde eines Tages beim Geheimdienst landen. Genaugenommen hatte Jakob keine Ahnung, was er da in der Ferne trieb. Rita und Melina hatten versucht, die Brüder verschwinden zu lassen, und zwar auf die exakt gleiche Weise. Konrad seufzte. Nach der Heirat mit Konrad hatte Melina eine Wandlung vollzogen. Sie hörte auf, sich zu waschen. Sie war schon immer Anti-Chemie, so wie sie Anti-Religion, Anti-Raucherin und Anti-Feministin war. Aber am stärksten war sie Anti-Chemie. Und was mit schlecht riechenden Waschmitteln und pH-neutraler Seife begann, führte in die totale Verweigerung. Am Ende war auch Konrad für sie pure Chemie. Und Rita, für die Hygiene die wichtigste Errungenschaft der Zivilisation war, wurde daher Anti-Melina. Jedes Treffen geriet zum Eiertanz. Letztendlich hatte Melina zwei Kinder, weil sie auf Chemie verzichtete, und Rita keine, zumindest damals nicht, weil sie dank Chemie keine haben musste. Warum er so lange bei Melina geblieben sei, gähnte der Kolibri. Ob er ehrlich sein solle, fragte Konrad. Sie nickte müde.

- Weil sie mir beim Ficken immer den Finger in den Arsch gesteckt hat.

Der Kolibri gähnte erneut. Sie finde solche vorgefertigten Witzigkeiten langweilig, und langweilig habe sie die Nacht bis jetzt eigentlich nicht gefunden. Eine Nacht, die man getrost vergessen durfte, aber keine, die man vergessen musste.

- Also, gute Nacht.

Sie drehte sich um und schloss die Augen. Konrad runzelte die Stirn. Er hatte sie eigentlich nicht eingeladen zu bleiben. Er wollte mit Jakob sprechen. Konrad rief nie irgendwo an, das war ein Naturgesetz. Sein Blick fiel auf das Display des Telefons. Keine Anrufe in Abwesenheit. Er hatte das Gefühl, er würde jetzt länger nichts von Jakob hören.

ELF

Natürlich war Jakob zurückgefahren. Sie sollten ihm nichts vorwerfen können. Er hielt beide Hände am Lenkrad und fixierte den Mittelstreifen. Keine Rehe. Keine Hasen. Keine Igel. Nur ein toter Vogel auf halbem Weg. Je öfter er an diesem Abend die Strecke fuhr, desto kürzer erschien sie ihm. Als er gegen drei Uhr ankam, konnte er sich an keinen einzigen Gedanken erinnern. Er hatte sie alle am Straßenrand liegen gelassen.

Inzwischen hatte jemand das Wohnzimmerlicht ausgeschaltet. Jakob hoffte, dass es Frau Kerbler war. Er hätte die Fahrtzeit nutzen können, um alle möglichen Szenarien durchzuspielen. Stattdessen stand er ratlos vor dem dunklen Haus und spürte, wie die Gedanken im Standgas rotierten. Er umrundete das Haus und versuchte in jedes der Fenster zu stieren. Wohnzimmer, Küche, Bad. Kein Mensch. Zumindest soweit man das vom Garten aus beurteilen konnte. Wahrscheinlich schlief sie. Wahrscheinlich war sie in den Wald zurückgegangen. Wahrscheinlich nicht. Er musste läuten. Und wenn sie sich nicht meldete, die Polizei rufen. Ihnen alles erzählen. Auch von Jennifer. Die gleiche Stille wie am Abend des Unfalls. Mit niemandem sprechen. Nicht heute Nacht. Morgen. Ohne Läuten zurückfahren. Jetzt würde es noch schneller gehen. Nicht Läuten. Hinter der Tür wartete ein Kriminalfall. Vielleicht waren es sogar zwei. Eigentlich war Jakob ein einziger Kriminalfall. Bloß nicht läuten. Ins Auto setzen. Noch einmal anrufen. Freizeichen. Anrufen. Läuten lassen.

150

An der Tür lauschen. Der Täter hatte einen Fehler begangen, er hatte das Telefon zurückgelassen. Wieso Fehler? Konnte man ausgeschaltete Mobiltelefone orten? Frau Kerbler hatte ihre Mobilbox nicht aktiviert. Das erleichterte den Vorgang. Jakob ließ es läuten und lief von einem Fenster zum nächsten. Nichts. Zumindest hätte er gesehen, wenn das Display aufleuchtete. Ganz sicher nichts. Er konnte sich das Klingeln sparen. Wenn Frau Kerbler noch immer in ihrem Haus war, dann hatte sie bestimmt nicht die Tür abgesperrt. Und der Täter? Es gab keinen Täter. Hätte der Täter den Schlüssel mitgenommen? Oder ihn einfach in den Garten geschmissen? Zur Tür gehen und die Klinke drücken. Fingerabdrücke und fünf registrierte Anrufe. *Aus der Sache kommen Sie nicht mehr heraus, Schober.* Die Tür stand offen. Die Schuhe waren tatsächlich ungeputzt. Der Spannteppich roch wie die Kerbler. Wann fing man an, so zu riechen? Die selbstgefertigten Stickbilder. Die angelehnte Mahagonitür. Das Glas Rotwein am Wohnzimmertisch. Der Gummibaum gehörte gegossen. Die beige Textiltapete. Der grüne Fauteuil. Der schlammfarbene Vorhang. Der Geruch der Kerbler hing im ganzen Haus. War es möglich, daraus eine Tatzeit zu errechnen? Es konnte keine Stunde her sein. Im Abstellraum nicht beschriftete Schachteln. Hier roch es nach alter Wäsche. Im Schlafzimmer waren die Jalousien heruntergelassen. Die violette Überdecke lag faltenfrei über dem unberührten Bett. Schlief sie links oder rechts? Im Schlafzimmer roch sie anders als im Wohnzimmer. Jakob setzte sich auf das Sofa. Spätestens wenn es hell wurde, musste sie zurück in ihre abgedunkelte Höhle. Er schloss die

Augen. Die Müdigkeit zog ihn ins Dunkel. Bilder! Die Kerbler am Rohrbacher Marktplatz. Die Sonne drückte auf die Rohrbacher Menschenmasse. In Rohrbach war es so langweilig, dass der Rohrbacher für jedes Spektakel dankbar war. Man hatte über die Kerbler ein schwarzes Tuch geworfen, das erst weggezogen werden sollte, wenn die Sonne ihren Höchststand erreicht haben würde. Die Rohrbacher starrten abwechselnd auf die Kirchenuhr und die eingehüllte Kerbler. Würde sie schreiend zerschmelzen? Noch eine Minute. Der Geruch von Jakob vermengte sich mit dem der Kerbler. Bis zum Morgen hätte er ihn verdrängt. *Im ganzen Haus roch es nach Ihnen, Schober.* Jetzt wird es eng. Die Luft wurde von der Spurensicherung in kleine Plastiktüten abgepackt. Der Prozess musste schnell stattfinden, bevor sich das Beweismittel verflüchtigte. Ein seltsamer Fall. Mindestens so seltsam wie damals – Sie erinnern sich? –, als die zwei Rollstühle in nur dreihundert Metern Entfernung am Flussufer standen. Keine Leiche. Aber zwei idente Rollstühle. Wenn das nicht nach Fall roch. Nur, ohne Leiche kein Fall. Da konnte einem der richtige Riecher auch nicht weiterhelfen. *Aber jetzt haben wir die Luft. Und die wird Sie überführen, Schober. Da können Sie sich schlafend stellen, wie Sie wollen.*

Nein, kein Zweifel, der Atem war flach. Er schlief wirklich. Seit zwei Tagen schlief er durch. Rita hätte längst den Arzt gerufen, wenn Hilde sie nicht daran gehindert hätte. Die Nerven, hatte sie gesagt, und Rita fragte sich, wann sie zum letzten Mal jemanden *Die Nerven* sagen gehört hatte. Ihre Mutter hatte den Vater einmal als nervenkrank bezeichnet. Dabei war er einfach nur unglücklich gewesen. Später hatte er sich scheiden lassen, um völlig hysterisch glücklich zu werden. Ritas Mutter hatte auch dieses Glück als Nervenkrankheit bezeichnet. Dass er ständig betonen musste, glücklich zu sein, diese gekünstelte Verliebtheit (Greta, 24), diese aufgekratzte Laune, aus allem immer noch das Positive herausschaben zu müssen, das alles seien eben Anzeichen einer Nervenkrankheit. Wenn sich das Glück so zu erkennen gebe, dachte Rita als Kind, müsse man sich ernsthaft überlegen, ob man ein solches überhaupt annehmen wolle. Lutz hingegen hatte nie Probleme mit den Nerven. Er war weder glücklich noch unglücklich, schien überhaupt keiner Witterung ausgesetzt, dieser ständige Wechsel der Gemütszustände, wenn einen jede kleinste Windböe ins Schwanken brachte, widerte ihn an, und so war es noch erstaunlicher, nein, überraschender, vielleicht sogar verblüffender, als vorgestern ein anderer Lutz, ein aufgelöster, zerriebener, fahriger, nervöser, gereizter Lutz, durch die Tür stürzte und sofort schlafen ging. Mitten in der Nacht stand er auf und wusch sich über eine Stunde lang. Dann wieder schlafen. Wieder waschen. Schlafen. Waschen. Schlafen. Waschen. Er schreckte auf, als es am nächsten Tag an der Tür läutete und Mutter, Vater, Kind vor ihm standen und sagten, sie brächten nach drei Monaten jetzt doch den Hund zurück. Welchen Hund, fragte Lutz, der schaute, als hätte man sein Gesicht die ganze Nacht mit einer Stahlbürste poliert, er sehe keinen Hund, worauf alle drei lachten und die Frau sagte, Luise, und der Mann ergänzte, Luise, der Hund. Wobei Luise von Ronald, so der Name des Kindes, und jetzt dämmerte es Lutz allmählich, dass er gerade in der stumpfsten Realität angekommen war, Flocke genannt wurde, wobei es sicher kein Problem sei, Flocke wieder in Luise umzubenennen, so die Mutter, obwohl das mit dem Geschlecht noch nicht ganz geklärt sei, sagte der Vater. Flocke wechsle je nach Tagesverfassung das Geschlecht. Wessen Tagesverfassung, fragte Lutz, der darauf nervöses Stirnrunzeln erntete und den vorbereiteten Rechtfertigungsmonolog über sich ergehen lassen musste, dass sie völlig unterschätzt hätten, wie viel Arbeit mit so einem Hund anfalle, selbst wenn es sich um einen fiktiven Hund handle, unsichtbaren Hund, korrigierte der Vater die Mutter, woran Lutz merkte, dass sie schon einige kinderpsychologische Sitzungen hinter sich hatten. Lutz fragte, ob es sich tatsächlich um den gleichen Hund handle, woran sie das festmachen würden, und da war es wieder, das nervöse Stirnrunzeln der Eltern, die diese demütigende Angelegenheit so schnell wie möglich über die Bühne bringen wollten, und Ronald, der sich bereits unter Tränen von Flocke verabschiedete. Dann lief Luise wedelnd in die Wohnung, direkt in die Arme von Max, der Luises Rückkehr eher distanziert aufnahm. Zum einen hatte er sie diesem Ronald damals geschenkt und nicht geborgt. Außerdem, wie sollte ein Lama groß auf einen kniehohen Hund reagieren?

Lutz, der aufgefahren war, weil er die Polizei vermutet hatte, schloss schweigend die Tür, ging ins Schlafzimmer und legte sich wieder ins Bett. Er schlief. Und wusch sich. Schlief und träumte von dem Wald und Luise, die eine Fährte aufgenommen hatte. Jennifer reckte ihre Hand aus der Erde und umklammerte sein Schienbein. Lutz schreckte hoch, schüttelte die Hand mit aller Gewalt ab. Luise! Jennifer deutete unter die Erde. Lutz sagte, er suche die rote Schaufel von Max. Er vermisse sie. Außerdem sei sie Beweismittel. Lutz erwarte doch nicht etwa, dass Jennifer ihn decke. Schließlich schulde er ihr noch die Zwanzigtausend. Lutz winkte ab. Sie möge sich da keine Sorgen machen, er sei ein Ehrenmann. Schließlich habe sie ja ihre Leistung erbracht. Und selbstverständlich werde er bezahlen. Wie er sich das vorstelle, sagte Jennifer. Jetzt, da sie tot sei, habe es wohl wenig Sinn, das Geld auf ihr Konto zu überweisen. Nicht einmal ein Testament habe sie gemacht. Lutz rief noch einmal nach Luise. Er überlege sich etwas, versprach er, aber er müsse jetzt wirklich, und dann schreckte er hoch, denn es hatte erneut geläutet. Dieses Mal zog er sich die Decke bis zum Kinn und versuchte, regungslos zu lauschen. Er konnte nichts hören. Wurde aber auch nicht geholt. Hörte, wie die Wohnzimmertür geschlossen wurde. Man wollte ungestört sprechen. Über ihn sprechen. War Hilde dabei? Hatten sie ihn angezeigt? Oder hatte diese alte ledrige Hexe bereits seine Entmündigung eingeleitet? Lutz warf die Bettdecke zur Seite und riss entschlossen die Wohnzimmertür auf.

- Stell dir vor, Jennifer ist verschwunden, sagte Rita, die gegenüber von Jakob saß, der an dem Platz saß, wo Lutz immer saß, wenn er mit Rita etwas zu besprechen hatte. Also blieb Lutz stehen. Jakob hatte ihn noch nie in Unterhose gesehen.

- Lutz ist seit zwei Tagen krank, sagte Rita peinlich berührt.

Jakob sah erstaunt auf.

- Seit zwei Tagen?

Lutz nickte und setzte sich jetzt doch hin, weil er nicht wusste, was er mit den Händen anfangen sollte. Im Sitzen verschränkte er sie vor der nackten Brust. Jakob und Rita musterten ihn vom anderen Ende des Tisches.

- Ja, seit zwei Tagen.
- Fieber?
- Ich wollte mich gerade waschen gehen.

Jakob musterte Lutz wie einen Beschuldigten, für den man noch keine passende Anklage gefunden hatte.

- Nein, kein Fieber, sagte Rita.
- Aber krank? fragte Jakob.
- Ja, krank, sagte Lutz und versuchte, ein möglichst abgeschlagenes Gesicht zu ziehen.
- Wo ist Jennifer?
- Verschwunden.
- Spurlos?
- Nicht spurlos. Aber verschwunden.
- Also, verschwunden im Sinn von Trennung?
- Verschwunden. Jakob weiß nicht, was passiert ist.

Jakob sagte, dass möglicherweise auch Jennifers Mutter verschwunden sei, worauf Lutz sagte, dass sie ja vielleicht gemeinsam verreist seien, was Jakob sofort verneinte, denn es gab nichts, das unwahrscheinlicher gewesen wäre. Ob Jennifer irgendwann auch diesen Geruch angenommen hätte, fragte sich Jakob, der allmählich zu begreifen begann, dass sie tatsächlich verschwunden war und dass man dies nicht tatenlos hinnehmen durfte, vor allem, weil die Aktenübergabe an die Mutter nicht funktioniert hatte und das Verschwinden der einen mit dem Ver-

156

schwinden der anderen tatsächlich in Zusammenhang stehen konnte. Was denn seine Eltern gesagt
hätten, fragte Rita, die in einem solchen Fall niemals
ihre Mutter angerufen hätte, weil es kaum jemals
half, als nervenkrank bezeichnet zu werden. Jakobs
Eltern hingegen hatten ihre Köpfe geschüttelt, dabei
fiel fünf Mal das Wort *Schauspielerin*, sieben Mal *Lek-
tion* und je drei Mal *Rita*, *Person* und *Unfall*, wobei einmal die Beziehung insgesamt als Unfall bezeichnet
wurde. Nicht nachtrauern. Nicht zusammengepasst.
Nicht das Richtige. Nicht überbewerten. Nichts vormachen. Nicht überreagieren. Nicht die Polizei
rufen. Jennifer war von Beginn an eine Negation.
Konrad war nicht erreichbar. Und Rita hatte ihn
dorthin gesetzt, wo normalerweise Lutz saß, der jetzt
am Ende des Tisches saß. Jakob, der Lutz' flächige
Brustwarzen anstarrte und dabei an eine Düne in der
Sahara dachte und darauf wartete, dass ihm jemand
klar sagte, was jetzt zu tun sei, und nicht, was nicht
zu tun sei, kein Kopfschütteln, kein Stirnrunzeln,
sondern einen entschlossenen Griff an seine Schulter, spielte nervös mit seinen Fingern, was Rita schon
immer enervierend gefunden hatte, und Lutz, der
merkte, dass Jakob seine Brustwarzen anstarrte, aber
nicht wusste, wie er sie verdecken sollte, sagte, dass
es wohl das Gescheiteste sei, ein paar Tage zu warten, weil in solchen Fällen immer noch etwas passiere. Woher er das so genau wisse, fragte Rita, ob er in
solchen Dingen besonders bewandert sei, und Lutz,
der jetzt keine zweite Doktorhaselbrunnerdiskussion
anzetteln wollte, versuchte sie zu beruhigen, was Rita
noch mehr in Rage brachte, denn Lutz hatte in seinem beruhigenden Ton etwas Aufreibendes, Provo-

zierendes, Überhebliches, Belehrendes, Durchschaubares, während Jakob noch immer mit seinen Fingern auf die Tischplatte trommelte, und Rita, die ihre Lippen zusammenpresste, weil sie dieses behämmerte Fingerwüten und diese Brustwarzen und dieser Blick und diese Stimme, die klang wie ein Tierwärter, der versuchte, einen Esel zu beruhigen, aus der Haut fahren ließen, diese Rita sagte seelenruhig, wenn er nichts Vernünftiges zur Lage beizutragen habe, sei es vermutlich besser, er würde sich wieder ins Bett legen, und Lutz, der die Fassung zwar schon vorgestern verloren hatte, also jetzt sozusagen ins Leere griff, schrie im Flüsterton, dass Rita wie immer wohl ganz genau Bescheid wisse, was jetzt das Richtige sei, das sei ja bekanntlich ihr Metier, das Richtige, aber natürlich solle man in jedem Fall die Polizei rufen, die habe ja sonst nichts zu tun, ob ihr eigentlich bewusst sei, wie viele Mordfälle im Jahr zu den Akten gelegt werden würden, nur weil die Polizei mit Nicht-Fällen ihre Arbeitszeit verschwende. Und da stand es plötzlich im Raum, das Wort, und es war ausgerechnet Lutz, der es dort hingestellt hatte. *Mord.* Jakob, Lutz und Rita. Knoi, Waks und Faha. Wer sagte es als Erstes?

- Wenn sie verschwunden ist, dann müssen wir das melden.

Rita sah beide Männer an. Diese flächigen Brustwarzen hatten einfach kein Ufer. Sie versuchte sich an Jakobs Brustwarzen zu erinnern. Sie waren klein, spitz, leicht erregbar und rundum behaart.

- Du meinst, wenn sie ermordet wurde.

Lutz' Brustwarzen waren flach und ohne Struktur. Wie die Landschaft von Rohrbach, die eigentlich keine Fragen aufwarf. Rohrbach hatte keinen Anfang und kein Ende. Kein Geheimnis konnte sich in dieser Landschaft verbergen. Die Rohrbacher Umgebung war transparent. Eigentlich war es falsch, von einer Landschaft zu sprechen.

- Warum sollte sie jemand ermorden?

Lutz zuckte die Achseln. Niemand würde auf die Idee kommen, ihn zu verdächtigen. Schließlich hatte er das Thema auf den Tisch gebracht. Mord. Kein Täter kehrte je an den Tatort zurück. Ohne Leiche kein Mord. Hatte er tief genug gegraben? Was, wenn ein Hund die Leiche aufspürte? Gut, dass sie nicht sprechen konnten, diese Viecher.

- Wo ist eigentlich Luise?

Rita schüttelte den Kopf.

- Wie kommst du jetzt auf Luise?

- Wer ist Luise?

- Unser fiktiver Hund, sagte Rita.

Jakob vergrub seinen Kopf in den Händen.

- Also, ich bin Zahnarzt und kein Kommissar, sagte Lutz.

- Eben, fauchte Rita.

- Aber es spricht doch Einiges für Mord.

- Was ist mit ihren Nachrichten?

- Ich finde, die sprechen für Mord.

- Sie hat den Mörder gekannt.

- Wie kommst du auf diese Idee?

- Er hat sie gezwungen, die Nachrichten zu schreiben.

- Oder er hat sie selbst geschrieben.

- Warum sollte er?

- Ein Ablenkungsmanöver.

- Warum hat er die Leiche nicht einfach verschwinden lassen?

- Er hat die Leiche einfach verschwinden lassen.

- Bitte sprich nicht, als wäre sie tot.

- Jakob, wir müssen mit dem Schlimmsten rechnen.

- Loch oder nicht Loch, Wurzelbehandlung oder nicht Wurzelbehandlung, ein Leben in Schwarzweiß, sagte Rita spöttisch.

- Macht, was ihr wollt, aber denkt an meine Worte. Lutz stand auf.

- Wir sollten die Polizei rufen, fasste Rita zusammen.

- Sowieso, sagte Lutz.

In Rohrbach wunderte sich der Postbote, dass die Post noch im Postkasten lag. Der Rohrbacher fuhr nie auf Urlaub, weil es woanders nicht wie in Rohrbach war. Und die Kerbler, die er selbst schon seit Jahren nicht mehr zu Gesicht bekommen hatte, deren Existenz aber durch das tägliche Verschwinden der Post nachgewiesen war, die hatte nicht nur keinen Grund, sondern auch allen Nicht-Grund, auf Urlaub zu fahren. Am ehesten in den Norden, wenn die Tage finster blieben, dachte der Postbote, der wusste, dass die im Postkasten verbleibende Post nicht selten der Vorbote einer schlechten Nachricht war. Anders gesagt: Wenn der Postbote in der Post die Post vom Vortag fand, dann trug er auch bald die Paten aus. So eine alte Rohrbacher Weisheit.

Als dort am nächsten Tag erneut die Post vom Vortag lag, verständigte der Postbote die Rohrbacher Polizei. Man durchsuchte das Haus, aber von Marie Kerbler fehlte jede Spur. Inzwischen hatte sich ihr Geruch verflüchtigt. Die Tapeten rochen nur noch nach Tapeten, selbst im Schlafzimmer, wo es immer am stärksten menschelte, roch es nur nach den Vorhängen. Von dem Glas Rotwein im Wohnzimmer ging ein zart stechender Geruch aus, der aus dem Umkreis des Tisches aber nicht hinausdrang. Nichts sonst weise auf eine hier wohnhafte Marie Kerbler hin, so die beiden Polizisten, außer natürlich der bis vor zwei Tagen entleerte Postkasten, der dem Postboten Beweis genug war, den Kriminalisten allerdings nichts bewies, denn eine Post konnte jeder in Besitz nehmen, und sei es, um vom Verschwinden einer Person abzulenken. Ein Rohrbacher, der in der Post eines anderen Rohrbachers herumstöbere, das könne kein Rohrbacher sein, sagte der Postbote. Das habe auch nie jemand behauptet, sagte der Polizist. Diese ganze Angelegenheit trage für ihn ohnehin keine Rohrbacherische Handschrift. Da gab es andere Kräfte, fremde Kräfte, und dem Postboten lief der Schauder kalt über den Rücken, und die Polizistin rieb sich die Stirn. Wahrscheinlich sei sie zu ihrer Tochter gefahren, sagte der Polizist, was aber nicht so klang, als würde er daran glauben. Andererseits, warum solle jemand der Kerbler etwas antun wollen, sagte die Polizistin, die Kerbler habe doch überhaupt keine Feinde gehabt, so wie sie auch überhaupt keine Freunde gehabt habe, ergänzte der Postbote, was bei alten Menschen nicht ungewöhnlich sei, so der Polizist, außerdem habe die Kerbler in der Nacht gelebt, mit wem solle man da schon befreundet oder gar befeindet sein. Dann spuckte der Polizist aus, die Polizistin seufzte angewidert, und der Postbote starrte in den Speichel des Polizisten, in dem sich eine Ameise verfangen hatte, der er beim Sterben zusah.

161

So entstand eine längere Stille, die ein wenig nach Ratlosigkeit klang. Also, sagte der Polizist, also was, sagte die Polizistin, ich nehme an, Sie werden jetzt ihre Verwandtschaft kontaktieren, sagte der Postbote und hob den Blick, worauf die Polizistin nickte, und Sie behalten den Postkasten im Auge, zwinkerte ihm der Polizist zu, der in seinen Speichel stieg und damit unabsichtlich die Ameise von ihrem Leid erlöste. Die Polizistin verzog erneut ihr Gesicht und sagte, man werde von sich hören lassen, und der Postbote versprach, ebenso Laut zu geben, und der Polizist murrte nur zustimmend, denn ein weiterer Satz, der versprach, einander auf dem Laufenden zu halten, erschien ihm redundant. Und so gingen alle ihrer Wege, und als man weder Jennifer noch Conny erreichte, um sie über Frau Kerblers Verschwinden zu unterrichten, läutete Jakobs Telefon, während er mit Lutz und Rita darüber diskutierte, was zu tun sei, bemerkte es aber nicht, weil es in der Manteltasche steckte, was einerseits das gerade stattfindende Gespräch überflüssig machte, denn Jakob hätte nie den Mut aufgebracht, Jennifers Verschwinden vor der Polizei zu vertuschen, er hätte auch keinen Grund dazu gehabt, schließlich war er nicht der Täter, falls es überhaupt einen Täter gab, vielmehr hätte er diesen Anruf als Wink des Schicksals empfunden, andererseits gab es ihm Zeit, darüber nachzudenken, was genau er der Polizei erzählen würde, schließlich war er in das Verschwinden von Frau Kerbler wesentlich stärker involviert als in das Verschwinden von Jennifer, zumindest aus kriminalistischer Sicht. Die Umstände und Gründe für Jennifers Verschwinden waren eigentlich ausschließlich nichtkriminalistischer Natur, wurden aber kriminalisiert durch die Tatsache, dass womöglich ein kriminalistischer Umstand vorlag. Jakob hatte also allen Grund, sich sehr genau zu überlegen, was er sagte, wobei er zu diesem Zeitpunkt auch nicht ahnte, dass man ihn bereits suchte, als plötzlich die Tür aufgerissen wurde, Hilde außer sich darin stehen blieb und mit ihren Stieraugen wartete, dass jemand fragte, was denn los sei. So hatte Rita Hilde noch nie gesehen, so ganz ohne Visier, so schnaufend, so unsouverän, so aufgelöst, so, dass man sie eigentlich gar nicht fragen wollte, was denn los sei, weil man mit schnaufenden, unsouveränen, aufgelösten Antworten zu rechnen hatte, und dann war es ausgerechnet Lutz, der höflich, aber desinteressiert fragte, ob alles in Ordnung sei, worauf Hilde, die die Gleichgültigkeit im Raum deutlich spürte, aber ignorierte, ihr bedeutungsschwangeres Gesicht aufsetzte, das aber genauso schnaufend, unsouverän und aufgelöst wirkte wie das vorherige, und sehr eindringlich sagte, dass Luise nicht mehr die gleiche Luise sei, dass Luise eine Wesensveränderung vollzogen habe und dass man sich in Acht nehmen müsse, denn Luise sei ein gemeingefährlicher Köter und man müsse sofort etwas unternehmen, sonst könne sie für nichts garantieren.

- Wo ist eigentlich Max? fragte Rita.

Max sei in Sicherheit, sagte Hilde, und Rita, sie habe gefragt, wo, dass er in Hildes Gegenwart in Sicherheit sei, davon gehe sie aus, und da begann Hilde wieder zu schnaufen, solche Töne kannte sie von Rita nicht. Es sei jetzt gerade ein sehr schlechter Moment, um über Luise zu sprechen, sagte Lutz, der jedes Schnaufen von Hilde wie einen Triumph inhalierte, und Hilde sagte, dass es keine falschen Momente gebe, weil so genannte falsche Momente nur die darunterliegenden Konstellationen, nein, Befindlichkeiten offenlegen würden und der falsche Moment so gesehen der richtigste sei, um die Wahrheit zu erfahren, und die stehe ja jetzt eindrucksvoll im Raum, und daraus lasse sich für sie nur der Schluss ziehen, dass man sich hier und jetzt entscheiden müsse. Entscheiden zwischen was, fragte Lutz, entscheiden zwischen Luise und ihr, eine von beiden müsse gehen. Aber das sei doch überhaupt keine Frage, sagte Rita, natürlich müsse Hilde bleiben, ob das Max auch so sehe, fragte Lutz, der sich wieder ein tiefes Schnaufen von Hilde abholte, die sagte, dass Max das ganz gewiss nicht so sehe, denn Max gebe Luise klare Anweisungen in diese Richtung, in welche Richtung, fragte Rita, in diese gemeingefährliche Richtung, sagte Hilde, die erst jetzt bemerkte, dass da jemand Dritter saß, nämlich Jakob, dessen Blick ihr verriet, dass es sehr wohl falsche Momente gab, die einfach nur falsch waren, denen im Falschen nichts Richtiges und im Richtigen nichts Falsches innewohnte, und dass dieser Moment ganz eindeutig ein solcher war.

- Wir müssen der Sache auf den Grund gehen und die Polizei rufen, kehrte Rita zum Thema zurück.

Lutz seufzte und beschloss, dass es für ihn nun die beste Strategie war, nicht mehr über jede Eventualität nachzudenken, sondern den Vorfall aus seinem Bewusstsein zu streichen und sich so zu verhalten, als hätte er nie stattgefunden. In den meisten Fällen sah man den Tätern das Täterhafte doch schon an der Nasenspitze an. Und Jakob, für den noch nichts passiert war, der aber befürchtete, dass etwas passieren könnte, dass also etwas passierte, das das, was möglicherweise passiert war, sichtbar machte, hoffte, dass einfach gar nichts passierte. Es durfte keinen Fall geben. Und er dachte erneut daran, Lutz um Lidocain zu bitten. Er hätte bestimmt Verständnis für seine Situation. Und Rita hoffte, dass Jakob bald ginge, damit sie die Sache mit Hilde, Max und Luise bereinigen konnte. Sie hatte eine dunkle Ahnung, dass Lutz etwas mit der ganzen Sache zu tun haben könnte, aber die hatte sie auch, wenn im Fernsehen von einem ungeklärten Mord berichtet oder nach einem Kinderschänder gefahndet wurde. Sie hatte schon immer wahnsinnige Angst davor gehabt, sich in allem geirrt zu haben.

Und Jakob erschrak vor sich selbst, weil ihm gerade bewusst geworden war, dass er gehofft hatte, Jennifer wäre tot. Nicht aus Grausamkeit, nicht aus Kaltblütigkeit oder gar, um Konsequenzen zu ziehen. Nein, aus purer Bequemlichkeit. Und Lutz, der merkte, dass seine Strategie nicht aufgehen würde, weil die Eventualitäten schon wieder durch sein Gehirn ratterten, wollte sich einfach nur hinlegen, um wieder in diesem traumlosen Schlaf zu versinken. Und Hilde, die noch immer missmutig in die Runde blickte und darauf wartete, dass Rita endlich in ihrer Sache tätig wurde, blieb wie angefroren stehen, nur ihr Haarnest vibrierte so schnell wie der Flügelschlag eines Kolibris. Lutz war der Erste, der sich erhob. Dann Rita. Dann Jakob. Hilde blieb allein im Zimmer zurück und schnaufte unsouverän. Auf Ritas Telefon waren drei Anrufe in Abwesenheit.

165

Alle anonym. Jakob hatte ebenfalls drei, alle von einer Rohrbacher Nummer. Auch Lutz schaltete nach zwei Tagen sein Telefon wieder ein. Nur eine Textnachricht. Er hatte die Nummer nicht gespeichert. Aber er erkannte sie sofort.

ZWÖLF

Natürlich war es nicht die alte Kerbler gewesen. Aber im ersten Schrecken hatte Jakob gedacht, die Nachbarin habe bei ihm angerufen, weil sie weder Jennifer noch Conny erreicht hatte. Es sei etwas Schreckliches passiert. Heute Morgen habe man den Leichnam von Frau Kerbler gefunden. Nein, nicht in ihrem Haus, auch nicht im Wald, man stelle sich vor, im Kofferraum ihres alten Mercedes. Sie habe ihn seit dem Tod ihres Ex-Mannes nicht mehr gefahren. Doch, Führerschein habe sie schon gehabt, aber keine Fahrpraxis. Er habe sie doch überallhin gefahren. Angst habe er gehabt, um seinen Mercedes. Und nachdem er sie verlassen hatte, sei sie ohnehin nicht mehr aus dem Haus gegangen. Und jetzt habe sie einer abgemurkst und in den Kofferraum gesteckt. Bei einer Raststation habe man sie gefunden. Der Wagen sei schon seit zwei Tagen dort gestanden. Und wenn sie nicht selbst am Begräbnis des alten Kerbler gewesen wäre, sie würde darauf schwören, dass er dahintersteckte. Von oben bis unten habe man sie aufgeschlitzt. So eine Gräueltat habe es in Rohrbach noch nie gegeben. Der einzige Rohrbacher, dem so etwas zuzutrauen gewesen wäre, das sei eben der alte Kerbler gewesen. Diabetes habe er gehabt, aber gefressen habe er, als gäbe es kein Morgen. Weil er sich darauf verlassen habe, dass ihm die arme Frau Kerbler jederzeit eine ihrer Nieren spende. Ohne mit der Wimper zu zucken, habe sie ihm eine gegeben. Und der Dank? Weiter gefressen habe er. Ins Gesicht habe er der armen Frau Kerbler gelacht, als er sie drei Jahre später wegen einer andern verließ. Ein neues Organlager habe er gebraucht, um weiter hemmungslos in sich hineinfressen zu können. Und nur zwei Ortschaften weiter habe er eine gefunden, eine Witwe, ein gefundenes Fressen sozusagen. Gewartet habe die Kerbler auf diesen Ganoven, der außer Zechen, Fressen und Gemeinheiten, über die sie als Nachbarin nie sprechen würde, nichts im Sinn gehabt habe. Niemals hätte sie seinen Mercedes hergegeben, obwohl sie das Geld gut hätte brauchen können. Aber da war die Kerblerin eben eine echte Rohrbacherin, die nicht bei jedem Windstoß zu schwanken beginne. Ja, man habe sich schon länger nicht mehr gesehen. Sie sei krank gewesen. Zuerst habe sie gedacht, die Kerbler würde ihr aus dem Weg gehen. Es habe da Gerüchte gegeben, die aber selbstverständlich nicht gestimmt hätten. Niemals hätte sie sich mit einem solchen etwas angefangen. Schließlich sei sie seit 35 Jahren verheiratet. Nicht immer glücklich, aber noch immer verheiratet. Andere seien trotz vieler Ehen unter dem Strich weniger lange glücklich gewesen als sie. Auf jeden Fall, so einer wie der alte Kerbler, der habe niemanden je glücklich gemacht. Wegen dem habe noch jede geweint, auch die alte Kerbler. Und diese Krankheit, die habe bestimmt mit ihm zu tun gehabt. Und mit ihren Töchtern, die vermutlich die gleichen Nichtsnutzgene in sich trügen wie ihr Vater. Wer weiß, vielleicht habe eine der beiden Töchter die alte Kerbler abgemurkst. Viel habe es da bestimmt nicht zu holen gegeben, aber heutzutage würde ja schon wegen jeder Kleinigkeit gemeuchelt.

Es war aber nicht die Nachbarin, die angerufen

hatte. Und der Leichnam der Kerbler wurde auch nicht in ihrem alten Mercedes gefunden. Es war der spuckende Polizist, der eigentlich mit Jennifer sprechen wollte, weil er Conny in Australien nicht erreicht hatte. Dreimal habe er nachgerechnet, ob er sich auch mit der Zeitverschiebung nicht vertan habe, aber jemand, der morgens um sieben Uhr nicht abhebe, der sei prinzipiell schwer zu erreichen. Das sage ihm der Hausverstand, und auf diesen vertraue er bei seinen Ermittlungen. Also habe er beschlossen, lieber gleich Frau Jennifer Kerbler anzurufen, aber diese habe kein Tonband, auf das man sprechen könne. Und so hätten ihn seine Ermittlungen zu Herrn Jakob Schober, ob das richtig sei, Jakob bejahte, geführt. Jakob fragte, wieso Ermittlungen, Jennifer sei bloß verschwunden, also aus seinem Leben verschwunden, was ja noch keinen kriminalistischen Tatbestand erfülle. Da wurde der Polizist stutzig. Er sagte, es gehe auch nicht um das Verschwinden von Frau Jennifer Kerbler, sondern um das von Frau Marie Kerbler. Wie er auf die Idee komme, auch Jennifer Kerbler sei verschwunden. Jakob musste beinahe lachen, als ihm auffiel, dass er beim Fahren telefonierte, während er mit der Polizei sprach, was ihm ein wenig die Angst nahm. Auch die haben keinen Masterplan, dachte er, und der Polizist fragte, ob er, Jakob Schober, jetzt bitte die Frage beantworten würde, außerdem wäre es gescheiter, wenn er zufahren würde, da sich viele Einvernommene wie im Verhör fühlten und dementsprechend nervös agierten. Jakob schluckte und fragte, wie er darauf komme, dass er beim Fahren telefoniere, er halte das für noch verantwortungsloser, als alkoholisiert zu fahren. Bloß

169

keine Zugeständnisse. Also, wenn er jetzt so freund-
lich sei, seine Frage zu beantworten, wie er darauf
komme, dass auch Jennifer Kerbler verschwunden
sei, und Jakob sagte, dass er doch eben gesagt habe,
dass Frau Kerbler, also Jennifer, nicht verschwunden
sei, zumindest nicht in einem kriminalistischen Sinn.
Nein, er wisse nicht, wo sie stecke, sie hätten sich vor
ein paar Tagen getrennt, und da sei es nicht weiter
verwunderlich, wenn sie nicht erreichbar sei. Der
Provinzpolizist räusperte sich, für Jakob klang es, als
würde er ausspucken, aber warum sollte jemand am
Telefon ausspucken, dachte er, und der Polizist sagte,
dass Frau Jennifer Kerbler nicht nur nicht erreichbar
sei, sondern dass jemand offenbar ihre SIM-Karte
entfernt habe, sonst würde man eine andere Art von
Ansage hören. Das hätten sie in einer Schulung
gelernt, gehöre quasi zum Basiswissen eines Krimi-
nologen. Vielleicht habe Jennifer ja in der Wut ihr
Telefon entsorgt, sagte Jakob, der sich gleichzeitig
auf den Verkehr konzentrierte, und dabei habe sie
vorher die SIM-Karte rausgenommen, fragte der
Polizist, der allmählich misstrauisch wurde. Kein
Wunder, dass sich die meisten wie in einem Verhör
fühlten, sagte Jakob, worauf sich der Polizist noch
einmal räusperte und jetzt ganz eindeutig ausspuckte
und sagte, er, Jakob Schober, könne auch gerne in
der Wachstube vorbeischauen, wenn ihm das lieber
wäre, aber Jakob verneinte. Stattdessen suchte er
nach einer Parklücke, fand aber keine. Also, die Trennung, wie sei die denn vonstattengegangen, fragte
der Polizist, und Jakob sagte, dass das wohl kaum
Gegenstand von kriminellen Ermittlungen, kriminalistischen Ermittlungen, korrigierte der Polizist, egal,

170

sagte Jakob, er, der Polizist, wolle Jennifer doch eigentlich nur über das Verschwinden ihrer Mutter unterrichten. Was mit Frau Kerbler denn passiert sei, aber der Polizist gab keine Antwort, ließ sich jetzt nicht ablenken, und Jakob sagte, er könne da wirklich nichts für ihn tun, betrachte es, um ehrlich zu sein, auch nicht mehr als seine Angelegenheit, da müsse er ihn verstehen, der Trennungsschmerz sitze tief, die Trennung sei schließlich Privatangelegenheit und noch lange kein Kriminalfall, und wenn ihn nicht bald jemand die Spur wechseln lasse, dachte er, dann müsse er das ganze Verhör im Fahren durchstehen, eine perfide Foltermethode sei das. Er brauche sich nicht gleich aufzuregen, sagte der Polizist, er sei nur derjenige, der feststellen müsse, ob es kriminalistischen Handlungsbedarf gebe, und falls dem so sei, dann würden sich ohnehin andere drum kümmern. Profis, die solche Telefone orten, Gesprächsdaten abrufen und Textnachrichten lesen könnten. Meistens seien solche Fälle innerhalb weniger Stunden erledigt. Es komme ihm eben nur seltsam vor, dass so viele Kerblers an einem Tag verschwänden, sagte der Polizist, das sei man hier in Rohrbach nicht gewohnt. Jakob sagte, dass es sich bestimmt um einen Zufall handle, und da legte der Polizist den Schalter um, da veränderte sich sein Tonfall, wie er denn auf die Idee komme, wieso er ständig versuche, die Situation herunterzuspielen, das erscheine ihm befremdlich. Keine Empathie, keine Neugier, nur ein ständiges Ablenken von den Tatsachen. Einer, der nichts damit zu tun habe, der würde sich doch anders verhalten. Dem würde all das ebenfalls seltsam erscheinen. Ob er eigentlich wisse, dass er sich gerade hochgradig verdächtig mache. Hochgradig, murmelte Jakob und schüttelte den Kopf, wie nur seine Eltern die Köpfe schüttelten. Was er denn über die Vorkommnisse wisse, und Jakob wollte schon fragen, welche Vorkommnisse, ließ es dann aber bleiben. Jakob sagte, dass er sich als Zeuge einvernommen sehen wolle und nicht als Verdächtiger, und der Polizist sagte, dass es ja offenkundig etwas zu bezeugen gebe und er jetzt besser die Karten auf den Tisch lege, eine kriminalistische Untersuchung sei ohnehin sicher. Also, raus damit, ob er wisse, dass die Zurückhaltung von Informationen bereits einen Tatbestand darstelle, und Jakob sagte, dass das Gesetz strenger sei als das echte Leben, worauf der Polizist richtig wütend wurde und sagte, dass auch Amtsträgerverarschung einen Tatbestand erfülle, dass das anders heiße, aber dass genau das gemeint sei, und wenn er jetzt nicht sofort alles, und zwar alles, was er über das Verschwinden der beiden Kerblers wisse, ausspucke, dann würde er ihn nach Rohrbach zitieren und so lange nicht gehen lassen, bis er sich als Rohrbacher fühle. Dann spuckte der Polizist aus, und Jakob verzichtete darauf zu fragen, was er damit meine, er würde sich wie ein Rohrbacher fühlen. Er legte alles auf den Tisch, das Verschwinden von Jennifer, ihre Textnachrichten, die Anrufe von Frau Kerbler, seine nächtlichen Fahrten nach Rohrbach, den Ausflug zu den Waldmenschen, der angebliche Ex-Mann in ihrem Haus. Der Polizist schluckte seinen Speichel. Er sagte, er wisse jetzt gar nicht, wo er zu fragen beginnen solle, auch nicht, ob das überhaupt noch in seinen Kompetenzbereich falle, unterbrach ihn Jakob, was den Polizisten erneut ausspucken ließ. Er sagte, bevor er zu fragen beginne, wolle er festhalten, dass er das grundsätzlich für einen riesigen Haufen Scheiße halte, und zwar alles, was ihm Jakob da auftische. Jakob schluckte und sagte, er wolle seinen Anwalt sprechen, und der Polizist, der sich schon befördert wähnte, erkannte, dass er zwei Gänge zurückschalten musste, sonst gingen seine Ermittlungserfolge ganz schnell auf das Konto der Wiener. Die nahmen den Rohrbachern ohnehin so gut wie alles weg, die Sonne, die Arbeitsplätze, die Frauen, die Jugend, das Geld und natürlich auch den Erfolg. Also beruhigte er Jakob, sagte, dass er natürlich nur Zeuge sei, aber dass er ihm jetzt ein paar Fragen stellen werde, die die Wiener auch stellen würden, nur mit dem Unterschied, dass die Antworten dann auch Konsequenzen hätten. Er solle jetzt endlich zufahren und einmal tief durchatmen. Er wolle ihm schließlich nichts Böses, sondern nur den Verbleib von Marie Kerbler aufklären. Jakob sagte, nichts anderes wolle er auch. Er habe da die schlimmsten Befürchtungen. Er blinkte, wechselte die Spur, und es tat sich eine Lücke auf, in die er mit Schwung einparkte.

- Warum haben Sie nach dem Verschwinden von Jennifer Kerbler nicht die Polizei verständigt?

- Weil ich nicht gedacht habe, dass ihr etwas passiert sein könnte.

- Sie waren gekränkt, dass Sie verlassen wurden?

- Wir sind unter schwierigen Umständen zusammengekommen.

- Hatten Sie gehofft, dass Jennifer Kerbler Sie eines Tages verlassen würde?

- Natürlich nicht.

- Also warum haben Sie nichts unternommen?

- Ich habe etwas unternommen.

- Sie sind nach Rohrbach gefahren. Stimmt.

- Ja, ihre Mutter ist zuständig. Wir waren schließlich nicht verheiratet.

- Sie haben also nicht daran gedacht, dass ihr etwas zugestoßen sein könnte.

- Sie reden, als wäre sie tot.

- Haben Sie Angst, dass man ihre Leiche findet?

- Ich habe keine Angst.

- Doch, Sie haben Angst, dass man sie lebend findet.

Jakob schwieg, und der Polizist spuckte geräuschlos aus.

- Hat sie Ihnen nie einen Anlass gegeben, die Beziehung zu beenden?

- Das hat jetzt aber mit einem Kriminalfall recht wenig zu tun.

- Warten Sie ab. Beantworten Sie die Frage.

- Nein, hat sie nicht.

- Ich rate Ihnen wirklich, jetzt ehrlich zu sein.

Jakob suchte nach seinen Zigaretten und zündete sich eine an. Jennifer hatte ihm verboten, im Auto zu rauchen, und noch war sie nicht für tot erklärt.

- Ich habe einen Freund gebeten, etwas für mich herauszufinden.

- Was?

- Ob sie mich mit ihm betrügen würde.

- Frau Kerbler war gelähmt, stimmt das?

- Ja und?

- Ist dabei etwas herausgekommen?

- Nein. Zumindest hat er das behauptet.

- Glauben Sie ihm nicht?

- Doch. Natürlich.

- Wie würden Sie Ihr Sexualleben beschreiben?

- Wie in den meisten Beziehungen nach so vielen Jahren.

- Sie haben viel miteinander gelacht.

Der Polizist sagte das mit einem scherzhaften Unterton, den Jakob nicht verstand. Er blies den Zigarettenrauch in Richtung Beifahrersitz und stellte sich dabei Jennifers versteinertes Gesicht vor.

- Das sagt man doch, wenn man keinen Sex mehr hat, sagte der Polizist, der der Meinung war, dass sich Rohrbacher und Nicht-Rohrbacher am stärksten im Humorverständnis unterschieden. Jakob blies den Rauch weiter in Jennifers versteinertes Gesicht.

Dann haben wir sehr viel gelacht miteinander, sagte Jakob, der aber auch gleich darauf hinwies, dass Lutz, Nachname, unterbrach der Polizist, Lutz Rehberg, Jennifer keinesfalls ermordet habe, was für einen Grund hätte er gehabt. Der Polizist sagte, dass sich die Gründe für die meisten Morde erst kurz vor der Tat ergäben und man daher oft gar nicht abschätzen könne, warum wer wen umgebracht habe. Man möge nur einmal *imaginieren*, Jakob fand es seltsam, dass der Polizist ausgerechnet dieses Wort verwendete, Lutz hätte mit Jennifer tatsächlich ein Verhältnis gehabt, hätte es Jakob aber verschwiegen, dann täten sich da unzählige Motive und Möglichkeiten auf. Was, wenn sie schwanger gewesen sei, wenn sie ihn erpresst habe, ein Affekt, ein Streit, Eifersucht oder ein Sexunfall. Man glaube gar nicht, wie häufig ein Sexunfall dahinterstecke, sagte der Polizist, und wenn man *imaginiere*, dass dieser Lutz ein Verhältnis mit dieser querschnittgelähmten Frau gehabt habe, die bestimmt auch sexuell eingeschränkt sei, dann

175

rieche das doch förmlich nach sexuellen Spielformen, die, verzeihen Sie den Ausdruck, Herr Schober, ins Bizarre gingen. Selbstzufrieden spuckte der Polizist aus und ließ das mal so stehen. Letztendlich brauchten die Kollegen in Wien nur noch die registrierten Anrufe zu überprüfen, und der Fall wäre abgeschlossen.

- Aber was hat das alles mit Frau Kerbler zu tun?

Jakob war vom Hausverstand des Polizisten erschlagen, glaubte aber trotzdem nicht, dass Lutz Jennifer ermordet hatte. Er öffnete das Beifahrerfenster und dachte darüber nach, ob er Lutz warnen sollte. Sich selbst zum Mittäter machen. Konrad! Würde er seinen Bruder vor der Polizei verstecken?

- Das weiß ich nicht.

- Was?

- Was das mit Frau Marie Kerbler zu tun hat? Vielleicht steckt sie hinter dem Verschwinden von Jennifer Kerbler.

- Sie meinen, die eigene Mutter hätte die Tochter ermordet?

- Seien Sie nicht schockiert, junger Mann, aber die meisten Morde passieren innerhalb der eigenen Familie.

- Die Familie als Zelle des Bösen, lachte Jakob und bemerkte, dass er sich schon die ganze Zeit nicht wie er selbst verhielt. Der Polizist fragte ihn, ob er den Eindruck habe, es sei der richtige Zeitpunkt für schlechte Scherze. Diese Rohrbacher hatten allesamt keinen Humor, dachte Jakob, also empfahl er dem Polizisten, die Stelle im Wald aufzusuchen, wo angeblich Menschen in Zelten wohnten. Vielleicht wartete die Kerbler dort auf das Erscheinen ihres

Ex-Mannes. Vielleicht sollte man auch Liane, seine letzte Frau, kontaktieren. Wobei, wozu eigentlich, sie habe damit bestimmt nichts zu tun. Auf jeden Fall solle er es bei Conny weiter versuchen, die habe ein Recht, das alles zu erfahren, die Einzige, die das etwas angehe, sagte Jakob, und der Polizist sagte Ah, und Jakob Ah-was?, er, der Polizist, habe ganz vergessen zu fragen, ob es Jakob recht sei, wenn das Gespräch aufgezeichnet würde. Das sei jetzt im Nachhinein ein bisschen ungeschickt, wobei er es auf keinen Fall löschen würde, wenn er nicht einverstanden wäre, dann würde er auch disziplinäre Sanktionen in Kauf nehmen. Ob das schon als Beweismittel gelte, fragte Jakob, aus amerikanischen Filmen wisse man ja, und da unterbrach ihn der Polizist mit einem ausspuckenden Lachen und sagte, er, Jakob, könne sich gar nicht vorstellen, wie wenig die meisten Morde mit amerikanischen Filmen zu tun hätten.

DREIZEHN

Was denn mit ihm los sei, fragte Rita, als sie Lutz ins Nebenzimmer zog. Nicht nur, dass er seit zwei Tagen im Bett liege, ohne wirklich krank zu sein, dass er sich dazwischen ununterbrochen wasche, er habe schon wieder diesen Ausschlag am ganzen Körper, aber dass er jetzt auf Hilde losgehe, in dieser Situation, das könne sie keinesfalls akzeptieren. Ob er Hilde überhaupt zugehört habe, er nickte, das dürfe man doch nicht einfach so vom Tisch wischen, das gehe sie alle etwas an, auch ihn, selbst wenn er augenscheinlich nicht anwesend sei. Rita sei Ehefrau genug, nicht nachzufragen, das müsse eine Ehe manchmal aushalten, aber er möge, egal was dahinterstecke, auf keinen Fall ein Drama daraus machen, er nickte, aber die Sache mit Hilde, die müsse er in einer solchen Situation ganz ihr überlassen, da brauche sie keine Kommentare wie eben. Was ihm da überhaupt eingefallen sei, natürlich habe sie gesehen, dass Max einen Vogelstrauß nachahme, aber das mit einem solchen Satz zu kommentieren, sagte sie, das sei doch überhaupt nicht der Punkt, ob das ein Klischee sei oder nicht, sondern welche Richtung das alles einschlage, darum gehe es doch. Lutz nickte und versuchte, schweigend durch diesen Monolog zu gelangen. Ihnen sei doch beiden klar, dass Max dahinterstecke, dass diese ganze Situation aus dem Ruder laufe und allmählich gefährlich werde, nicht nur für Hilde, auch für Max selbst, auch für sie als Familie. Wer weiß, was dem Jungen alles einfalle, während sie schliefen. Luise vorschieben, das sei

178

doch ein klares Zeichen, wie berechnend ein Mensch schon in diesem Alter sei. Wie zurechnungsfähig, sagte sie. Lutz sagte, für unzurechnungsfähig würde man Max keinesfalls erklären, was schon daran liege, dass er gar nicht mündig sei, nur eine mündige Person sei zurechnungsfähig, obwohl man natürlich wisse, wie viele Mörder es schon im Kindesalter gebe, aber die kämen eben alle straffrei davon. Sie könne gar nicht glauben, was er da rede, ihr Max, ein Mörder, ob ihm das bewusst sei, aber, sie atmete tief durch, man dürfe das nicht auf die leichte Schulter nehmen. Wenn es stimme, was Hilde behaupte, dann sei das am Nachmittag vielleicht wirklich versuchter Mord gewesen. Wobei man sich eben nicht sicher sein könne. Immerhin habe Max nicht behauptet, es sei Luise gewesen, die jene Leiter ins Wanken gebracht habe, sondern dass sie vom Baum gesprungen und er ihr nachgelaufen und dabei an die Leiter gestoßen sei, absichtlich, wie Hilde betonte, so etwas merke man, habe sie gesagt, richtig vorsätzlich sei das gewesen. Und wenn dem so sei, dann stelle sich die Frage, ob man einem Fünfjährigen so viel Raffinesse zutraue, die Schuld nicht auf Luise zu schieben, sondern die Unglaubwürdigkeit dieser Behauptung zu antizipieren und den eigenen Irrglauben vorzuschieben, um damit sein Verhalten zu erklären. Lutz versuchte sich zu konzentrieren und sagte nichts, nickte aber so, als wollte er sagen, dass ein Fünfjähriger auch ein kleiner denkender Mensch sei, dass man aber nicht die Paranoia einer alten ledrigen Esoteriksquaw für bare Münze nehmen dürfe. Rita sagte, sie halte Hilde für eine integere Person, die im Zweifelsfall auf Max' Seite stehe. Wenn sie also so weit gehe, dem Kind Absicht zu unterstellen, dann müssten sie daraus Konsequenzen ziehen. Da breche sich dunkle, kriminelle Energie Bahn. Überhaupt sei sie von dunkler Energie umgeben, auch Lutz strahle im Augenblick etwas äußerst Dunkles aus. Aber sie sei Ehefrau genug, nicht über alles zu sprechen, das hielten sie aus, egal, was da komme, ob er verstehe, er nickte, sie stehe zu ihm. Und sie wartete, dass Lutz ausrastete, wie immer, wenn es um diffuse Vorwürfe ging, aber er nickte nur, als könnte er das alles, von dem Rita nur eine dunkle Ahnung hatte, wegnicken, und sie sagte, sie fühle sich so allein, wie ein vereinzeltes Menschenkind, das zwischen Tieren aufgewachsen sei und mit niemandem sprechen könne. Und dann weinte sie. Nichts traf Lutz so stark wie eine weinende Frau. Nickend nahm er sie in die Arme und drückte sie an sich. Und Rita sagte, es wäre gut, wenn er jetzt mit Luise Gassi gehe, und löste sich aus dem Schwitzkasten. Lutz fragte, wer sie vorher angerufen habe, und Rita sah verweint auf und sagte, das habe er noch nie gefragt. Er zuckte mit den Achseln, nickte und ging mit Luise hinunter in den Hof, weil er an Ritas Reaktion erkannte, dass es kein bedrohlicher Anruf gewesen war. Zumindest war es mit Sicherheit nicht Doktor Haselbrunner gewesen, die ihm offenbar bereits gestern eine Nachricht geschickt hatte.

Ich weiß, was du machst, wer du bist, was du denkst. Ich habe alles gesehen.

Er hatte ihre Nummer gelöscht, als würde sein Verhalten von damals damit keine Konsequenzen haben. Was bezweckte sie mit dieser Nachricht? Wollte sie ihn erpressen? Sollte er darauf reagieren? Wer weiß, was ihr einfiel, wenn nicht. Diese Psychopathentherapeutin.

Er antwortete: *?*

Dann starrte er zwei Minuten lang auf das Display: *??*

Wieder zwei Minuten. *???*

Keine Antwort.

Er blieb im dunklen Lichthof stehen. Die Eventualitäten ratterten wieder durch sein Gehirn. War es wirklich möglich, dass sie ihn gesehen hatte? Wenn das ein Zufall war, dann gab es das Schicksal. Und wenn es das Schicksal gab, dann gab es Gott. Und wenn es einen Gott gab, dessen Werkzeug das Schicksal war, dann war es ein strafender Gott. Es durfte kein Zufall sein. Sie war ihm gefolgt. Völlig klar. Warum? Weil sie eine Psychopathin war. Manchmal musste das reichen. Warum haben Sie Jennifer Kerbler getötet? Es war ein Unfall. Weil Sie ein Psychopath sind. Glauben Sie nur nicht, dass Sie damit durchkommen. Er musste sie treffen. Was wollte sie?

Nachricht!

Morgen um 9 im Café gegenüber.

Nicht einmal jetzt war sie bereit, aus ihrem Viertel rauszugehen. Wohnung, Praxis, Supermarkt, Café. Es war eine unerträglich kleine Welt, und Doktor Haselbrunner saß darin wie eine Muräne. Die symbiotischen Mitbewohner nährten sie mit ihren Geschichten, über die sie mit ihrem Urteil wachte. Jeden Tag saß sie in diesem Café und trank ihre zwei Cognacs. Sie freute sich, wenn es regnete und die Menschen an ihr vorüberliefen. Dann fühlte sich ihre Einsamkeit schön und ausweglos an. Dann weinte sie und bestellte sich einen dritten Cognac. Für Lutz hätte sie diese Welt verlassen. Mit ihm wäre sie überallhin gegangen. Und manchmal glaubte sie, dass er es war, der im Regen an ihr vorüberlief. Dann verschwand sie unscharf hinter der nassen Scheibe und nahm einen langen Schluck von ihrem Cognac. *Gut.* Er gestand ihr dieses letzte Treffen zu. Er würde sich noch einmal mit ihr hinter die beschlagenen Scheiben setzen, einen Cognac mit ihr trinken, um dann wieder in seinen nassen Mantel zu schlüpfen. Man sollte immer einen Schirm dabei haben, würde sie sagen, und er würde nicken und in den prasselnden Regen hinauslaufen.

Als er das Vorzimmer betrat, wartete dort schon Rita. Warum er Luise nicht mitgenommen habe, er stehe derart neben sich, es sei unerträglich für sie, in einer solchen Situation alleine gelassen zu werden. Was sie glaube, warum er da stundenlang im Lichthof stehe, selbstverständlich, um diesen inexistenten Hund sein inexistentes Gacki machen zu lassen. Er möge vieles sein, dieser Hund, fauchte Rita, unsichtbar, erfunden, fiktiv, weiß der Teufel, aber inexistent sei er ganz gewiss nicht. Sonst würden nämlich sie und Hilde nicht seit einer halben Stunde vor der Schlafzimmertür stehen. Was er überhaupt eine halbe Stunde lang da unten gemacht habe. Warum sie überhaupt vor der Schlafzimmertür warteten, entgegnete Lutz.

- Weil der inexistente Hund uns nicht hineinlässt, sagte Rita, die kurz vor einem neuerlichen Weinkrampf stand.

Aber Lutz blieb erstaunlich ruhig. Nur diese Frau

jetzt vom Weinen abhalten. Er räusperte sich, als würde er damit alle Kräfte mobilisieren, und sagte, er übernehme das jetzt, und Rita sah ihn mit ihren glasigen Augen an. Sie nickte, und eine Träne kullerte über ihre Wange.

- Nur nicht weinen, sagte Lutz.

Sie nickte erneut und wischte sich die Träne ab.

- Max hat die Tür zugesperrt.

Lutz seufzte, als würde er für seine schwache Frau das Einmachglas aufschrauben, als würde er etwas von hoch oben mit einem Handgriff herunterholen. Rita sagte Danke, und er nickte, als trüge er einen Hut, den er sich grüßend ins Gesicht ziehe.

- Max, was ist los?

Von Beginn an merkte Rita, dass Lutz keine Hilfe sein würde. Noch bevor er diesen ersten hilflosen Satz durch die Tür brüllte, hatte sie gewusst, wie diese Geschichte enden würde. Es war seine Körperhaltung, er trat gegen die Tür an, statt auf Max zuzugehen. Und jetzt glaubte er, dieser Megafonsatz würde die Tür aufspringen und Max in seine Arme laufen lassen.

- Max, komm sofort heraus!

Beim zweiten Satz dämmerte auch Lutz, wie hoffnungslos seine Lage war. Er spürte Ritas Blick, der sich enttäuscht senkte. Wo war eigentlich Hilde? Das war doch eindeutig ihr Revier.

- Max, Luise muss noch Gassi gehen. Mach die Tür auf.

Ein brillanter Einfall, dachte Lutz. Solche Ideen kamen einem nur, wenn man schon lange Kinder hatte. Menschen ohne Kinder wären da völlig ratlos. Man wuchs an der Aufgabe. Keine Antwort.

- Max, hier hört sich der Spaß auf.

Lutz seufzte.

- Max, es ist mein Ernst! Wenn du rauskommst, dann können wir darüber reden. Wir sind deine Eltern. Wir sind für dich da. Du brauchst keine Angst zu haben. Wir beschützen dich. Luise ist doch viel zu klein, um jemanden zu bewachen. Max, was haben wir falsch gemacht? Ich verstehe es nicht! Wir haben dich lieb! Du bist unser einziges Kind. Der einzige Grund. Max, bitte!

Lutz presste sein Ohr gegen die Tür. Wenn er nur einen Atemzug hören würde, dann wäre er schon beruhigt. Ritas Blick hatte sich wieder auf ihn gerichtet. Aber nicht wegen der Tür. Nicht wegen Max. Er wusste es im Moment, als er es ausgesprochen hatte, aber er hatte es sagen müssen, und sie hatte es gehört und verstanden, und auch wenn Lutz nicht er selbst war, als er es gesagt hatte, war es trotzdem wahr. *Der einzige Grund.* Auch wenn es nicht wahr war.

- Max, ich komme jetzt rein!

Er nahm Anlauf und in einem Satz sprang die Tür auf. Luise lief knurrend aus dem Zimmer, Max rief ihr hinterher. Als Lutz auf ihn zuging, nein, auf ihn losging, mit besänftigenden Beschwörungen, da kreischte das eingesperrte Tier, stieß ihn weg, biss ihn. Aber Lutz, der Max immer fester an sich drückte, der sich um Max stülpte, behielt die Ruhe, was Max irgendwann erschöpfte, ihn narkotisierte, und er murmelte etwas, das Lutz nicht verstand, murmelte und murmelte sich in den Schlaf hinein. Dann trug Lutz Max in sein Bett. Er küsste ihm ins Gesicht, legte sich neben ihn und schlief sofort ein.

Es regnete nicht. Es war auch kein sonniger Tag. Eher einer dieser grauen, suppigen Tage, die man schnell wieder vergaß. Lutz war aufgestanden, Max hatte noch geschlafen. In der Wohnung war es still. Er war hinausgeschlichen und ins Taxi gestiegen. Er sah sie schon vom Auto aus in der Auslage sitzen. Sie trug einen grünen Lodenmantel, den sie bis zum Hals zugeknöpft hatte. Ihre Haltung war aufrecht, als bemühte sie sich, Würde zu bewahren. Sie führte die Kaffeetasse steif zu ihrem Mund und –

- 7 Euro 20.

- Stimmt schon.

Er stieg aus, ohne die Augen von ihr zu lassen. Ihr Blick schweifte nicht wie sonst über den Platz, er war auf die Tischplatte fixiert. Ein jeder durfte heute auf die Frau im zugeknöpften Lodenmantel schauen und die stumme Szene beobachten. Eine Schlüsselszene. Doktor Haselbrunner als Renate in *Zurüstungen für die Ausweglosigkeit*. Die ganze Fahrt über wollte ihm der Vorname der Doktorin nicht einfallen. Er ging ohne Umschweife auf sie zu. Er legte nicht ab, setzte sich hin und legte die Hände auf den Tisch.

- Du trägst Handschuhe, sagte sie.

- Warum? konterte Lutz.

Keine Abschweifungen. Kein Geplänkel.

- Warum was?

- Warum bist du mir gefolgt?

Sie neigte ihren Kopf und lächelte puppenhaft.

- Wie bist du denn darauf gekommen?

- War nicht besonders schwer.

Ein Kellner kam. Bloß nicht das Gleiche bestellen wie sie. Sein Grüntee wurde mit einem amüsierten

Blick goutiert. Ein neuer Lutz. Gefällt mir. Noch einen Kaffee. Schwarz. Und ein Glas Cognac. Lutz? Nein. Kein Schnaps. Kamera läuft.

- Du machst ja Sachen.

Sie schüttelte den Kopf. Nur ihr Kopf drehte sich, der Rest des Körpers blieb aufrecht und bewegungslos. Ihr entrücktes Lächeln wirkte eingeübt. Ihre Schminke hatte etwas Wächsernes. Wie ein Mensch, der eine Puppe spielt.

- Du siehst anders aus.

- Ich dachte, das gefällt dir.

Sie trug wasserblaue Linsen. Sie war wach, aber nicht bei sich.

- Was wird das?

- Du wolltest wissen, warum ich dir gefolgt bin.

- Bitte.

- Sei nicht so gönnerhaft, das entspricht nicht deiner Situation.

- Welcher Situation?

Ihr Lächeln wirkte nicht triumphierend. Es demonstrierte die Gleichgültigkeit von jemandem, der wusste, was im Drehbuch stand. Sie hatte etwas Gegenständliches an sich. Als könnte man spielen, dass man nur spielt. Der Kellner kam und verteilte das Bestellte enervierend langsam auf dem Tisch. Sie verharrte bewegungslos. Er zappelte mit seinem Fuß. Sie sah ihn an und neigte erneut den Kopf.

- Vielleicht wäre es in deinem Fall besser, wenn du den Mantel ausziehst.

- So weit kommt's noch. Also. Warum?

- Ich hatte nicht das Gefühl, dass du mir alles erzählt hast.

- Darum geht es also.

- Darum geht es immer. Es war eine einseitige Angelegenheit. Nicht auserzählt!

Jetzt durchlief sie eine Regung, die sie kurz und plötzlich aufjuchzen ließ. Als könnte man die Überraschung spielen, die ein anderer empfand.

- Das ist nicht dein Ernst, sagte er.

Lutz fühlte sich wie gestern, als er vor Max' versperrter Tür gestanden war. Natürlich war es ihr ernst. Er musste ihr geben, was sie verlangte. Sonst blieb sie. Und was das hieß, das wollte er sich gar nicht ausmalen.

- Aber dass da noch so viel Erzählbares wartet, das hätte ich mir nicht gedacht. Erstaunlich, Lutz, du überraschst mich wirklich. Wirklich.

Sie spielte das Erstaunen, als könnte man nicht nur das Spielen von Erstaunen spielen, sondern dieses Spielen auch noch als gespieltes Erstaunen spielen. Lutz spürte, dass ihm ein Schwindel das Bewusstsein rauben wollte.

- Was heißt *Erzählbares*, Renate? Willst du mich erpressen? Was willst du? Nein, antworte nicht. Du willst, dass ich dir alles erzähle. Du hast gesagt, es wäre einseitig gewesen. Da hast du Recht. Aber das kann man ändern. Austarieren. Verstehst du? Ich erzähle es dir. Das habe ich noch niemandem erzählt, hörst du? Also: Mein Bruder ist bei der Geburt gestorben, wusstest du das? Das war zwei Jahre, bevor ich geboren wurde. Er hat sich an seiner eigenen Nabelschnur erhängt. Begehen Embryos Selbstmord, Renate? Ich weiß es nicht. Ahnen sie, was kommt? Weißt du, dass Lutz nicht mein richtiger Name ist? Es war der Name meines Bruders. Sie haben mir bei der Geburt seinen Namen gegeben, weil sie seinen Tod nicht verkraftet haben. Es hat mich nie gegeben, Renate. Es gibt nur Lutz. Wie bei Jennifer. Die hat es auch nie gegeben. Ich habe sie übrigens Sybille genannt. So gesehen ist nichts passiert. Sybille. Lutz. Wir haben uns immer nur wie erfunden angefühlt. Ich habe diesen Namen nie als den meinen empfunden. Ich hatte eine Schwester, sie hieß Feline. Sie war wunderschön. Ich mochte sie sehr. Mehr als das. Ich spielte ihren Bruder, um in ihrer Nähe zu sein. Ich kämmte ihr Haar. Ich hörte ihr zu. Sie vertraute mir alles an. Niemals hätte sie Verdacht geschöpft, dass ich nicht ihr Bruder war, sondern jemand, der diese Rolle spielte. Nur in der Nacht, wenn sie schlief, durften meine Blicke tun und lassen, was sie wollten. Niemand durfte es sehen. Auch nicht sie. Niemand. Ich war für alle immer der Bruder. Als die anderen Kinder in der Schule Hochzeit spielten, da war ich der Priester, Renate. Verstehst du? Mein Vater hat mit vielen Frauen geschlafen. Nur mit Mutter nicht. Die ging stattdessen schwimmen. Sie hatte einen starken Rücken, der viel aushielt. Selbst als mein Vater krank wurde. So wie deiner, Renate. Krebs. Ich habe ihn so sehr gehasst, den Krebs. Ich wollte, dass mein Vater friedlich einschlafen durfte. Ich wollte ihn in den Schlaf retten. Deshalb bin ich Arzt geworden. Um die Menschen friedlich zum Schlafen zu bringen. Es gibt keine Heilung. Es gibt nur Leid und Linderung. Das ist die Aufgabe eines Arztes. Er ist unter sehr großen Schmerzen gestorben. Habe ich dir meinen Traum erzählt? Dass ich sie mir alle als Puppen bauen lassen werde. Habe ich dir von dem Vereisungsspray erzählt? Und dass ich Anästhesist werden wollte? Fotos wollte ich von jedem schlafenden Patienten machen. In mir steckt ein Künstler, Renate. In mir steckt viel. Aber kein Verbrecher. Ich bin kein Mörder. Das musst du mir glauben.

Außer Atem nahm Lutz die Tasse mit dem Grüntee. Er trank sie in einem langen Zug aus. Dann stellte er sie hin und sah Renate zappelnd an.

- Das hast du dir ja schön ausgedacht. Danke.

- Ausgedacht?

- Arme Jennifer. Sie war eine gemeine Person. Aber wo ist die Henne und wo das Ei?

- Renate, glaub mir, mehr gibt es über mich nicht zu erzählen.

Jetzt musste sie lachen. Es war ein klirrendes, ein schepperndes Lachen. Ein Lachen, das man nicht spielen konnte.

- Man sollte dich in Embryonalstellung beerdigen!

Sie kriegte sich kaum noch ein. Die Leute drehten sich schon nach ihr um. Lutz hoffte, sie würde daran ersticken. Doch plötzlich hielt sie inne, als hätte sie jemand angesprayt.

- Ich bin richtig scharf auf dich, sagte sie, und eine laue Welle glitt über ihre toten Pupillen.

- Ich auch, glaub mir. Ich fick dich auf den Mond, Renate.

- Hör auf, sonst muss ich gleich nochmal lachen.

- Renate, ich würde dich niemals aus purer Höflichkeit ficken. Ich hoffe, du weißt das.

- Du verlässt sie. Noch heute. Du sagst ihr, dass du immer mich geliebt hast und dass dir das heute Morgen bewusst geworden ist. So ist es doch, oder? Mein lieber Lutz. Wir werden hier sitzen und gemeinsam Cognac trinken und in den Regen schauen. Es wird herrlich sein. Du musst nicht arbeiten. Ich verdiene genug für uns beide. Und am Abend stelle ich mich schlafend für dich. Gefallen dir meine Augen? Arme Jennifer. Ob sie friedlich schläft im Wald? Ich habe einen leichten Schlaf. Du musst also sehr leise sein. Aber das schaffen wir schon. Jetzt wird es endlich schön, Lutz. Lieber Lutz. Oder wie immer du nun heißen magst.

VIERZEHN

Der Knoi spürte schon den Winter. Seine Müdigkeit nahm zu. Die Luft wurde klarer und aus den Mündern der Menschen traten Schwaden, die jedes Wort flankierten. Bald würde der Knoi der seufzenden Sehnsucht nach dem Winterschlaf nachgeben können. Er würde sich in seinem Knoibau verschanzen, sich zusammenrollen, und wenn er im Frühjahr erwachte, wäre alles, was vor dem Winter geschehen war, vergessen, und es würde ausschließlich die aufgekratzte Gegenwart des Frühlings zählen. Der Knoi würde sich ausstrecken und den Tag genießen, denn weit und breit gäbe es keine Feinde, und an Futter würde es auch nicht mangeln. Der Knoi aß nur Pflanzen. Also legte er sich auf den Rücken, steckte sich einen Grashalm in den Mund und träumte von einem schlechteren Leben, um den Glücksmoment zu steigern.

In diesem anderen Leben schlurfte der Knoi durch einkaufswütige Massen, um an das Tor seines Baus zu gelangen. Zum ersten Mal betrat er ihn im Bewusstsein, dass die Zonz nicht mehr bei ihm war. Zuerst dachte er, es sei nur Wehmut, die er da spürte, doch es war mehr. Es war eine tief sitzende Traurigkeit. Sie war plötzlich aufgetaucht und hatte in wenigen Sekunden seinen gesamten Körper, sein gesamtes Denken und sein gesamtes Gemüt erfasst. Die Erwartung, den ganzen Winter, nein, ein ganzes Leben alleine in diesem Bau zu wohnen, ganz ohne die Zonz, ließ ihn immer langsamer gehen, bis er sich nicht mehr sicher war, ob er überhaupt dahin zurückkehren wollte. Es war ihr gemeinsamer Bau. Trotz aller Widersprüche. Wenn die Zonz die Möbel verschob, brauchte sie ihn. Keinen Tisch konnte sie ohne ihn verrücken. Und er half ihr, obwohl sie sich stritten. Denn die Zonz war die Zonz und damit die einzige Existenz, die für ihn bewiesen war.

Als der Knoi den Bau betrat, atmete er tief ein, aber der Geruch der Zonz hatte sich verflüchtigt. Er hatte, weil die Zonz bei abgestandener Luft ganz zonzig wurde und daher ständig lüftete, die Fenster aufgerissen. Jetzt war es nur noch kalt im Bau. Der Knoi stand gebückt in der Stille und wartete darauf, dass ihm jemand sagte, in welches Zimmer er zuerst gehen sollte, um Dinge aufzuheben, herumzuschieben, aufzuhängen, herunterzuholen, abzuwischen, zurückzustellen. Aber es blieb still, und der Knoi begann mit sich selbst zu sprechen. Denn es gab eine Aufgabe, eine letzte, eine große, eine, die sich über Wochen ausdehnen ließ. Die Zonz hatte ihn beauftragt, die Zonz zu entsorgen. Und zwar völlig, so dass von der Zonz nichts übrig blieb. Der Knoi war noch nie gut im Entsorgen gewesen, und besonders die Zonz war jemand, der schwer zusammenzutragen war. So eine Zonz bestand aus tausenden Dingen, und man würde sich nie ganz sicher sein, ob man die Zonz je vollständig beisammen hätte. Denn die Zonz war ein schwieriger Charakter, viel komplexer und kleinteiliger als der Knoi. In jedem Winkel des Baus fand er einen Zonz-Partikel, und er fragte sich, ob das alles in Summe eine neue Zonz ergäbe. Er fing klein an. Die großen Dinge wollte er sich für den Schluss aufheben. Daher blieben die Kleiderschränke und Schreibtischladen vorerst unberührt.

Er durchforstete ihre Musik, ihre Bücher, ihre Filme, ihre Fotos, und dann fand er etwas, von dem er nicht sicher war, ob er befugt war reinzusehen. Auch nicht, ob es der richtige Zeitpunkt war. Trotzdem nahm er das Kuvert aus der Schachtel und begutachtete es. *An J. Kerbler von R. B.* Interessant, dass dieser R. B. ihren Vornamen abkürzte. Er wusste also, wie sehr sie ihn verachtete.

Vorsichtig öffnete er den Brief.

Grace,
die Rohrbacher Nacht ist so klar wie ein frisch geputz-
ter Aschenbecher. Und ich schreibe dir, weil es meine
Gedanken nun auch sind. So klar wie dieser sternenlo-
se Himmel, und doch steht da in großen Lettern: WIR
GEHEN AUF TOUR. Naja, für die großen Meta-
phern bist wohl du zuständig. Ich habe mich entschie-
den, eigentlich hatte ich mich schon entschieden, als ich
dich zum ersten Mal sah. Du erinnerst dich noch, als du
in Connys Zimmer kamst, während wir gerade rum-
machten. Ich sagte zu Conny: „Ich wusste gar nicht,
dass da noch etwas nachwächst." Conny war ziemlich
eifersüchtig und hat nur gesagt: „Finger weg." Mir war
von Beginn an klar, dass das in diesem Fall völlig
unmöglich war. Du warst zwölf, aber ich habe an deinen
Augen gesehen, dass du genau verstanden hast, was da
zwischen Conny und mir abgeht. Dieser Blick, Grace,
den werde ich nie vergessen, der hat mein Herz durch-
stochen, diesen Blick, den wollte ich sehen, wenn ich in
dir war. Ich konnte warten, Grace. Lange genug. So wie
du. Nie war die Zeit reifer als jetzt.
Ich habe den Ring in ein Kuvert gesteckt und Conny
einen Brief geschrieben. So wie du gesagt hast. Sie wird

*nicht sehr gut auf mich zu sprechen sein. Immerhin sind
die Einladungen schon verschickt. Alle werden lange
Gesichter ziehen. Aber ich kann nicht jemanden heiraten, wenn ich weiß, dass meine Liebe im Nachbardorf
sitzt. Conny ist ein großartiges Mädchen. Aber sie ist
eben nur der Prototyp.*

*Sie haben mich vor dir gewarnt. Ich kenne die
Geschichte mit den Unfällen. Aber ich sehe das anders.
Ich glaube nicht, dass es Zufall war. Du hast nur aus
einem Grund überlebt: Weil du den Richtigen für die
richtige Fahrt noch nicht gefunden hast. Und rate mal,
Grace, der Richtige bin ich. Morgen fahren wir los. Wir
wissen beide, wir gehören hier nicht her. Also pack alles
ein, was dir wichtig ist. Zurück bleiben die langen
Gesichter. Denk an die langen Gesichter, wenn du deine
Sachen packst. Unsere Nacht werden wir in den Bergen
verbringen, an einem Ort, der sich von Rohrbach nicht
mehr unterscheiden könnte.*

*Vergiss deinen Blick nicht, Grace. Ich habe lange
genug darauf gewartet.*

Richard

Der Himmel war von Sternen übersät, als wollten sie
alle zusehen. Jennifer hatte sich die blonde Perücke
zurechtgerückt, dann nahm sie ihren Handkoffer
und schlich durch das Haus. Mutter schlief, der Vater
saß im Wirtshaus, und Conny sah in ihrem Zimmer
noch fern. Wahrscheinlich war sie aber auch schon
eingeschlafen. Grace hatte keine Familie, sie war seit
ihrer Geburt verwaist. Es gab keine Fotografien und
auch keine Erinnerungen, niemand, auf den man
zurückblicken musste. Sie stand am Straßenrand und
blies den Rauch in das Licht der Straßenbeleuchtung.

Es war Sommer, und ihr kurzes Kleid flatterte wie im Fahrtwind. Sie hatte ihm gesagt, da würde ein neues, ein anderes Mädchen einsteigen. Trotzdem war sie angespannt. Würde er sie auch lieben, wie sie nicht war? Ihr bleiches Gesicht suchte das richtige Auftrittslicht. In wenigen Momenten würde Richards japanischer Sportwagen vorfahren. Sie sah wie er nur das italienische Vorbild. Das verband sie, die Dinge so zu sehen, wie sie sein wollten, und nicht, wie sie waren. Richard und Grace würden Nizza noch heute Abend verlassen, um sich auf den Bergstraßen der Côte d'Azur in die Kurven zu legen, um die Augen im Fahrtwind zu schließen, um den Sternen etwas zu bieten. Grace warf ihre abgerauchte Zigarette auf den Asphalt und zündete sich schnell eine neue an. Sie sah die zwei aufgerissenen Augen des Alfa Romeo auf sich zufahren. Sie positionierte sich wieder im Licht, und als er vor ihr hielt, blies sie den Rauch in die Luft und sagte: Sie fahren in meine Richtung, und er antwortete, so sei es, egal, in welche, und dann blies sie ihm den Rauch ins Gesicht und hoffte, dass in diesem Moment eine Sternschnuppe vom Himmel fiele. Bei der Menge an Sternen wäre das nicht zu viel verlangt gewesen. Aber es passierte nichts. Offenbar wollte sich keiner um das Spektakel bringen. Sie warf ihren Handkoffer auf den Rücksitz und wartete, aber Richard begriff schnell, stieg aus und öffnete ihr die Tür. Sie blies ihm ein Danke ins Gesicht, gurtete sich an und verschränkte die Beine. Grace, stammelte er. Sie war die Perfektion. Dafür hatten sich die Kerblers Jahrhunderte lang fortgepflanzt. Aber sie hatte mit ihnen nichts gemein, hatte sich selbst neu erschaffen und stand heute Abend als Grace vor ihm. Richard hatte nicht das Gefühl, dass es vorgesehen war, sie zu berühren. Also schloss er sanft die Wagentür und stieg ein. Er hatte ein französisches Chanson vorbereitet, das sie beide nicht verstanden, das aber nach gebrochenen Herzen, bedingungslosen Versprechen und unbedachter Vergeltung klang. Grace zog ihre hautfarbenen Lederhandschuhe an und ließ sich den Fahrtwind auf die geschlossenen Lider wehen. Sie spürte seinen Blick, während er aufs Gas stieg, seinen zu langen Blick, der auskostete, sie unbeobachtet ansehen zu dürfen, der ihren Hals liebkoste, ihren Nacken, ihre Schulter, sein zu langer Blick, der ihr den Lippenstift vom Fleisch biss und ihr Farbe ins Gesicht treiben wollte, sein Blick, der unaufhörlich aufs Gas stieg und ihr alles auszog, nur die Perücke nicht, der sie an den Beifahrersitz fesselte und aufs Gas stieg und sie ansah und darauf wartete, wer als Erstes Stopp sagte, sein viel zu langer Blick, in den sie sich sinken ließ, in das Aufheulen des Motors, eine unendliche Rampe aus Luft und Lärm und Wille und Vertrauen, und dieses Chanson aus Hoffnungslosigkeit und Vergeltung, und ihre Lider, die eine dunkle Landschaft vor sich aufrissen, und der Kopf, der sich drehte, um seinen Blick zu erwidern, und die Enttäuschung, dass sein Blick auf die Fahrbahn gerichtet war. Abwesend und stur, nichts begehrend, außer mit seinem japanischen Sportwagen zu prahlen, aufs Gas zu steigen, um sie das Fürchten zu lehren. Aber Grace blieb kühl, sie zog die Jacke über ihre nackte Schulter und sagte sanft, dass ihnen niemand gefolgt sei, er brauche also nicht zu rasen. Sie sagte das kaum hörbar zwischen dem Aufheulen des

196

Motors, und er neigte seinen Kopf zu ihr, hielt ihr das Ohr an die Lippen, und sie flüsterte, bist du dir sicher, dass du das willst, es gibt kein Zurück, ab jetzt ein Wir, kein Du oder Ich, wir schlafen, essen, sprechen, denken gemeinsam, wir fahren und es ist egal, wessen Augen und wessen Hand das Steuer –. Grace. Er unterbrach sie, sah sie an, viel zu lange, ohne den Fuß vom Gas zu nehmen. Grace, sagte er, als wäre es ihr gemeinsamer Name. Sie zog den Lederhandschuh Finger für Finger von der Hand. Er lag wie abgezogene Haut in ihrem Schoß. Sie lächelte. Richard, sagte sie, und seine Pupillen pulsierten vor Aufregung. Er wollte den Blick von ihr nehmen, als zwei Fernlichter einschlugen, aber Grace sagte Nein. Ihre Hand umfasste das Steuer. Schau mich an, sagte sie, schau nie wieder etwas anderes an. Richards Blick gehorchte ihr, über die Lippen, den Hals bis in den Nacken. Er wollte sie endlich berühren, stieg aufs Gas, während sie die Straße im Auge behielt. Es konnte nicht mehr warten. Seine Lippen hielten vor ihrem Ohr, sie wartete auf den Befehl, den Schwur, das Geständnis, stattdessen fuhr ihm die Zunge aus dem Mund, versuchte, ihr ins Gehirn zu kriechen, klopfte immer lauter gegen die Ohrmuschel, kreiste immer schneller um den Eingang, pochte immer stärker auf sich selbst.

- Lass das!

Grace nahm den Blick nicht von ihm, bis er den seinen einsichtig gesenkt haben würde. Aber Richard hielt den Blick, zu lange hatte er darauf verzichtet, zu lange hatte er auf diesen Blick gewartet, der ihn zurechtwies, der ihn erkannte, der ihn entlarvte, dem er sich bedingungslos unterwerfen musste, von dem

er beurteilt wurde, von dem er begehrt werden wollte, in dem er ein einziges Mal das Erstaunen sehen
wollte, wenn sie von der eigenen Erregung überrascht war, von etwas Unbekanntem hinterrücks aufgelauert, dessen Pupillen er in tausende kleine Kri-
stalle zerklirren sah, der plötzlich gleißend aufleuchtete und in völligem Weiß verschwand.

Als sie wieder zu Bewusstsein kam, hatten die
Grashalme ihre weichen Lanzen gegen sie gerichtet.
Die Bäume hingen verkehrt und drohten in die Sterne zu fallen. Sie sah Schuhe, die miteinander sprachen. Sie sagten Dinge, die sie schon oft gehört
hatte. Deshalb achtete sie nur auf die Stille, die
dahinter lag, die aber nach einem Unfall immer lauter war als alles andere. Aber da war noch etwas, so
regelmäßig wie ein rasender Herzschlag, keine Sire-
ne, ein Sattelschlepper, ein Computerspiel, ein
Wecker, ein Ortungsgerät, Röntgenapparate, Geiger-
zähler, eine Einparkhilfe, der Gurt, wie nannte man
das, gab es einen Namen für dieses Geräusch, dieses
Gurtanlegeaufforderungstüten, dieses Anschnallbe-
fehldauerpenetrationsdröhnen, hatte sich denn da
noch nie jemand Gedanken gemacht, dass für wichtige alltägliche Dinge, nein, Undinge, einfach Worte
fehlten, und wenn nicht, dass es dann rein funktionale
Zusammensetzungsworte waren wie Kundentrenn-
stab oder Personenvereinzelungsanlage, in denen die
Hässlichkeit dieser Welt, die Verwahrlosung des
Schönen sichtbar wurde, und könnte jetzt bitte
jemand dieses Geräusch ausmachen. Wir fuhren
doch nicht, wir standen Kopf, wir betrachteten die
Landschaft und gönnten uns ein wenig Ruhe, schauten in den Wald, wie die Baumschnuppen in die Ster-

ne fielen, wollen Sie uns tatsächlich diesen Moment ruinieren, wir hatten jahrelang auf diesen Abend gewartet, also lassen Sie uns bitte jetzt alleine. Natürlich bin ich wach, so wach wie nie, gehen Sie weg, was heißt Unfall, natürlich verstehe ich das Wort, bitte machen Sie dieses Geräusch aus, es ist diese gleichgültige Beharrlichkeit, nein, mir fällt das Wort nicht ein, Grace ist mein Name, just Grace, wir waren auf dem Weg nach –. Richard, sein Name sei Richard, und auch wenn sie ihren Kopf nicht bewegen konnte, hörte sie an dem Gurtgeräusch, dass er tot war, an dem Blick des Feuerwehrmannes erkannte sie, dass sein Gesicht ein Totalschaden war, und an der Menge der Schuhe, dass man sie noch eine Zeitlang gemeinsam in diesem Auto sitzen lassen würde, bevor man sie gewaltsam auseinanderriss.

Sie schloss ihre Augen und nahm Richards Hand. Sie lebten als Grace und Richard an den Stränden von Miami. Er wich nicht von ihrer Seite, denn die Männer liebten Grace, und ewig würde sie all den Avancen nicht widerstehen. Niemand konnte das. Man war Mensch, und Richard hatte Verständnis. Also blieb er in ihrer Nähe, und sie hatten jeden Tag Geschlechtsverkehr, damit Grace nie einer Grundgeilheit erliegen musste. So wollte es auch Grace, selbst wenn der Geschlechtsverkehr damit zu einer mechanischen Pflicht wurde und sie sich in manchen Momenten dabei ertappte, dem einen oder anderen trotzdem geil hinterherzusehen. Aber Blicke konnten nicht töten, nein, ganz bestimmt nicht, da gehörten immer zwei dazu, und niemand würde ihr jemals so nahe kommen wie Richard, näher als auf ein Wir rückte niemand zusammen, mehr ging nicht, auch

wenn keiner verstand, warum er blieb, wenn Grace
von den Typen stundenlang penetriert wurde. Dabei
blieb ihr Gesicht völlig regungslos. Sie war besonders, und das spürten sie bei jedem Stoß, und wenn
sie das Sperma auf ihren Körper ergossen, dann hatten sie das Gefühl, sie ejakulierten auf eine Puppe.
Das Sperma war der Applaus, mit dem sie überschüt-
tet wurde, und Grace lachte wie ein Engel, wenn der
Saft auf ihr Gesicht spritzte, wenn sie die Schwänze
wie Mikrofone hielt, in die sie die Dankesworte hin-
einsprach, wenn das Gestöhne endlich zur Ruhe
gekommen war. Grace, Grace, Grace! Und sie flüsterte: Ich will wie meine Mutter heißen.

Mutter,

ich schreibe dir, weil ich weiß, du vergehst vor Sorgen, und ich
rufe dich nicht an, weil nur ein Brief so leblos ist wie meine
Seele. Ich möchte dir mit diesen Zeilen die Hoffnung neh-
men, dass ich jemals nach Rohrbach zurückkehren werde.
Ich habe mich für Richard entschieden und bereue diese
Entscheidung nicht. Auch wenn er als Totalschaden auf
dem Rohrbacher Friedhof liegt. Ich habe einen neuen
Namen angenommen, den ich dir nicht verraten werde.
Unter diesem Namen kennen wir einander nicht. Da sind
wir nicht verwandt, ja, wir sind einander noch nicht ein-
mal begegnet. Für dich ist es nur wichtig zu wissen, dass
ich lebe. Ich habe gehört, Conny ist auch gegangen. Das
überrascht mich. Jetzt, da Rohrbach ganz ihr gehören
könnte. Vermutlich wird sie es nie verwinden. Ich will
nicht behaupten, es hätte nichts mit ihr zu tun. Es wäre
gelogen. Wir waren immer nur Schwestern, sonst nichts.
Bitte sag ihr, dass ich im Nordwesten bin. Vermutlich
wird sie in die andere Richtung wollen.

Kein Absender.

Offenbar hatte ihr die Mutter den Brief irgendwann zurückgegeben. Vermutlich bei ihrer Rückkehr. Jakob kannte die Geschichte mit Richard nicht. Und er fragte sich, ob man jemanden lieben konnte, von dem man so wenig wusste. Andererseits hatte ihre Biografie nie eine Rolle gespielt. Der Unfall war ohnehin eine Neugeburt gewesen. Jennifer begann, die Geburtstage neu zu zählen. Und für Jakob war das Jahr Null der Beginn eines Abschieds. Aber wovon eigentlich?

Plötzlich läutete es an der Tür. Die Polizei, die Jennifers Leiche gefunden hatte? Jennifer, die für all das eine Erklärung hatte? Rita, die nach ihm sehen wollte? Lutz, der ihm endlich das Lidocain vorbeibrachte? Konrad, der mit ihm Leben tauschte? Die Eltern, die Jakob mit einem Kopfschütteln bedachten? Noch einmal das Läuten. Und Jennifer, die aus der Küche rief, dass es wohl für ihn einfacher sei hinzugehen, er möge sich also gefälligst in Bewegung setzen. Obwohl gerade sie gerne mal ignoriert hatte, wenn es an der Tür läutete. Auch ans Telefon war sie nur selten gegangen. Er bewunderte an ihr, wie unabhängig sie von anderen Menschen existierte. Andererseits war er nicht sicher, ob es sich nicht um ein Krankheitsbild handelte. Sie lebte eine Robinsonade, und Jakob war ihr Freitag. Und jetzt saß Freitag allein auf der Insel. Er hätte zwar die Möglichkeit gehabt, in das Schiff, das sich näherte, einzusteigen, aber eigentlich hatte er sich längst dagegen entschieden. Wie ein Gefangener, der sich in der Freiheit nicht mehr zurechtfand. Aber er war kein Gefangener.

Auch kein Freiwilliger. Niemand hatte bei ihm je so genau hingesehen wie Jennifer. Dieser Blick, dem nichts entging, der sich für alles an ihm interessierte, der alles beurteilte und kenntlich machte, der nichts an ihm durchgehen ließ, der Jakob ohne jede Biografie erkannte, der ihn begleitete und sich nie täuschen ließ, dieser Blick fehlte ihm. War es Liebe, wenn die Liebe einen Grund hatte?

Das Läuten hörte nicht auf, also ging er zur Tür. Er verstand den Namen nicht, trotzdem öffnete er, ließ die Tür angelehnt und setzte sich wieder auf den Boden. Der Knoi lebte im Moment. Er vergaß auch schnell, Personen wie Ereignisse und Gefühle. Schnell begriff man, dass seine Freundlichkeit nichts mit einem selbst zu tun hatte, sondern grundsätzlich war. Der Knoi hatte sich die Fähigkeit erhalten zu staunen, den Kopf neugierig zu neigen und manchmal ein mitfühlendes Seufzen auszustoßen. Sonst hielt sich der Knoi fern. Er war der Letzte seiner Art. Hallo? Auch die Zonz war die Letzte ihrer Art. Und die beiden waren eine Symbiose eingegangen wie Frosch und Tarantel. Nie wieder würde Jakob an einer derartigen Katastrophe schuld sein. Nie wieder würde eine Entscheidung so viel bedeuten. Hallo. Der Knoi neigte erstaunt den Kopf. Hallo, erwiderte er. Der junge Mann sah aus wie eine schüchterne Echse, die am Ende doch ihrer Neugier zum Opfer fiel.

- Kommen Sie herein.

Der Knoi blickte nicht auf, sah nicht, dass der kleine, schlanke Mann im blauen Acrylhemd und mit dem weißen Halstuch sein blondes Haar heute offen trug. Aber er hörte seine Stimme und darin den kaum noch wahrnehmbaren ukrainischen Akzent. Er schätzte die Stimme wesentlich jünger, und als der Mann, der sich als Branko vorstellte, seine Schuhe auszog und sich neben ihn setzte, da sah ihn Jakob das erste Mal an. Es waren schöne, geschlechtslose Augen, gekränkt, aber ohne Missmut. Ja, sagte Jakob, ohne eine Antwort zu erwarten. Ja, sagte Branko, der auf die Schachtel deutete.

- Ist sie das? fragte er.

Jakob nickte. Er hielt ein Foto von Jennifer und Conny hoch. Sie saßen gemeinsam auf einem Dreirad.

- Ihre Schwester?

- Ja. Sieht man auf einen Blick, oder?

Branko nickte und nahm ein anderes Foto zur Hand. Es zeigte den Vater, der eine der beiden Schwestern als Baby auf dem Arm hielt. Branko meinte Conny, Jakob hingegen Jennifer. Sie zuckten beide die Achseln und sahen einander eine Zeitlang an. Ein seltsames, stirnrunzelndes Lachen lag in ihren Gesichtern. Ab diesem Moment war klar, dass Branko nicht so schnell gehen würde. Also holte Jakob aus der Bar eine Flasche Grappa und zwei Gläser, füllte sie und reichte eines davon Branko, der einen Ring in die Höhe hielt. Jakob nahm ihn und drehte den blauen Stein in alle Richtungen. Der Verlobungsring, flüsterte er und Branko wiederholte, Verlobungsring, und beide nickten. Verlobt? fragte Branko, und Jakob erwiderte: Ja, verlobt. Er deutete auf das Babyfoto mit dem Vater. Verlobt, sagte Jakob, und Branko nickte und sagte: Jennifer, worauf Jakob den Kopf schüttelte und Conny sagte. Der Ring war lose in der Kiste gelegen, und Jakob schien es stimmig, dass er in Jennifers Box aufbewahrt wurde. Denn Conny lebte, und der Ring gehörte zu den Toten. Jakob empfand eine diffuse Sehnsucht nach Conny, die er allerdings nie kennengelernt hatte. Beide Geschwister fühlten sich im Augenblick wie erfunden an. Als wären sie nur Schlagschatten des eigenen Daseins, Deponien entsorgter Gefühle, Gedanken, die man einfach gehen ließ, Satelliten ohne Auftrag, halbtransparente Wesen, die einen eigenen Körper verlangten. Er würde Konrad nicht mehr anrufen. Ab jetzt würde er in dieser Wohnung sitzen und warten. Die Dinge sollten endlich zu ihm kommen, nicht umgekehrt. So wie dieser Branko, dem er jetzt zuprostete. Jakob wollte so etwas sagen wie: Die Dinge, die einen finden wollen, die finden einen, ließ es aber bleiben, viel zu abgeschlagen fühlte er sich, viel zu lächerlich erschien jede Weisheit. Plötzlich sah ihn Branko ernst an.

- Ich war der Letzte, der sie lebend gesehen hat.

Jakob neigte seinen Kopf, der Knoi wurde misstrauisch.

- Das kann doch nur jemand sagen, der sie sterben sah. Also der Mörder oder ein Zeuge.

- Ich habe sie nicht sterben gesehen, sagte Branko, der sich noch ein Glas Grappa nachschenkte.

- Wie können Sie sich da sicher sein? Sie sehen mir nicht wie einer aus, der seinen Ahnungen besonders traut.

- Ich habe sie vorher und ich habe sie nachher gesehen.

Branko stieß kräftig auf und verzog sein Gesicht. Trotzdem schenkte er sich noch einmal nach. Jakob hielt ihm sein leeres Glas hin.

- Das klingt nicht danach, als wären Sie der Mörder.

Branko schüttelte den Kopf. Es gefiel ihm nicht, wie sie darüber sprachen.

- Wie kommen Sie darauf, dass sie ermordet wurde?

Jetzt begriff Jakob. Dieser Ernst in den Augen, der kein Funkeln zuließ, der am eigenen Schicksal die globale Katastrophe vorausahnte.

- Sie auch?

Branko nickte.

- Und hat sie Ihre Liebe erwidert?

Branko schüttelte den Kopf und kippte den Grappa. Jakob seufzte, nicht erleichtert, es gab Zeiten, da hatte er gehofft, einer wie Branko käme vorbei und würde Jennifer aus seinem Leben reißen.

- Hat sie es gewusst?

Branko schüttelte erneut den Kopf, verdeutlichte damit aber auch, dass es keinen Unterschied gemacht hätte. Branko begann zu erzählen, von dem frühen Branko, den vielen Castings, aber dass es keine Rolle für ihn zu geben schien. Verbrecher, Polizist, Arbeiter, Arzt, Politiker, Vater, Liebhaber, Ehemann, ja nicht einmal für einen schlechten Schauspieler habe es gereicht. Jakob fand darin eine Gelegenheit, ihn zu trösten, denn einen schlechten Schauspieler zu mimen, sei das Schwierigste überhaupt, sagte er, und außerdem brauche er sich nicht zu kränken, denn für Jennifer sei die ganze Welt schlecht besetzt gewesen, worauf Branko erwiderte, dass er vermutlich in ihren Augen sogar für die Fehlbesetzung eine Fehlbesetzung gewesen sei.

- So ernst war es also, murmelte Jakob.

Branko nickte und schenkte sich nach. Er hatte

205

noch nie mit jemandem darüber gesprochen, fand aber im Erzählen auch keinen Trost. Er sagte, dass er sich ein Leben mit ihr ausgemalt habe. Völlig vernichtet habe sie ihn. Das Potenzial erstickt. Seine Lebensfreude abgetötet. Seine Hoffnungen zerstört. Und warum er dann hier sei, fragte Jakob, es gebe ja nichts mehr zu vergelten. Er sei hier, weil er sie erpressen wolle, aber eine, die nicht zurückrufe, könne man nicht erpressen, sagte Branko, jemand, der keine Mobilbox habe, mit dem sei überhaupt wenig möglich. Jakob sagte, das Telefon sei vermutlich vernichtet worden. Es sei spurlos verschwunden, und wahrscheinlich habe man die SIM-Karte rausgerissen und das identitätslose Gerät irgendwohin geworfen. Damit sei es wertlos, eine bloße Hülle, da es nichts, rein gar nichts mehr mit seiner Besitzerin zu tun habe. Branko sagte, Jakob spreche über das Gerät, als meinte er Jennifer. Aber Jakob widersprach. Er meine das Gerät, ohne Mobilbox und ohne Ortungsdienst. In Bezug auf Jennifer gebe es noch Hoffnung, auch wenn diese mit fortschreitender Erzählung schrumpfe, sagte Jakob, und er atmete so lange aus, bis kein Kubikmillimeter Luft mehr in der Lunge blieb. Branko fragte, ob er denn wirklich gar kein Lebenszeichen von Jennifer erhalten habe, und Jakob verneinte, mit dem Gerät sei vermutlich auch Jennifer verschwunden. Er begann in der Kiste zu kramen, als würde er in ihrem Gehirn umrühren.

- Spurlos verschwunden, sagte er.

Branko fragte, ob es jetzt ein guter Zeitpunkt sei, ihm von dem Abend in dem Stundenhotel zu erzählen. Von dem Mann, der mit ihr in diesem Zimmer verschwand und es zwei Stunden später mit ihr wieder verließ. Wobei er sich nicht sicher sei, ob da die SIM-Karte noch im Gerät gewesen sei, sagte Branko, wenn er verstehe, was er meine, und Jakob nickte, sagte aber, dass er nicht wisse, ob es jemals einen guten Zeitpunkt gebe, aber wenn, dann vielleicht jetzt, wie denn der Mann ausgesehen habe, und als Branko meinte, er habe noch nie jemanden mit einem so gepflegten Bart gesehen, sagte Jakob, dass es vermutlich doch nicht der richtige Zeitpunkt sei und dass er plötzlich sehr müde sei, vermutlich habe er zu viel Schnaps getrunken. Branko möge doch hier bleiben, es gebe reichlich Platz, und in jedem Zimmer finde er Spuren ihrer Existenz, Jakob müsse sich nur augenblicklich hinlegen, vielleicht sei morgen der richtige Zeitpunkt, er möge ihm nur zugestehen, diesen selbst zu bestimmen, die Dinge seien eben komplizierter als die Frage, wann und wo die SIM-Karte rausgerissen wurde. Er wisse, das sei schwer zu verstehen, aber jetzt müsse er, wie gesagt, sofort ins Bett und schlafen, und Branko sagte, er verstehe zwar nicht, aber er ahne, dass Jakob gute Gründe habe, und es sei ihm recht, wenn er sich Zeit lasse und wenn er bis dahin hierbleiben dürfe, er habe nichts vor, habe im Stundenhotel ohnehin gekündigt. Er habe nach diesem Vorfall für sich keine Möglichkeit mehr gesehen, dort länger zu arbeiten, es sei gewesen, als ob diese gesamte Tätigkeit, dieser Unterschlupf, wie er es nannte, nur dazu diente, Zeuge zu werden, als ob alles im Nachhinein unter einem Vorzeichen gestanden habe, und dass er jetzt auch die Müdigkeit spüre, eine essenzielle Müdigkeit, gegen die auch kein Schnaps mehr helfe.

Und dann schenkte er sich nach und trank das Glas in einem Zug aus und wünschte Jakob einen tiefen Schlaf, denn darum gehe es jetzt, um einen möglichst tiefen, langen Schlaf.

FÜNFZEHN

Zazuz
Zazuuz
Zazuuuz
Zazuuuuz
Zazuuuuuz
Lutz hatte seinen Panzer abgelegt. Er war völlig
durchlässig, lief die Einkaufsstraße entlang, und
irgendwann hörte er seine eigene Stimme nicht
mehr, die Zazuz, Zazuuz, Zazuuuz vor sich hersagte.
Im Rhythmus der schneller werdenden Schritte.
Zazuuuuz. Er rempelte Passanten an, die zurückpö-
belten, denen er ein lautstarkes Zazuz hinterher-
schrie, Zazuz, Zazuz, Zazuz, bis sie nur nur noch ein
Zazuuuuuuuuz am Ende der Straße waren. Er lief
auf und ab, nach links und rechts, er fraß alles auf,
was es in diesem Rechteck aufzufressen gab. Dann
stand in großen blinkenden Lettern da, dass es in diesem Level nichts mehr zu holen gab, er wurde ins
nächste Rechteck katapultiert und befand sich plötzlich auf einem menschenleeren Spielplatz, wo er weit
und breit nichts zum Einsammeln fand. Er kletterte
das Piratenschiffgerüst hinauf, schwang sich über das
Seil in den Kletterturm und schrie ein Zazuz in alle
Richtungen, um sie aus den Verstecken zu locken.
Dann sah er sich um, aber nichts rührte sich. Er öffnete den Schlitz seiner Hose und pinkelte in der
Hoffnung, dass jemand auftauchte, auf den Rinden-
mulch. Aber es war Mittagszeit, und es war unmöglich, auch nur einen zu finden, den er auffressen
konnte. Also setzte er sich in die Röhre, vergrub sein

Gesicht in den Händen, um zu überlegen, wie er es schaffte, ins nächste Rechteck katapultiert zu werden. Es gab keinen Ausweg. Er musste da jetzt hinaufgehen und Rita alles erzählen. Ein Geständnis ablegen. Sie würde zu ihm halten. Ihr ging es nicht um die Tat, sondern ums Reden. Sie waren gemeinsam in diesem Spiel. Er brauchte sie, um in das nächste Rechteck zu gelangen. Sie hatte den Schlüssel, und der würde während des Geständnisses aufblinken, und er bräuchte ihn nur zu nehmen. Was war schon groß passiert? Er hatte eine Affäre gehabt. Mein Gott. Mit einer, die mit Rita nicht auf Augenhöhe war. Verzeihlich. Es hatte einen Unfall gegeben. Rita selbst hatte gesagt, er könne es bei Prostituierten ausleben. Doktor Haselbrunner hatte ihm das erzählt. Nein, mit der hatte er kein Verhältnis. Diese Frau war verhaltensgestört. Eine notorische Lügnerin. Sie hatte von Anfang an versucht, ihn ins Bett zu kriegen. Eine Trotzreaktion, was sonst. Sie konnte es nicht verkraften, dass Lutz sie zurückgewiesen hatte. Selbst die Polizei würde das verstehen. Gut, er würde als Arzt nicht mehr praktizieren dürfen. Wahrscheinlich. Er würde bei der Ärztekammer protestieren. Aber das waren Verbrecher. Da musste man auf alles gefasst sein. Und es gab keine Leiche. Also, worum ging es eigentlich? Spekulationen. Indizien. Das würde sie zusammenschweißen. Für immer. Darin lag eine Chance für ihre Beziehung. Er würde sie heiraten. Es gab keinen besseren Anlass. Sie würden ihn suchen. Die Doktorin würde alles aufhetzen, was es aufzuhetzen gab. Eine Fatwa. Sie müssten in die Wälder fliehen. Endlich durften sie sich verstecken. Es gebe nur noch Rita, Max und

Lutz. Jeden Tag ein anderes Tier. In der richtigen
Umgebung. Alles würde sich fügen. Ein Glücksfall.
Das hatte sich Rita doch immer gewünscht. Die
absolute Dreisamkeit. In Zelten schlafen. Sich in den
Wäldern das Essen von Bäumen pflücken. Die Tiere
liefen einem förmlich zu. Am Feuer sitzen. Früher
oder später landeten alle im Wald. Unvermeidlich.
Sie brauche sich nur umzusehen. Pioniere! Sie zweifle doch nicht an seinen Fähigkeiten, eine Familie zu
ernähren. Im Wald brauche man einen wie ihn. Er
würde Max alles beibringen. Aus ihm würde ein richtiger Ernährer werden. Was sie denn glaube, wer das
hier alles bezahle. Ob sie denke, es mache ihm Spaß,
gesunde Zähne aufzubohren. Natürlich, um ihr ein
besseres Leben zu bieten. Er sei stets einen Schritt
voraus. An seine Zähne lasse er keinen ran. Da habe
er vorgesorgt. Alles Porzellan. Strahlend weiße
Zähne. Kariesfrei. Ein Leben lang. Da lasse er sich
kein X für ein U vormachen.

Er schwang sich zurück auf den Boden, lief über
den leeren Spielplatz und sprang über den Zaun.
Blinkender Schriftzug. Katapult ins nächste Rechteck.

Er lief bis ins Dachgeschoß hinauf und kam außer
Atem an. Rita öffnete die Tür, noch bevor er den
Schlüssel umdrehen konnte.

- Alles in Ordnung?
- Und wie!
- Bist du gelaufen?
- Ist etwas falsch dran?
- Nein. Es ist nur ungewöhnlich.
- Ich laufe öfters.
- Ist mir noch nie aufgefallen.

- Es ist dir Einiges nicht aufgefallen.

- Wenn du einen Streit lostreten willst, ist das jetzt schlecht, ich habe es eilig.

Rita verschwand in der Garderobe. Sie stand in Strumpfhosen vor dem Schrank und zog ein Kleid nach dem anderen heraus. Lutz starrte auf ihre Narbe unterhalb der Brust. Irgendwann begann er nur noch die Risse zu sehen. In allem. Er konnte nicht anders.

- Was ist los?

- Ich muss mit dir reden.

- Klingt dramatisch.

- Ist es auch. In fünf Minuten wirst du mich verlassen.

- Hast du jemanden ermordet?

- Wieso fragst du?

- Weil das vermutlich der einzige Grund wäre, warum ich dich verlassen würde.

Sie entschied sich ausgerechnet für das blaue Kleid, das ihr Jakob in Paris geschenkt hatte. Völlig über seinen Verhältnissen, dachte Lutz, der es verabscheute, wenn Menschen auf irgendetwas sparten. Man sollte sein Geld für das ausgeben, was man sich ohne Aufwand leisten konnte. Und das war bei dieser Reiseführerschreibkraft überschaubar. Madrid in acht Stunden, London in acht Stunden, Amsterdam in acht Stunden. Da brauchte man tatsächlich nicht verreisen. Nur nach Paris musste man. Um dieses Kleid zu kaufen.

- Du würdest mich wegen eines Mordes verlassen?

- Ja. Kannst du mir hinten den Reißverschluss hochziehen? Danke.

- Und wenn es Totschlag wäre?

- Da besteht kein Unterschied für mich.

- Oder ein Unfall mit Todesfolge?

- Was wird das, Lutz? Willst du mir einen Mord gestehen?

- Nein, natürlich nicht.

Rita steckte sich die Haare hoch und sah auf die Uhr.

- Du hast noch drei Minuten, bis ich dich verlasse.

Sie sagte das nicht im Scherz. Sie klang gereizt, und Lutz sah nichts blinken, das ihn ins nächste Rechteck katapultieren würde.

- Hast du etwas mit dem Verschwinden von Jennifer zu tun?

- Wie kommst du darauf?

- Diesen Mord würde ich dir vielleicht verzeihen, sagte sie scherzhaft, während sie ihre Lippen knallrot schminkte. Sie sah aggressiv aus, als ginge sie auf die Jagd.

- Gut, ich habe sie ermordet. Es war ein Sexunfall. Ich habe sie im Wald verscharrt. Es gibt keine Leiche. Also kein Mord. Alles ist gut.

Rita sah ihn an und spitzte ihre roten Lippen zu einem Luftkuss.

- Na dann, bleibt ja alles beim Alten. Zwei Minuten.

Sie zwinkerte ihm zu und marschierte in Richtung Vorzimmer. Sie schüttelte den Kopf und schlüpfte in ihre Burberry-Jacke.

- Ich habe ein Verhältnis mit Doktor Haselbrunner.

Rita jauchzte auf. Es klang wie ein körperzerreißender Schluckauf.

- Sehr gut! Das wäre wirklich etwas.

213

- Ich meine es ernst. Ich liebe Doktor Haselbrunner.

- Ich muss jetzt wirklich gehen, Lutz. Gibt es noch etwas Wichtiges, sonst würde ich vorschlagen, wir besprechen die Doktorin am Nachmittag. Wir sind heute allein. Hilde ist mit Max bis in den Abend hinein unterwegs. Vielleicht kannst du mir ja dann erzählen, was die Doktorin so mit dir macht. Ich bin eine gute Doktor Haselbrunner, glaub mir.

Sie strich über sein Gesicht und tätschelte ihn wie ein Kind, dem eine Stunde Fernsehen versprochen wurde. Dann schlug sie die Tür hinter sich zu. Lutz sah noch immer nichts blinken. Er ließ sich auf den Fauteuil fallen und blieb dort regungslos sitzen. Er hielt sein Gesicht in das flutende Mittagslicht. Eine völlig gedankenlose Existenz führen. Kapitulieren vor dem Faktischen. Den Platz annehmen, der einem zugewiesen ist. Sich in den Wind legen. Das Wasser aufnehmen. Wachsen. Sich nach der Sonne strecken. Andere beherbergen. Sich im Verbund fühlen. Gemeinsam auf der Wiese warten. Wenn es friert, dann friert es. Wenn es schneit, dann schneit es. Wenn es regnet, dann regnet es. Eine Pflanze sein.

Als die Sonne orange hinter dem Nachbarhaus verschwand, kam Rita zurück. Lutz saß inzwischen auf dem Boden. Sie beachtete ihn nicht, ging in die Küche, machte sich etwas zu essen und las Zeitung, während sie aß. Lutz fühlte sich satt von dem kernigen Sonnenlicht. Die ganze Haut roch nach diesem Licht. Kapitulation. Rita seufzte und stand auf.

- Was wird das, Lutz? Als Dauerzustand ist es nämlich unerträglich.

Aber Lutz antwortete nicht. Er hielt seine Augen geschlossen. Seine Haut nahm die goldene Farbe des Abendlichtes an.

- Wenn du jetzt einen auf Max machst, Lutz, dann wäre es mir lieber, du gehst. Welches Tier soll das sein? Eine Koralle? Eine Muschel?

- Ich liebe Doktor Haselbrunner.

Seine Stimme war ausdruckslos. Lutz sprach, ohne die Lippen zu bewegen. Rita seufzte resignativ.

- Gut, du liebst Doktor Haselbrunner. Was bedeutet das?

Lutz öffnete die Augen und drehte den Kopf.

- Das weiß ich nicht.

Er schloss wieder die Augen und hielt sein Gesicht in das abnehmende Licht.

- Willst du mit ihr zusammenziehen? Willst du Kinder mit ihr? Wollt ihr heiraten?

Für Rita war das alles so abstrus, dass sich das glucksende Lachen, das sich emporrekelte, kaum noch unterdrücken ließ.

- Ich muss, Rita. Die Liebe ist ein Zwang.

Sie sah ihn an. Seine Ernsthaftigkeit, diese Verzweiflung, diese selbstmitleidige Hoffnungslosigkeit. Ein verkitschtes Chanson. Weltschmerz. Rita kam das Lachen so plötzlich hoch, dass große Speicheltröpfchen in Lutz' goldenem Gesicht landeten. Sie hielt sich die Hand vor den Mund. Der Blick von Lutz. Sogar die übliche Verachtung war völliger Ausdruckslosigkeit gewichen.

- Ich werde noch heute ausziehen. Ich lasse alles da. Jedes Kleidungsstück würde mich an meine frühere Existenz erinnern. Es wäre zu schmerzhaft.

- Du meinst es ernst.

Lutz nickte. Draußen war es dunkel geworden. Aber seine Haut hielt ihre Temperatur.

- Ich fasse es nicht. Wie lange geht das schon?

- Ich habe sie immer geliebt, habe es aber erst gestern bemerkt.

- Ich kann es nicht glauben.

- Du bist enttäuscht.

- Ich weiß es nicht. Ich bin völlig sprachlos. Das ist surreal, Lutz. Du kannst sie doch nicht ausstehen.

- Ja, das ist oft so, dass man jemanden zuerst nicht mag, in den man sich dann verliebt. Das kennt man ja aus Filmen. So wie umgekehrt sich jemand als Arschloch entpuppt, den man zuerst ganz sympathisch fand. Und oft behauptet man, dass man jemanden zutiefst verachtet, nur um davon abzulenken, dass man ihn eigentlich liebt.

- Willst du mich verarschen, Lutz?

- Nein, ganz bestimmt nicht. Es tut mir leid. Das sind die Tatsachen. Und es gibt nichts daran zu rütteln. Ich ziehe noch heute aus.

Rita seufzte und ging von einem Fenster zum nächsten. Jedes riss sie auf, sie holte tief Luft. Dann knallte sie die Wohnungstür hinter sich zu und verschwand. Sie drängte sich durch die Massen in der Einkaufsstraße, ließ U-Bahnen fahren und wälzte sich im Park im Gras. Sie wollte auf der Stelle ficken. Also rief sie Jakob an, der nicht abhob. Sie lief zu ihm, drängte sich an dem Postboten vorbei und trommelte gegen seine Tür. Als er verschlafen öffnete, fiel sie ihm um den Hals. Sie zog ihn ins Schlafzimmer und rammte sich seinen Schwanz in ihre Möse. Sie riss an seinen Haaren, brach ihm beinahe die Finger und biss ihn am ganzen Körper. Weil er früher kam, als ihre Wut ging, blieb sie stumm auf ihm liegen. Sie reckte sich hoch und schlug ihm ins Gesicht. Er versuchte, die Augen offenzuhalten. Sie schlug immer fester. Ballte die Hand zur Faust. Drosch ihm auf die Nase. Gegen die Wangenknochen. Auf die Ohren. Auf die Augen. Bilder von zerplatzenden Konfettiballons. Er kniff die Lippen zusammen, spannte alle Muskeln an, bis Rita über ihm zusammensackte und einschlief. Jakob schob sie zur Seite und stand auf. Er sah ihr eine Weile beim Schlafen zu. Dann ging er in die Küche und machte Kaffee.

Es war bereits dunkel draußen. Er hatte den Tag weggeschlafen. Branko saß vor Jennifers Büchern, als ob jedes von ihnen eine andere Geschichte über sie erzählte. So viel Liebe, die mit Jennifers Leben ungenutzt weggeworfen worden war. Stattdessen war sie bei ihm geblieben. Und er hatte immer gedacht, es wäre umgekehrt gewesen. Aber Jennifer war bei Jakob geblieben, obwohl er sie nicht bewunderte. Branko blätterte in *Madame Bovary* und lächelte. Rita lag bewusstlos im Schlafzimmer, als es an der Tür läutete.

- Herr Schober? Fohner, Kripo Wien.

Herr Fohner sah aus, wie Fernsehkommissare aussehen. Er verschaffte sich Zutritt, ohne zu fragen. Jakob stellte sich ihm nicht entgegen.

- Hat man sie gefunden?

Der Kommissar musterte Jakob und schüttelte den Kopf.

- Noch nicht. Ist aber nur eine Frage der Zeit.

Er meinte tot. Sein Ton ließ da keinen Spielraum zu.

- Haben Sie heute schon auf Ihr Konto geschaut?

Jakob verneinte, sagte, er schaue überhaupt selten auf sein Konto, und dass er an Prokrastination leide, worauf ihn der Kommissar sofort unterbrach.

- Dann empfehle ich Ihnen, das bald nachzuholen.

Jakob runzelte die Stirn, wie nur Konrad die Stirn runzelte, wenn er Ratlosigkeit vortäuschte. Der Kommissar ignorierte solche Gesten und kam gleich zur Sache.

- Zwanzigtausend Euro. Bareinzahlung. Heute Nachmittag. Können Sie sich das erklären?

Jakobs Stirnrunzeln verhärtete sich. Er schüttelte den Kopf und fing gleichzeitig an, darüber nachzudenken, was er mit dem Geld anfangen sollte. Mit zwanzigtausend Euro könnte er so gut wie jedes Land bereisen. Mit zwanzigtausend Euro ließe sich die ganze Welt bereisen. Endlich den universalen Reiseführer schreiben. Überall gab es jemanden, der zwanzigtausend Euro auf Konten einzahlte. Überall fragte sich der Betroffene nicht allzu lange, woher das Geld kam, sondern sofort, was damit anzufangen war. Überall rief so etwas die Polizei auf den Plan. Das hatte aber noch nichts mit Mord zu tun.

- Endlich ein ernstzunehmendes Lebenszeichen, sagte Jakob, und jetzt runzelte der Kommissar gehörig die Stirn, denn darauf wäre er nicht gekommen. Er fragte sich, ob er das als Genialität oder Wahnwitz werten solle, entschied sich aber zu fragen:

- Warum?

- Herr Kommissar, Jennifer hat mich einfach im Regen stehen lassen. Sogar die Wohnung ist auf sie gemeldet. Offenbar hat sie das Gewissen gequält, und sie hat mir ein wenig Geld zukommen lassen. Das ist doch nachvollziehbar.

- Es ist logisch. Aber unrealistisch.

- Wieso?

- Erfahrung, sagte der Kommissar, der es verstand, mit Schlagworten alles vom Tisch zu wischen. Schlussendlich hatte ihn seine Frau genau deshalb verlassen. Mit ihm könne man kein vernünftiges Gespräch führen. Kein Streit mache Sinn, wenn der andere darauf nur Scheidung sage. Oder Menstruation. Oder Tollwut.

- Darf ich mich setzen? fragte der Kommissar.

Er hatte den Impuls, sich bei jeder Gelegenheit hinsetzen zu wollen. Es war nicht Müdigkeit, eher betrachtete er die Sitzhaltung als die natürlichste. Vermutlich ein weiterer Grund für die Scheidung. Aber er hielt das Sitzen auf Stühlen tatsächlich für eine der wichtigsten Errungenschaften der Zivilisation.

- Gern, sagte Jakob. Ich sitze am liebsten auf diesem Fauteuil. Ab Mittag scheint einem hier die Sonne ins Gesicht. Im Winter ist es ab vier leider dunkel. Trotzdem ist es der beste Platz in der Wohnung. Vermutlich hat das etwas mit Energieflüssen zu tun.

Der Kommissar hob die Hand, um Jakob erneut zu unterbrechen. Er sei außerdem hier, um ihn über den Ermittlungsstand zu informieren. Jakob sagte, er habe gar nicht gewusst, dass bereits ermittelt werde, außer einem ambitionierten Provinzpolizisten habe ihn niemand kontaktiert. Streng genommen sei er gar kein Angehöriger. Jennifer und er seien nicht verheiratet. Rein rechtlich müsse er also vermutlich die Mutter, falls diese schon aufgetaucht sei, oder die Schwester, wohnhaft in Canberra, Australien, verständigen. Der Kommissar deutete Stopp und sagte, dass er bewusst ihn kontaktiert habe. Warum, fragte Jakob, worauf der Kommissar nur Methode sagte. Dann forderte er ihn auf, sich ebenfalls zu setzen, da ihn stehende und gehende Menschen nervös machten. Außerdem verzerrte es die Verhörsituation, wenn sich der Befragte nicht zumindest auf Augenhöhe befand. Jakob setzte sich auf den Boden und sah zu ihm auf. Also, sagte der Kommissar, man habe die Anrufe auf Jennifer Kerblers Telefon überprüft, besonders beliebt dürfe die Dame ja nicht gewesen sein, wenn er das vorweg anmerken dürfe. In fünf Tagen kein einziger Anruf, außer von Ihnen, wohlgemerkt, sagte der Kommissar, und mehrere Nachrichten von einem Mann, den Jakob vermutlich kenne.

- Lutz, sagte Jakob, noch bevor der Kommissar den Namen aussprechen konnte. Er hatte vermutlich ein Verhältnis mit meiner Frau, worauf der Kommissar den Blick aufsetzte, den auch Fernsehkommissare in solchen Situationen aufsetzen.

- Sie wussten davon?

- Indirekt.

- Es hat Ihnen nichts ausgemacht?

Jakob verzog das Gesicht.

- Was ist?

- Zahnweh.

Beide sahen Richtung Gang, von wo sich schüchtern barfüßige Schritte näherten. Jakob deutete dem Kommissar, nicht weiter von Lutz zu sprechen.

- Das ist seine Frau, sie weiß nichts davon.

Einen Moment später stand Rita im Vorzimmer. Sie trug einen rosa Slip und eines von Jakobs T-Shirts. Der Kommissar nickte ihr zu und sagte:

- Eifersuchtsdrama.

Jakob fiel auf, dass sich Rita ausgerechnet das hellblaue Shirt genommen hatte. Dann kam noch Branko dazu. Seine Schritte dürften geräuschlos gewesen sein, denn alle drei schreckten hoch.

- Mitbewohner?

Rita sah Jakob an, der Branko ansah, der Rita ansah, nur den Kommissar sah keiner an, was sich auch nach der Scheidung nicht geändert hatte. Jakob nickte und sagte:

- Branko arbeitet sonst in einem Stundenhotel.

Jakob wusste nicht, warum er das gesagt hatte. Schließlich wohnte Branko hier, damit Jakob selbst den Moment bestimmen konnte. Branko würde mit seiner Aussage Lutz sofort überführen. Rita würde das niemals verkraften. Da war auch Max. Sollte er ohne Vater aufwachsen? Schließlich gab es keine Leiche. Andererseits war Rita hierhergekommen und hatte ihn gefickt und geschlagen.

- Lutz ist ausgezogen, sagte Rita, die ebenfalls nicht wusste, warum sie das sagte. Er liebt jetzt Doktor Haselbrunner, sagte sie.

Branko verhielt sich still, um nicht zu riskieren, aus der Wohnung zu fliegen.

- Wegen Ihnen? deutete der Kommissar auf Jakob, der sofort abwinkte und dem Kommissar die Verhältnisse darlegte.

- Freunde also? Und der Kommissar fragte sich, wozu es gut sei, mit seiner Ex-Verlobten befreundet zu sein, schließlich mache man Schluss, um einander nicht mehr ertragen zu müssen. Er selbst könne sich keine Sekunde lang vorstellen, mit seiner Ex-Frau befreundet zu sein, auch wenn es in seinem Fall die

221

Frau gewesen sei, die ihn nicht mehr ertragen habe. Aber befreundet, mit jemandem, von dem man wisse, dass er einen nicht ein Leben lang ertragen wollte, das sei ja völlig widersprüchlich, und warum solle man sich sonst trennen, als um sich aus irgendeiner Unerträglichkeit zu befreien, in die man sich mit einer Freundschaft gleich wieder hineinmanövrieren würde. Schädlicher konnte man kaum leben, dachte der Kommissar, lächelte Rita an und sagte:

- Schön, wenn das geht.

Dann schickte der Kommissar Jakob einen Blick, der ihm verdeutlichte, dass es hier nur zwei Verdächtige gab, ihn und Lutz. Einen solchen Blick sah man bei Fernsehkommissaren nie. Rita bemerkte diesen Blick, nur, ihr erzählte dieser Blick etwas anderes, nämlich dass Jakob und der Kommissar etwas vor ihr geheim hielten. Es hatte mit Jennifer zu tun. Deshalb war der Kommissar hier. Und da ihr Jakob nur dann etwas vorenthielt, wenn er fürchtete, es wäre ihr nicht zumutbar, war davon auszugehen, dass Lutz und Jennifer ein Verhältnis hatten. Jakob wiederum erkannte in Ritas Blick, was sie im Blick des Kommissars gelesen hatte, und sagte:

- Es könnte sein, dass Lutz Jennifer umgebracht hat.

Jakob sagte das zu Rita, die begann, ihre Hände zu umklammern und die Knie aneinander zu reiben.

- Warum sollte er?

- Das weiß ich nicht. Aber es könnte sein.

Dann erzählte Branko von Jennifer und Lutz im Stundenhotel. Nein, es sei zu keinem Wortwechsel mit Jennifer gekommen. Er könne also nicht mit

Sicherheit sagen, ob sie zu diesem Zeitpunkt noch gelebt habe. Er habe ohnehin das Gefühl, dass nur er sie mit Fug und Recht für vermisst erklären dürfe. Dann sprach er sehr lange von seiner unerwiderten Liebe zu Jennifer, wobei ihn der Kommissar nicht unterbrach. Er brauchte seine Zeit, um alle Informationen zu ordnen. Manchmal geschahen Dinge, die selbst ihn überraschten. Er hatte sich schon um das Wochenende gebracht gefühlt, versunken in Akten, aber jetzt schien der Fall gelöst. Was ihn wiederum vor die Frage stellte, was er mit dem Wochenende sonst anfangen sollte. Nur eines sei zu bedenken, sagte er, es gebe keine Leiche. Und letztendlich keine Zeugen für einen Mord. So gesehen gebe es eine Lösung, aber keinen Fall.

  - Ungewöhnlich, sagte der Kommissar.

SECHZEHN

Als der Kommissar erwachte, hatte er sich in Rita
verliebt. Das war insofern erstaunlich, als er bei der
gestrigen Begegnung überhaupt nichts empfunden
hatte. Außer Misstrauen natürlich. Er wachte gegen
neun Uhr auf, und da waren sie – die Flugzeuge im
Bauch, die in wilden Kamikazemanövern versuchten,
die Magenwände zu durchstoßen. Erst jetzt fiel ihm
auf, wie lange es her war, dass er sich verliebt hatte.
Siebenunddreißig Jahre, acht Jahre, bevor er mit seiner Frau zusammenkam. Sie hieß Kristina, und er
hatte sie von weitem auf einer Klippe stehen sehen.
Ihre Blicke trafen sich, soweit er das aus dieser Entfernung beurteilen konnte. Die Begegnung hatte nur
wenige Sekunden gedauert, aber Kristina ging ihm
jahrelang nicht aus dem Kopf. Wahrscheinlich hieß
sie auch gar nicht Kristina, aber in seinen Gedanken
lebte sie in einem kleinen griechischen Dorf und
wartete auf ihn. Diese Gewissheit ließ ihn in der
dreißigjährigen Ehe mit seiner Frau so manches weg-
stecken.

Von Rita hingegen wusste er, dass sie Rita hieß.
Und dass sie mit diesem Kerl schlief. Jakob Schober.
Es wäre überhaupt kein Problem gewesen, diesem
Jakob Schober den Mord anzuhängen. Aber Frauen
waren romantisch. Und wenn ein Mann seine Frau
für eine andere umbrachte, dann bewirkte das nicht
zwangsweise Abscheu. Der Kommissar fragte sich,
ob es klug wäre, stattdessen Lutz zu überführen. Das
ginge vermutlich noch leichter, andererseits sah es
nicht danach aus, als würde er noch Probleme

machen. Diese Doktor Haselbrunner hatte ihm sogar ein Alibi verschafft. Hätte er die beiden getrennt voneinander befragt, wäre es in kürzester Zeit wie ein Kartenhaus zusammengefallen. Aber es gab schließlich keine Leiche. So gesehen drohte ihm kein Disziplinarverfahren. Und wer weiß, vielleicht unternahmen Mutter und Tochter tatsächlich nur einen Ausflug. Wozu also Wellen schlagen. Außerdem war eine Trennung leichter zu verkraften als Gefängnis. Und der Kommissar musste jetzt auch an sich denken. Ein traumatisiertes Kind, das seinen Vater im Gefängnis besuchen musste, war schwieriger zu handhaben als eines, das nur einen Ersatzvater suchte. Der Kommissar hatte keine Erfahrung mit Kindern, aber er wusste, dass bei Frauen der Platz neben den Kindern sehr eng war.

Also kaufte er einen Strauß Blumen und läutete an Ritas Tür. Als sie öffnete, hielt er ihr das üppige Bouquet ins Gesicht und sagte, dass er noch ein paar Fragen habe. Rita bedankte sich, nahm die Blumen und bat ihn herein. Sie brachte ihm Tee, ohne zu fragen, welchen er bevorzuge. Alles fühlte sich von Beginn an vertraut an. Dann setzte sie sich ihm gegenüber, und der Kommissar dachte, dass sie vermutlich genauso beim Frühstück sitzen würden. Ob dieser Lutz ebenfalls an diesem Platz gesessen war? Rita senkte den Blick und sagte:

- Sie trinken gar nicht.
- Ist noch heiß.
- Das tut mir sehr leid.
- Ich bitte Sie. Ein Tee ist schließlich ein Tee.
- Sie sind vermutlich jemand, der die Dinge immer klar sieht.

Sie lächelte bewundernd, nicht ironisch. Sie wollte verdeutlichen, dass sie das nicht als Scherz gemeint hatte.

- Sonst kann man diesen Beruf vermutlich gar nicht ausüben.

Der Kommissar hob die Augenbrauen.

- Man ist schließlich auch Mensch und nicht nur Kommissar.

- Natürlich. So meinte ich das nicht. Wobei, Lutz war immer Zahnarzt. Wenn Sie verstehen, was ich meine.

- Ein Mann braucht einen Beruf, aber eine Frau braucht einen Mann manchmal auch ohne seinen Beruf.

- Sie scheinen Einiges von Frauen zu verstehen.

Rita öffnete ihr Haar. Es fiel ihr über die linke Gesichtshälfte. Sie strich es nicht weg. Der Kommissar zückte verlegen seinen Notizblock, und Rita deutete auf den Tee.

- Ich glaube, Sie können ihn jetzt schon trinken.

Er nickte wortlos und streckte den Kopf nach vorne. Ihr linkes Auge war verdeckt. Der Kommissar hielt es kaum noch aus, ihr das Haar nicht aus dem Gesicht zu streichen.

- Ist Ihr Kind gar nicht da?

- Ist das schon der Beginn des Verhörs?

- Ich würde es nicht Verhör nennen.

- Ich schon.

Ihre Blicke trafen sich, als stünde Rita auf einer Klippe und der Kommissar riefe ihr von unten die Fragen zu.

- Wo ist Ihr Kind?

- Unterwegs. Mit seiner Wahltante.

- Lebt sie hier?

- Vorübergehend.

- Sie sind nicht gerne allein?

- Ich hasse es.

- Wie lange waren Sie verheiratet?

- Lutz wollte nie heiraten.

- Und Sie?

- Immer. Jeden. Gleich.

- Wollten Sie mehr Kinder haben?

- Zuerst schon. Dann nicht. Max ist kein leichtes Kind, wissen Sie.

- Inwiefern?

- Sehr empathisch.

- Er wird einen Vater brauchen.

Rita seufzte und nahm damit kurz das Tempo aus dem Gespräch.

- Er hätte einen Vater gebraucht. Ja.

- War Lutz kein Vater?

- Er war in erster Linie Zahnarzt.

- Waren Sie unglücklich?

- Nicht solange ich nichts von seinen Ausflügen erwähnte.

- Ausflüge?

- Seitensprünge.

- Ich meinte eigentlich, ob Sie glücklich waren?

- Ich war nicht unglücklich. Zumindest nicht die ganze Zeit.

- Wussten Sie von dem Verhältnis mit Jennifer?

- Es war meine Idee.

- Inwiefern?

- Wollen Sie mich wirklich von dieser Seite kennenlernen?

- Was war Ihr Ziel?

- Es gefällt mir, wenn Sie mich verhören.
- Sie haben nicht geantwortet.
- Vermutlich wollte ich einen Schlusspunkt setzen.
- Zwischen Ihnen und Lutz?
- Zwischen Jakob und mir.

Der Kommissar versuchte so zu schauen, wie er sich vorstellte, dass ein Fernsehkommissar schaute, wenn er Frauen wie Rita beeindruckte.

- Es sollte ein Nullsummenspiel werden, sagte sie.
- Alles umsonst gewesen. Verstehe.
- Nichts ist umsonst. Immerhin hat er sieben Jahre verschwendet.

Sie lächelte. Der Kommissar notierte das erste Mal etwas in seinen Block. Er war enttäuscht. Wenn sie so lange gebraucht hatte, um diesen Jakob Schober zu verdauen, wie lange würde es dauern, bis sie ihren Mann vergessen hatte. Rita setzte den kindlichsten Blick auf, den sie beherrschte.

- Sind Sie jetzt schockiert?
- Ich schätze Ihre Ehrlichkeit. Sie ist wichtig für das Ergebnis des Verhörs.
- Hören Sie bloß nicht auf.
- Hat Sie Lutz nie verhört?

Rita schüttelte den Kopf.

- Er war keiner, der viele Fragen stellte.
- Warum haben Sie sich in ihn verliebt?
- Ich habe mich nie in ihn verliebt.
- Sind Sie eifersüchtig auf Doktor Haselbrunner?
- Eher irritiert.
- Sie empfinden die Doktorin als nicht ebenbürtig?
- Interessant, dass Sie Doktorin sagen.
- Sie haben die Frage nicht beantwortet.
- Ich glaube, Sie kennen die Antwort.

- Würden Sie ihn zurücknehmen?
- Nein.
- Sind Sie sicher?
- Ja.
- Aber Sie sind nicht gerne allein.
- Ich werde nicht lange allein sein.
- Ist das so ein Gefühl?
- Eine Gewissheit.
- Sehr gut.

Er klappte den Notizblock zu und stand auf.

- Sie brechen ab, das finde ich schade.
- Für heute habe ich alles, was ich brauche.

Sie reichte ihm die Hand. Er nahm sie und stellte sich vor, wie ihre weichen Hände an ihm zerrten, sein Gesicht umklammerten und sich stumm in seinen Hals krallten.

- Ich bin mir sicher, dass noch Fragen auftauchen werden.

Sie löste ihre Hand, als würde sie ihn zu sich ziehen.

- Davon bin ich überzeugt.

Er deutete einen Gruß an, wie man ihn von Fernsehkommissaren in Schwarzweißkrimis kennt. Dann lief er die Stiegen hinunter, ohne sich umzudrehen. Rita legte sich auf das Bett im Ruhezimmer und schloss die Augen.

Hilde schlief jetzt bei Max. Rita musste erst wieder zu sich kommen. Das wusste Hilde. Die Rita-Rita, die jahrelang unter der Lutz-Rita geschlummert hatte, die musste erst wieder ins Leben zurückgeholt werden. Die Rita-Rita, die es irgendwann aufgegeben hatte, der Lutz-Rita zu widersprechen, und sich stattdessen schlafend gestellt hatte, die konnte wahr-

229

scheinlich gar nicht glauben, dass da plötzlich reine Luft war. Diese Rita-Rita würde mit allen Mitteln verhindern, dass man sie wieder zu einer Rita zurechtstutzte. Eine solche Rita-Rita konnte weder einen Jakob noch einen Kommissar gebrauchen.

Hilde sah es als ihre Aufgabe an, Rita-Rita einen Weg zu bahnen. Und das betraf eben auch Max, der sich natürlich mit allen Mitteln wehrte. Gestern hatte sich die Schildkröte stundenlang in ihren Panzer verkrochen, aber schließlich akzeptierte er es. Was nicht hieß, dass er Hilde wieder Zugang zu seinem Subkontinent gewährte. Im Gegenteil. Seit Luise zurück war, schien die Insel noch abgeschiedener zu sein. Hilde ging mit ihm in den Zoo. Während er früher mit den Tieren gesprochen hatte, saß er jetzt völlig gleichgültig vor den Gehegen. Früher hatte ihn Hilde mit süßem Futter locken können, heute aß er nur noch, wenn er musste. Die Einzige, mit der er Kontakt aufnahm, war Luise. Allerdings nur, um ihr Befehle zu geben, die eigentlich Hilde betrafen. Hol mir die Jacke, Luise! Noch eine Milch, Luise! Die Bettdecke ist zu kalt, Luise! Diesen Pyjama will ich nicht, Luise! Wirf Sie aus dem Fenster, Luise! Hilde war auf der Hut. Und wenn nicht bald der Subkontinent Rita-Rita zum Vorschein kam, gab es nichts, was sie vom Gehen abhalten konnte.

SIEBZEHN

Die Nachmittage verbrachten Max und Hilde meistens am Spielplatz. Wobei sich Max kaum für die anderen Kinder interessierte. Am liebsten ging er zu Mittag, wenn alle anderen beim Essen waren. Dieses Kindergewirr, wie sie sagte, beruhigte Hilde. Wenn sie sah, wie es sein könnte, entstand bei ihr automatisch der Glaube, dass dieser Zustand für jeden erreichbar wäre. Das Abbild und die Kopie des Abbildes waren für sie das Gleiche, waren der Antrieb, der diese Welt in Bewegung hielt. Und am stärksten war der subkontinentale Verkehr, das wusste Hilde. Denn sie konnte ihn sehen. Hilde saß in der Sandkiste und beobachtete Max, der nach toten Tieren suchte, die er beerdigen konnte. Vor ihr die rote Schaufel, die darauf wartete, Gruben für Kadaver zu schaufeln. Ein kalter Wind wehte, und die Eltern hielten Abstand zu der korpulenten Frau in der Sandkiste. Beinahe jeder von ihnen war von ihr schon einmal in ein Gespräch verwickelt worden. Doch keiner wollte gemeinsam mit Hilde nach seinen Subkontinenten schürfen. Die Bohrungen waren schmerzhaft. Kein Geplänkel. Hilde wusste das. Und manche mieden den Spielplatz aus Angst, zu viel über sich selbst zu erfahren. Heute saß Hilde wie ein zu großes Kind alleine in der Sandkiste, nahm die rote Schaufel und stocherte damit lustlos herum. Sie spürte, wie sie von allen Seiten Blicke streiften. Sie schwirrten durch die Luft wie Krähen, die zum Tiefflug ansetzten. Aber Hilde reagierte nicht, ließ die Blicke schweifen und kreisen und picken und krähen.

Bis alles verstummte. Nur noch ein Blick von hinten.
Ein ruhiger, schweigender, abwartender. Einer, der
immer da zu sein schien. So wie die Stille. Jetzt drehte sich Hilde um.

Die Gestalt in der schwarzen Burka stand am
anderen Ende des Spielplatzes hinter dem Zaun.
Hilde konnte zwar ihre Augen nicht sehen, aber der
Blick war eindeutig auf sie gerichtet. Die Burka flatterte im Wind. Sonst war die Erscheinung reglos, sie
stand da wie ein Monolith. Waren sie gekommen, um
Hilde zu holen? Die schwarze Gestalt fixierte sie,
und Hilde versuchte, in sich zu verschwinden. Sie
hatten sie aufgespürt. Ihr Werk war sichtbar geworden. Sie waren ihr bis hierher gefolgt, es gab kein
Entrinnen. Selbst wenn Hilde den Blick abwandte
und so tat, als hätte sie nichts bemerkt. Der Wind
wehte durch die Burka. Kein Stückchen Haut schimmerte durch das Schwarz. Nichts verriet ein menschliches Antlitz dahinter. Max sagte, dort drüben stehe
eine Uzor, und deutete auf die Gestalt.

Hilde hatte ihn gar nicht kommen gespürt. Er saß
vor ihr und hatte die Farbe des Sandes angenommen.
Vor einer Uzor müsse sich Hilde wirklich nicht
fürchten, sagte Max. Eine Uzor sei nicht giftig, und
solange man sie in Ruhe lasse, greife eine Uzor so gut
wie nie Menschen an. Aber sie sei eben neugierig,
und daher verdecke sie ihr Gesicht. Die Neugier der
Uzor sei eine regungslose Neugier, sagte Hilde, das
mache Erwachsenen nun mal Angst. Dann solle sie
sich halt einen Stein denken, sagte Max, vor einem
großen Stein habe sie schließlich auch keine Angst.
Hilde lächelte und wollte die Hand nach Max ausstrecken, der griff aber nach der Schaufel und sagte,

es gebe eine traurige Nachricht, Luise sei am Weg von der Schaukel zur Sandkiste plötzlich gestorben. Einfach umgefallen sei sie. Man müsse sie sofort beerdigen. Max deutete auf den unsichtbaren Hund neben sich. Hilde hatte Luise seit Wochen nicht mehr gesehen. Sie war sich eigentlich nie sicher, ob sie je zurückgekehrt war. Ob sie Luise mit etwas einwickeln sollten, fragte Max. Richtig tief müsse man graben, damit kein anderes Kind versehentlich auf den Leichnam stoße. Ein Kreuz bräuchten sie, mit dem Namen drauf, ein richtiges Begräbnis eben.

Hilde hielt Ausschau nach der schwarzen Gestalt, konnte sie aber nirgends ausmachen. Stattdessen stand plötzlich Ronald vor ihr. Er sagte, er besitze jetzt ein Aquarium. Max fragte ihn, ob er ihm helfen wolle, Luise zu beerdigen, schließlich sei es einmal auch sein Hund gewesen. Aber Ronald schüttelte gleichgültig den Kopf und lief wieder davon. Hilde sagte, dass es vermutlich besser sei, ihn woanders zu begraben, das Kreuz würde keinen Tag an seinem Platz bleiben. Sie meinte, man könne ja rüber zum Fußballplatz gehen, dort finde man bestimmt eine schöne Stelle. Hilde empfand eine seltsame Erleichterung, dass Luise so plötzlich gestorben war. Vielleicht kehrte jetzt wieder Ruhe ein. Und die Tore zum Subkontinent von Max ließen sich dann wieder durchschreiten. Sie stand auf und klopfte sich den Sand von ihrem Flanellkleid. Sie räusperte sich, und ihr Haarnest zitterte im Wind. Es war früher Nachmittag. Sie hatte Rita versprochen, bis in den Abend hinein mit Max unterwegs zu sein, damit sich Rita Rita zuwenden konnte. Daher nickte Hilde, als Max Wald sagte. Max hob Luise auf und trug sie mit beiden Händen. Hilde fragte sich, wie sie in den Wald gelangen sollten. Sie war zwar ein Leben lang eine Reisende gewesen, aber sie hatte weder ein Auto noch einen Führerschein. Max ging schnurstracks drauflos. Damit war auch diese Frage verflogen. Und Hilde trottete dem kleinen Mann hinterher.

Er ging mit ausgestreckten Armen Richtung Einkaufsstraße, sah sich um und zog Hilde am Mantel. Als die Ampel Rot zeigte, ging er zu dem Auto, in dem ein älterer Herr saß, deutete diesem, das Fenster runterzukurbeln, und fragte ihn, ob er in den Wald fahre. Der Mann runzelte die Stirn, sah, dass der Junge in Begleitung war, wandte sich mit seinem Stirnrunzeln an Hilde, die ihre Achseln zuckte und damit bekundete, dass es ihnen ernst sei. Der alte Mann war schon länger im Kreis gefahren. Nicht, weil er nach einem Parkplatz suchte, sondern weil er das jedes Wochenende tat. Seine Frau war vor einigen Monaten gestorben, und er behielt ihre gemeinsame Tradition bei, am Samstag ein wenig herumzufahren. Vorzugsweise waren sie die großen Einkaufsstraßen abgefahren. Nur selten waren sie ausgestiegen. Sie liebten das Im-Kreis-Fahren. Und er vermisste die Kommentare seiner Frau, wenn sie etwas entdeckt oder etwas auszusetzen hatte. Mit der Zeit hatte er sich angewöhnt, trotzdem mit ihr zu sprechen. Es machte kaum einen Unterschied. Wenn man jemanden drei Viertel seines Lebens an seiner Seite wusste, dann hatte man ihn vermutlich so weit verinnerlicht, dass seine Anwesenheit gar nicht mehr vonnöten war. Trotzdem tat es gut, wieder einmal jemanden körperlich neben sich zu spüren, also winkte er den Jungen und die Frau auf die Rückbank. Er hatte keine Angst vor Fremden, dachte, was solle einem Alten wie ihm schon zustoßen, und selbst wenn sich die beiden als Gefahr herausstellten, was hätte er zu verlieren außer dem Leben, dessen er ohnehin überdrüssig geworden war. Lieber in unangenehmer Gesellschaft zu sterben, als ewig im Kreis zu fahren und mit seiner Frau zu streiten, ob man jetzt besser rechts oder links abbiege, ob man im Auto esse oder dafür stehenbleibe oder ob man im Radio Musik oder Nachrichten höre.

Hilde schob Max eilig auf die Rückbank, denn die Ampel sprang auf Grün, und der alte Mann, der sich als Georg vorstellte, fuhr los, ohne nach einem Ziel zu fragen. Schließlich umschloss doch der Wald die ganze Stadt, und keine Richtung war von vornherein falsch. Max saß hinter dem Fahrersitz und balancierte den toten Hund in seinen Armen. Hilde positionierte sich aufrecht in der Mitte und bedankte sich bei Georg für die Großzügigkeit, die keineswegs selbstverständlich sei, und dass sie das zu schätzen wüssten, obwohl sie ihr Anliegen noch gar nicht formuliert hätten, aber es liege an Max, und der würde ihnen den Weg zeigen, auch wenn das für Georg jetzt befremdlich klinge, aber das sei das Ansinnen, ob er damit leben könne. Und Georg sagte, dass er mit so gut wie allem leben könne und dass er sich keineswegs befremdet fühle, oder besser, dass er ganz froh sei, wenn er sich befremdet fühle, und daher keinerlei Einwände habe, zumindest nicht zu diesem Zeitpunkt, und dass er jetzt einfach losfahre, und Max solle sich in Ruhe überlegen, wohin die Reise gehe.

Hilde nickte zufrieden, und Georg lächelte weich. Keiner hatte das Bedürfnis, die Situation zu entzau-

235

bern, daher sprach niemand, mindestens drei Ampeln lang, bis Max, der bis dahin zum Fenster hinausgestarrt hatte, geradeaus deutete und damit dem Reden jeden Anlass nahm. Georg folgte seinen Anweisungen, und Hilde versuchte, den Weg zu lesen, kam aber auf keine subkontinentale Kartografie. Sie fuhren die belebten Straßen hinaus an den Stadtrand. Hilde fragte sich, woher Max den Weg in den Wald kannte, und Georg suchte immer öfter den Blickkontakt mit Max, der noch immer die reglose Luise auf seinen Armen balancierte und beim Fenster hinausstarrte. Georg fixierte Max so lange, bis er sich den Hund in dessen Armen von sich aus ausmalen konnte. Er hatte sich nicht gefragt, was sich da in Max' Armen befand, es hatte sich während der Fahrt verdeutlicht, und erst als der tote Hund vor seinen Augen Gestalt angenommen hatte, fragte er Max, woran denn das arme Tier gestorben sei. Hilde goutierte das mit einem anerkennenden Nicken, ohne Georg gleich subkontinentale Fähigkeiten zuzuschreiben. Max blickte auf und sagte, dass er es leider selbst nicht wisse. Luise sei einfach umgefallen und vor seinen Füßen liegengeblieben, aber trotzdem zeige sie ihm eindeutig, wo sie begraben werden wolle. Georg nickte und meinte, dass er daran keineswegs zweifle, im Gegenteil, seine Frau sei ebenfalls einfach umgefallen und vor seinen Augen liegengeblieben, und es habe für ihn ebenfalls nie einen Zweifel gegeben, was ihr letzter Wille gewesen sei.

Sie fuhren die große Waldstraße entlang. Der Himmel war blau. Und die Aussicht famos. Hildes Haarnest zitterte, als sie über Pflastersteine fuhren. Und Georg sah sich stirnrunzelnd um. Er war seit Jahr-

zehnten nicht hier gewesen. Nicht zuletzt, weil seine
Frau immer nur die Innenstadt umkreisen wollte.
Aber jetzt wurden Erinnerungen geweckt, die nichts
mit seiner Frau zu tun hatten. Als junger Mann war
er oft hierhergefahren. Damals ging man noch in den
Wald, um etwas möglich zu machen, nicht, um seine
Havarien zu entsorgen. Aber die Zeiten hatten sich
geändert. Heute schienen viele den Wald in den
Hochhäusern zu suchen. Wahrscheinlich war der
Unterschied ohnehin nur oberflächlich. Aber Georg
war ein Mann der alten Schule, und obwohl es schon
so lange her war, belebte sich sein Waldinstinkt
sofort. Er erkannte Plätze wieder und schlug Ab-
zweigungen vor. Max winkte schweigend ab. Georg
nickte, ließ sich aber nicht davon abbringen, bei der
nächsten Gelegenheit wieder einen Weg vorzuschlagen.

Sie fuhren und fuhren und fuhren. Hilde hielt sich
mit beiden Händen an den Lehnen der vorderen
Sitze fest. Ihr Gesicht vibrierte, obwohl sie versuchte, regungslos zu bleiben. Georg beugte sich über das
Steuer, um zu verdeutlichen, dass jetzt bestimmt
gleich die gewünschte Abzweigung komme. Seine
Ungeduld wuchs. Max starrte unbeeindruckt beim
Fenster hinaus. Georg erhöhte die Geschwindigkeit.
Es schien ihm die einzige Möglichkeit, die Dinge zu
beschleunigen. Hilde ignorierte das. Es offenbarte
ihr nur, dass Georg keinerlei subkontinentale Fähigkeiten besaß. Und als Max plötzlich nach links zeigte, seufzte Georg und bog widerwillig ab. Hilde nickte zustimmend, als hätte sie genau diesen Waldweg
von Beginn an vor sich gesehen.

Es rumpelte. Es knackste. Es rasselte. Und das alte

237

Auto heulte bei der kleinsten Unebenheit protestierend auf. Am Ende des Weges stiegen sie aus und folgten Max in den Wald. Das Licht schrägte sich durch die Bäume. Die Nadeln auf dem Boden lagen wie eine großflächige Mikado-Partie. Hilde schritt durch den Wald und erkannte die Geometrie der Natur. Und trotzdem: Alles Wilde formierte sich hier, um eines Tages in die Stadt zurückzukehren. Um sich zurückzuholen, was der Mensch gestohlen hatte. Wälder wühlten Hilde auf, denn sie waren die Rückzugsgebiete, wo alles begann und enden würde. Wer die Subkontinente kannte, der wusste, dass der Kampf der Wälder unmittelbar bevorstand.

Aber es war still. Die Tiere beobachteten die Eindringlinge. Max hielt beide Arme ausgestreckt. Er wirkte nicht wie ein Fremdkörper, sondern wie jemand, der hierher zurückkehrte. Einer, der das Schweigen der Tiere verstand. Der die Farbe des Laubes angenommen hatte. Und entschlossen seiner Fährte folgte. Dann blieb Max plötzlich stehen und sagte:

- Hier.

Georg nahm die rote Schaufel und kniete sich auf den feuchten Boden. Die Erde war überraschend locker, als ob hier vor kurzem gegraben worden wäre.

ACHTZEHN

Die schwarze Gestalt ging die Einkaufsstraße hinunter. Man wich ihr aus, als würde ihr ein Fluch anhaften. Ihr Gang war monoton. Nur bei Rot blieb sie an den Ampeln stehen und ließ die Blicke der Passanten über sich gleiten. Sie ging über den Außenring in die Peripherie, wo die Straßen menschenleer waren und sich ausschließlich Büros befanden. Es war heiß und windstill. Am Waldrand verließ sie die Landstraße und schritt querfeldein. Die Tiere musterten sie aus sicherer Entfernung. Über die Felder ging sie schneller, was die Vögel in Aufruhr versetzte. Ganze Schwärme zogen über die schwarze Gestalt hinweg, wenn sie über die ausgetrocknete Erde stapfte. Sie mied Straßen und setzte sich nur dann Blicken aus, wenn sie das vereinzelte Treiben in den Dörfern betrachten wollte. In den Nächten schlief sie in den Wäldern. Und wenn die ersten Sonnenstrahlen die Burka aufheizten, setzte sie ihren Weg fort.

Nach acht Tagen erreichte sie Hundsdorf, wo sie vor dem Gemeindeamt stehenblieb, um einen Passanten nach der Adresse von Liane Schöttl zu fragen. Dieser stieg aber sofort in seinen Kombi und ergriff die Flucht. Durch die Sehgitter der Burka ertönte ein gedämpftes Seufzen. Die Gestalt sah sich um und ging dann auf das Postamt zu. Am Schalter hatte sich eine Schlange von drei Hundsdorfern gebildet, aber man ließ der Gestalt bereitwillig Vortritt, um gesenkten Blickes dem Gespräch zu lauschen. Der Mann am Schalter hatte keine Angst. Er stellte sich schützend vor die Post der Hundsdorfer und sagte, dass er

239

natürlich wisse, wo Liane Schöttl wohne, schließlich befinde sie sich in der örtlichen Postzentrale, aber ob es Liane Schöttl auch recht sei, dass eine solche Erscheinung unangekündigt vor ihrer Tür stehe, das bezweifle er. Daher würde er vorschlagen, jetzt gemeinsam Frau Schöttl anzurufen, damit es dann für alle Beteiligten keine bösen Überraschungen gebe. Der mutige Postbeamte holte sich nickende Zustimmung von den anwesenden Hundsdorfern, und die schwarze Gestalt, die überraschenderweise sprach, als wäre sie aus der Gegend, sagte, dass sie Liane Schöttl bestimmt auch im Telefonbuch finde, der Beamte brauche also kein Aufhebens um die Adresse zu machen. Sie sei schließlich keine islamistische Terroristin, warum solle sich eine Al Kaida auch für eine Frau Schöttl aus Hundsdorf interessieren, sie wolle ihr lediglich einen Besuch abstatten, dieses Recht könne man ihr nicht absprechen, und der Beamte musterte sie, wie man maskierte Menschen in Hundsdorf mustert, und sagte, bevor er ihr die Adresse von Liane Schöttl aushändige, wolle er ihr Gesicht sehen, damit er es sich einprägen könne. Ihr Gesicht sei ihre Privatangelegenheit, sagte die Gestalt, schließlich halte sie keine Pistole in der Hand und falle damit nicht unter das Vermummungsverbot. Der Beamte schüttelte den Kopf und sagte, er könne es nicht schwören, aber er sei sich ziemlich sicher, dass in den Allgemeinen Geschäftsbedingungen sehr wohl von einem Vermummungsverbot in allen Postfilialen die Rede sei. Die Gestalt schüttelte den Kopf und sagte, so einen Schwachsinn habe sie überhaupt noch nie zu hören bekommen, er solle ihr jetzt sofort die Adresse von Liane

240

Schöttl aushändigen, sonst hetze sie ihm den Konsumentenschutz an den Hals. Der Beamte sagte, dass der Konsumentenschutz nicht für religiöse Diffamierungen zuständig sei und dass sie sich nicht zu wundern brauche, wenn man ihresgleichen behandle, wie man seinerzeit die Juden behandelt habe, wer sich so benehme und alles daran setze, ein Fremdkörper zu bleiben, der könne nicht erwarten, als vollwertiges Mitglied einer Gruppe akzeptiert zu werden. Was er da für einen Nazi-Stuss daherrede, wie er darauf komme, sie wolle irgendetwas mit seiner Gruppe zu tun haben, was das überhaupt für eine Gruppe sein solle, ob er da die Hundsdorfer im Allgemeinen oder die Hundsdorfer Postbeamten im Speziellen meine. Der Hundsdorfer sei im Übrigen bekannt für seine Stumpfsinnigkeit, sagte die Gestalt, und jeder, der sich zu lange in einer Gruppe von Hundsdorfern befinde, laufe Gefahr, von dieser Stumpfsinnigkeit angesteckt zu werden. Ah, sagte der Postbeamte, Ah und Oh und Uh-Uh, die Adresse, sagte die Gestalt, der Postbeamte verschränkte die Arme, die restlichen Hundsdorfer schlossen sich an, die Gestalt sah sich um, nahm das Telefonbuch, das in der Ecke lag, riss demonstrativ die Seite mit der Adresse von Liane Schöttl heraus und verließ die Postfiliale.

Liane saß im Wohnzimmer und sortierte Wäsche. Obwohl Hermann seit Jahren tot war, hatte sie nie aufgehört, seine Sachen zu waschen. Trotz hunderter Waschgänge war sein stechender Geruch nie ganz aus der Kleidung verschwunden. Er ließ sich einfach nicht wegwaschen. Als würden die Textilien an seiner statt verwesen. Als hätte der Schrank die Rolle des nicht vorhandenen Sarges übernommen. Das würde sie sich einbilden, hatte ihr Sohn gesagt, wahrscheinlich stecke Hermanns Geruch in ihrer Nase fest, es handle sich um eine Art psychosomatischer Trauer. Oder postmortaler Wut, hatte sie geantwortet. Übrig bleibe ausschließlich das Gefühl von Ohnmacht. Für sie habe sich nichts verändert, für sie sei er völlig umsonst gestorben, hatte sie gesagt. Die bloße Anwesenheit seines Geruchs sei fast unerträglicher, als seine körperliche Anwesenheit es je gewesen sei. Als ob er es ihr vergelten wolle, dass sie ihn damals verbrannt habe, dass sie ihm den Grabstein und den wöchentlichen Blumengang vorenthalten habe, ihm keinen natürlichen Verwesungsprozess gegönnt, sondern darauf geachtet habe, dass möglichst schnell möglichst nichts von ihm übrigbleibe. Aber diese Rechnung sei nicht aufgegangen. Vielmehr habe sie das Gefühl, er würde sich zunehmend im ganzen Haus ausbreiten. Als ob sein Geruch den ihren zunehmend verdrängen würde. Warum sie seine Kleider nie entsorgt habe, hatte der Sohn gefragt. Wenn sie seine Gegenwart so verabscheue, dann müsse sie alles, was nach ihm rieche, aus dem Haus schaffen, sonst würde die Sache umgekehrt ausgehen. Was er mit *umgekehrt* meine. Na, dass er sie aus dem Haus schaffe, hatte der Sohn gesagt. Sie könne doch nicht seine Garderobe entsorgen, wie er sich das vorstelle. Jemand anderer würde sie tragen, Hermann würde weltweit verstreut weiterleben, und Liane wäre dann nirgends mehr sicher vor ihm. Er hätte sie damit nicht alleine lassen sollen, hatte der Sohn gedacht. Als er den Bluterguss unter ihrem Auge gesehen hatte, da hätte er etwas unternehmen

242

sollen. Stattdessen hatte er sie mit diesem ausgefressenen Tyrannen alleine gelassen. Hatte die Flucht ergriffen, weil er insgeheim erleichtert war, dass er seine Mutter endlich jemandem übergeben konnte. Wenn er gewusst hätte, was er nur geahnt hatte, wäre er natürlich geblieben. Aber ihr größtes Talent war von jeher gewesen, die Dinge vor aller Augen verschwinden zu lassen. Nur Hermann ließ sich nicht wegwaschen. Und je mehr sie ihn zersetzte, desto gegenwärtiger erschien er ihr. Als ob die Verwesung nach homöopathischen Prinzipien funktionierte, schien ein Hermann niedriger Potenz eine höhere Hermannwirkung zu haben.

Liane betrieb den Zersetzungsprozess mit aller Emsigkeit. Inzwischen schleuderte sie die Wäsche einmal täglich durch das Kochprogramm. Im Kasten hing ein Hermann in Kindergröße. Und jeden Abend streute sie seine Asche über den Tisch, um sie mit dem Handstaubsauger wieder aufzusaugen. In der Urne konnte sich nur noch ein Bruchteil von Hermann befinden, so durchsetzt musste er inzwischen mit dem Staub der restlichen Wohnung sein. Aber davon hatte sie ihrem Sohn nichts erzählt. Er verstand nicht, wie man Dinge zum Verschwinden brachte, ohne dass es die Dinge selbst bemerkten. Dinge haben kein Bewusstsein, hätte er gesagt. Aber es hatte schließlich einen Grund, warum sich Atome zu einem Gegenstand formierten. Letztendlich kämpften diese armen Partikel nur gegen ihr eigenes Vorhandensein. Gegen ihre Einsamkeit. Aber es gab keine Vergänglichkeit. Nichts durfte diese Welt je verlassen.

Als es an der Tür läutete, saß Liane vor der Waschmaschine. Sie hatte begonnen, die dunkle Wäsche mit der weißen zu verkochen. Hatte ihr Sohn schon wieder etwas vergessen? Sie öffnete, und vor ihr stand diese Gestalt. Unsichtbare Augen, die sie durch das schwarze Gitter fixierten. Kein Entrinnen. Keine Sense. Sie würde nicht um ihr Leben betteln. Niemals. Sie hatte sich immer gewünscht, dass der Tod ihr Bewusstsein langsam zersetzte. Aber das hier sah nach einem plötzlichen Tod aus. Schlaganfall. Herzinfarkt. Hirnblutung. Sie lauschte in ihren Körper. Keine Anzeichen. Gleich der Schlag. Das Zucken. Der Blitz. Das Weiß vor Augen. Das Nichts. Solange sie den Blick nicht abwandte, würde sie leben. Warum sagte sie nichts, die Gestalt? Grüß Gott, Frau Schöttl. Heute ist leider nichts dabei. Nicht einmal Werbung. Verdammt viel Post in Hundsdorf. Alles in Ordnung, Frau Schöttl? Hatte man den Briefträger geschickt, um nach dem Rechten zu sehen? Ist sicher nichts dabei für mich? Verzieh dich. Tut mir leid, Frau Schöttl.

- Ist sicher alles in Ordnung?

- Die Post ist nicht die Polizei, fauchte die Gestalt.

- Alles in Ordnung, rief Liane, worauf der Postbote zögerlich weiterging. Diese Stimme. So klang kein Tod. Nicht einmal in Hundsdorf.

- Wer sind Sie?

- Ich komme wegen Hermann.

Liane stand regungslos da. Nicht aus Angst. Aus Ratlosigkeit.

- Bitten Sie mich herein, sagte die Gestalt.

Liane nickte, rührte sich aber nicht.

- Ich trage das hier aus einem guten Grund, sagte die Gestalt.

Liane nickte. Sagte aber nichts.

- Wenn ich es Ihnen erkläre, lassen Sie mich dann herein?

Liane nickte und unterstrich ihr Nicken mit einem bejahenden Geräusch.

- Ich trage diese Burka wegen dem Licht.

Liane nickte.

- Ich vertrage es nicht. Das Licht.

Liane nickte.

- Sie sind seine Ex-Frau, sagte sie.

- Ich habe die Scheidungspapiere nie unterschrieben.

- Das ändert nichts.

- Er hat meine Niere getragen.

- Ein Organ ist kein Kleidungsstück.

Die Gestalt sagte nichts. Es fiel Liane noch immer schwer, sich hinter der Burka die alte Kerbler vorzustellen.

- Und auch kein Ehering, sagte Liane.

Sie hatte von Maries Lichtallergie gehört. Dass sie im Garten gestanden war und plötzlich Brandwunden an den Armen aufplatzten. Ein Stigma. Eine Krankheit, die es nicht gab.

- Eine Niere ist auch kein Pfand, sagte Liane.

Sie kannte Maries Gesicht nicht. Hermann besaß kein Foto von ihr. Er hatte sie mit der Trennung aus seinem Leben gelöscht. Liane hatte Angst, er würde mit ihr das Gleiche tun, also schenkte sie ihm ein Foto. Aus ihrer Jugend. Als sie noch mit Franz zusammen war. Ihr Sohn sah aus wie sein Vater. Bald würde er älter sein als Franz, als der starb. Das machte etwas aus. Nicht für ihn. Aber für sie.

- Wie lange wollen Sie mir noch sagen, was eine Niere alles nicht ist, sagte Frau Kerbler.

- Kommen Sie herein, sagte Liane, die der Gestalt den Rücken zukehrte und in die Küche vorausging.

Sie kochte Kaffee und stellte ihn vor Marie hin. Marie fragte, ob Liane vielleicht einen Strohhalm habe. Sie müsse sonst die Kopfbedeckung abnehmen, und das hätte drastische Folgen. Liane sagte, sie habe keinen Strohhalm, sie könne aber die Jalousien herunterlassen. Marie verneinte. Ihre Allergie sei inzwischen leider von beträchtlicher Intensität. Der sanfteste Lichteinfall könne sie umbringen.

- Was wollen Sie?

Aus dem Badezimmer ertönte ein Signal. Die Kochwäsche war fertig.

- Ich habe einen Anspruch auf Hermann.

- Wie meinen Sie das?

- Seine Asche gehört mir.

- Sie können den Anteil Ihrer Niere haben.

- Das heißt, Sie verweigern mir Hermann?

- Ich glaube nicht, dass es in seinem Interesse wäre.

- Da irren Sie sich.

Aus dem Badezimmer ertönte erneut das Signal.

- Ich irre mich ganz bestimmt nicht.

- Er hat mir aufgetragen, die Asche zu holen.

- Sie sprechen mit ihm?

- Ich lebe mit ihm.

- Sie sind offenbar spezialisiert auf Dinge, die nicht da sind.

- Sie meinen Dinge, die Sie nicht sehen.

- Richten Sie Hermann aus, dass er bei mir bleibt.

- Sie halten ihn gefangen.

- Ich sehe das eher umgekehrt.

Aus dem Badezimmer ertönte erneut das Signal.

- Ich will ihn sehen, sagte Marie. Aber Liane schüt-

246

telte den Kopf. Sie schlürfte laut beim Trinken. Offenbar war sie sehr viel alleine.

- Nur wenn ich Ihr Gesicht sehen darf, sagte Liane.
- Sie wissen, dass das nicht geht.
- Dann müssen Sie bleiben, bis es finster ist.
- Ich habe Hermann versprochen, bis morgen zurück zu sein.
- Wo ist er?
- Das kann ich Ihnen nicht sagen.

Aus dem Badezimmer ertönte erneut das Signal.

- Entschuldigen Sie, die Wäsche.

Liane stand auf und ging ins Badezimmer. Sie nahm die graustichige Wäsche aus der Maschine und hängte sie auf. Dabei lauschte sie ins Wohnzimmer. Bestimmt würde Marie den Moment nutzen, um nach Hermann zu suchen. Wenn sie wüsste, dass er kaum noch existierte. Die Wäsche hatte sich schon auf Puppengröße verkleinert. Aus dem Wohnzimmer hörte sie ein Rascheln. Jetzt war sie aufgestanden. Gleich würde man das Knarren der Kommode hören. Ein leises Klirren der Gläser. Das Öffnen der Schränke. Aber Hermann stand in der Küche. Etwas fiel zu Boden. Liane ging zurück ins Wohnzimmer.

- So. Verzeihung. Man glaubt gar nicht, wie viel Wäsche anfällt, selbst wenn man alleine lebt.

Am Boden lag nichts. Sie sah sich um, aber alles war, wo es hingehörte.

- Ich könnte jeden Tag das Gleiche anziehen, und es würde keiner bemerken, sagte Marie. Sie saß übertrieben aufrecht, wahrscheinlich wegen der Burka.
- Ja, er hat mir von Ihrem Selbstmitleid erzählt, sagte Liane.

- Er hat von mir gesprochen?
- Nichts Gutes.
- Aber er hat.
- Manchmal. Selten.
- Immerhin.

Liane stand auf und holte die Urne aus der Küche. Sie leerte die Asche auf den Tisch. Marie stellte sofort das Atmen ein.

- Hermann, sagte Liane.

Marie saß steif da und überlegte, ob sich der ganze Hermann in ihre Hand streuen ließ. Liane ging hinaus.

- Sie lassen ihn einfach hier liegen?

Liane kam mit einem Handstaubsauger zurück und schaltete ihn ein. Dann begann sie Hermann aufzusaugen.

- Wollen Sie auch?

Marie verneinte und überzeugte sich, dass Liane kein Körnchen übersah. Dann weiteten sich ihre Augen, und sie stierte Liane entsetzt durch die Sehgitter an.

- Keine Angst, der Staubsack war leer, sagte Liane, nahm diesen mit einer Bewegung aus dem Gerät und schüttete Hermann zurück in die Urne.

- So bleibt er in Bewegung, scherzte sie, hielt aber gleich inne, als sie merkte, dass Marie das keineswegs komisch fand. Dann schüttete sie Hermann erneut auf den Tisch und übergab ihr den Staubsauger.

- Es wird Ihnen danach besser gehen. Glauben Sie mir.

Zögerlich nahm Marie den Staubsauger entgegen und begann damit, kreisförmige Bahnen zu ziehen. Sie saugte ein schneckenförmiges Muster in den

Aschehaufen. Sie saugte den ganzen Hermann auf und lächelte, was Liane an den Augen erkannte.

- Jetzt Sie, sagte Marie, und Liane schüttete Hermann erneut auf den Tisch. Das wiederholte sich noch einige Male. Sie lachten und überraschten einander mit den ausgefallensten Mustern. Bis Marie plötzlich den Staubsauger an sich riss und sagte:

- Er gehört trotz allem mir.

- Sie haben mich getäuscht.

- Nein, mein Lachen war echt.

- Warum teilen wir ihn nicht?

- Das würde er mir nicht durchgehen lassen.

Liane ging auf sie zu.

- Geben Sie mir den Staubsauger, Marie.

Marie schüttelte den Kopf und machte einen Schritt rückwärts in Richtung Vorzimmer. Liane sah die Schuhe, auf die sie sich zubewegte. Sie standen weit genug von der nächsten Kante entfernt. Es konnte nichts passieren.

- Seien Sie vernünftig, Marie.

Irgendwo hatte sie gelesen, dass man den Namen des Geiselnehmers möglichst oft aussprechen sollte. Auf Marie hatte das aber keine Wirkung. Trotzdem fiel sie über die Schuhe. Sie ließ dabei den Staubsauger fallen, den Liane sofort an sich riss, was Marie nicht akzeptierte. Sie zerrte an dem Gerät, beide lehnten sich zurück, mit vollem Gewicht, bis der Sauger auseinanderbrach, eine Aschewolke aufstob und Hermann auf dem Teppichboden verteilt zum Liegen kam.

- Wenn ich nur mit dem halben Hermann nachhause komme, bringt er mich um, schluchzte Marie unter der Burka.

Liane seufzte. Sie wusste, wie brutal Hermann sein konnte. Sie kniete sich hin und versuchte, den Tyrannen aus dem Teppich herauszusaugen. Sie presste den Sauger möglicht fest gegen den Boden, damit kein Körnchen zwischen den Fasern hängenblieb. Dann leerte sie Hermann zurück in die Urne und übergab ihn Marie. Diese nahm Lianes Hand und führte sie in das dunkle Vorzimmer. Langsam zog sie die Burka von ihrem Gesicht. Wir sehen einander ähnlich, dachten beide.

Marie ging los. Hundsdorf. Landstraße. Feld. Wald. Lichtung. Feld. Wiese. Feldweg. Forststraße. Landstraße. Großbüchsen. Landstraße. Bärndorf. Landstraße. Sturzbach. Wald. Lichtung. Landstraße. Haugschlag. Landstraße. Rohrbach. Landstraße. Wald.

Es war wieder hell geworden. Conny stand vor dem Zelt und streckte sich. Sie trug das Nachthemd, das sie selbst bemalt hatte. Die Zöpfe, die ihr Marie geflochten hatte, waren vom Spiel im Wald bereits zerzaust. Es waren die letzten Monate ihres Kindseins. Man konnte schon die erwachsene Frau erahnen. Die kleine Jennifer lief zu ihr und zeigte ihr einen Pilz, den sie gefunden hatte. Hand in Hand liefen sie zu der Stelle, um mehr davon zu pflücken. Es war schön zu sehen, dass es zwischen den Kindern keinen Argwohn gab. Und die Große nahm die Kleine bei allem, was sie tat, unter ihre Fittiche.

- Schatz!

Hermann lugte hinter dem Zelt hervor. Er winkte Marie zu sich. Stolz präsentierte er den Tisch, den er am Nachmittag fertig gebaut hatte. Sein Blick suchte ihre Kleider ab. Sie lächelte verschmitzt und zog sie aus der Tasche. Er umarmte Marie feierlich, und sie überreichte ihm die Urne. Dann zog sie sich in das lichtdichte Zelt zurück. Sie musste jetzt schlafen, um von einem weniger schönen Leben zu träumen.

NEUNZEHN

Der Knoi ging zum Metzger. Vor ihm in der Schlange stand eine ältere Dame, die den Einkauf für ein Gespräch nutzte. Der junge Mann an der Theke kannte die Frau und fragte, wie ihr das Beiried neulich geschmeckt habe. Sie sagte, sie sei seinen Anweisungen genau gefolgt, aber leider sei es zäh geworden. Dieses Mal wolle sie sich an einer Pute probieren, nein, nicht so viel, sie lebe allein. Sie gehe noch zum Bäcker, aber dann seien ihre Wege für heute leider schon wieder erledigt. Der Fleischer sagte, die Frau habe erst nach dem Tod ihres Mannes zu kochen begonnen. Der Knoi steckte das Fleisch in die Tasche und ging zum Änderungsschneider. Dort saßen acht Araber auf engstem Raum und nähten. Es waren große Männer, die allesamt weich vor sich hinlächelten. Wenn jemand hereinkam, wurde er von dem jüngsten, Michael, in Empfang genommen. Michael hatte einen weichen Händedruck und fragte stets nach den Kindern, auch wenn man keine hatte. Der Knoi schien ihm besonders sympathisch zu sein, denn er verlangte so gut wie nie etwas für seine Dienste. Jakob solle stattdessen seinen Kindern etwas Schönes kaufen. Meistens war der kleine Raum überfüllt mit Menschen, die nur selten wegen Änderungsarbeiten kamen, sondern um Dinge feilzubieten, Neuigkeiten zu überbringen, Kinder herzuzeigen, Michael in Fragen der Liebe, des Berufs oder der Kleidung zu konsultieren, sich aufzuwärmen, sich zu verabreden, um ein Glas Tee zu sich zu nehmen oder einfach nur zu schauen, warum sich vor der Änderungsschneiderei wieder einmal eine Menschentraube gebildet hatte.

Jakob schaute inzwischen jeden Tag vorbei. Er nahm das Notizbuch und schrieb: *Überall gibt es Menschen, die –*. Er klappte es wieder zu und beobachtete, wie Michael einem Mann riet, die Hose nicht kürzen zu lassen, sondern sie umzutauschen, weil ihm Blau viel besser stehe als dieses schlammige Grün. Die anderen im Laden stimmten Michael eifrig zu, und der Mann freute sich, er hätte gleich auf seine innere Stimme hören sollen, aber die Verkäuferin, die jedem versicherte, ihm würde alles gut stehen, habe ihm diese Hose eingeredet. Michael klopfte ihm freundschaftlich auf die Schulter und sagte, es kämen täglich mindestens drei Kunden, die dieser Verkäuferin auf den Leim gegangen seien, er solle sich nicht kränken, es sei an der Zeit, dieser Frau das Handwerk zu legen. Bevor Jakob ging, ließ er das Notizbuch unauffällig zwischen den Stoffbergen verschwinden.

Als er an den indischen Zeitungsverkäufern vorbeikam, fragte er wieder nicht nach dem Verbleib des ältesten, der vor ein paar Wochen plötzlich verschwunden und seitdem nicht wieder aufgetaucht war. Bei Rubys Altwarenladen blieb er kurz stehen, weil ihm ein ausgestopfter Fuchs einen Blick zuwarf, als würde heute noch etwas Unvorhergesehenes passieren. Er stöberte in der Schachtel mit den alten Fotografien. Kistenweise brachten die Leute die Hinterlassenschaften ihrer Verwandten zu Ruby, die sich dann von hier aus über die Stadt verstreuten. Auch in Jakobs Wohnung hingen inzwischen zahlreiche Fotografien von Menschen, die er nicht kannte. Jennifers

Schachtel hatte er noch immer nicht entsorgt. Branko kam jeden Dienstag, um darin zu stöbern. Jakob hatte ihm einen Schlüssel gegeben, damit er sich wegen Branko die Wochentage nicht zu merken brauchte. Heute war Donnerstag. Das wusste er aber nur, weil Donnerstag der Müllwagen durch die Gasse fuhr. Jakob ging noch bei der Friseurin vorbei, um zu fragen, ob etwas für ihn abgegeben worden sei. Sie verneinte, erzählte ihm aber von einem Wasserrohrbruch im Haus. Vor der Haustür blieb er stehen, weil dort eine Frau saß, und noch bevor sie ihn erkannte, spürte er, dass sie auf ihn wartete.

- Conny, sagte Jakob.

Sie sah Jennifer ähnlich. Aber eben nur ähnlich.

- Jakob, sagte Conny, die ihre Hände in den Manteltaschen behielt.

Ihre Stimme klang erleichtert, als hätten sie sich im Leben schon ein paar Mal versäumt. Sie war eine hervorragende Besetzung für die Marie, die nicht mehr aufgewacht war. Die Ähnlichkeit zu Jennifer wirkte ein wenig zu gesucht, als hätte man Wochen mit dem Casting zugebracht, um jemanden zu finden, der als die junge Kerbler durchging. Aber das Seelenfleisch konnte als verwandt dargestellt werden. Dass Conny für die Rolle der Jennifer eigentlich zu weich, ja zu sanft war, arbeitete am Ende dem Umstand zu, dass sich der junge Held völlig ansatzlos in sie verliebte. Da war es nur von Vorteil, dass die Darstellerin auch in den Nahaufnahmen ihr Geheimnis nicht preisgab. Man konnte sich schwer vorstellen, wie Conny geschminkt wirkte. Ihre blassen Augen und ihr konturloses Gesicht verloren sich in jeglichem Hintergrund. Jakob, und da war er bestimmt nicht allein, spürte sofort den Drang, sie festzuhalten, bevor sie von der Umgebung aufgesogen wurde und in einer Totalen verschwand. Ihre Stimme war leise und erforderte vom Zuseher höchste Konzentration. Ihr Blick traf stets das Auge hinter der Kamera. Man konnte, wenn man wollte, alles in ihr sehen. Da stand sie. Am Strand. Die Hände in den Manteltaschen. Die Gischt schlug ihr ins Gesicht, aber sie blinzelte nicht. Der Inselwind riss an ihrem schulterlangen Haar, das aber stets nach ihrem Kommando zu tanzen schien. Aufrecht und in hochgeschlossener Statur stand sie an ihrer markierten Position und ließ den Sand an sich vorbeiwehen. Jakob hatte das Gefühl, als stünde sie in greifbarer Nähe. Als verschwämme der Hintergrund zu einer unscharfen Fläche. Die Luft erreichte Körpertemperatur. Es gab keine Synonyme.

- Ich habe dich geliebt, bevor ich dich kannte.

Das sagte er nicht, er hätte es aber sagen können, da Conny dasselbe dachte. Jakob nahm wortlos den Schlüssel aus dem Mantel und öffnete die Tür. Conny folgte ihm. Er stieg in den Aufzug. Sie ging zu Fuß. Als sie im Halbdunkel des Stiegenhauses verschwand, suchte er sie durch die beschlagene Scheibe. Und als sich die Aufzugtür öffnete, stand sie vor ihm, ohne die Hände aus den Manteltaschen genommen zu haben. Er sah sie an, sie sah ihn an, und dann schloss sich die Aufzugtür, und sie drückte den Knopf, und die Tür ging wieder auf.

Sie betraten die Wohnung. Sie sagte, es sei schon länger nicht gelüftet worden. Er nickte, öffnete ein Fenster und meinte, dass er heute Morgen die Möbel verschoben habe. Das Wohnzimmer sei jetzt das

Schlafzimmer und das Schlafzimmer das Arbeitszimmer, und sie sagte, dass es sie rasend mache, wenn die Dinge nicht an ihrem Platz blieben, und er lächelte und sagte, dass er so gut wie nie lüfte, und sie lächelte zurück und machte keine Anstalten, den Mantel auszuziehen. Ob sie nicht wenigstens die Schuhe ausziehen wolle, aber sie schüttelte den Kopf, und er sagte Oh, und sie sagte nicht Oh-Oh, sondern blieb im Vorzimmer stehen und seufzte. Hier habe sie also gelebt. Jakob nickte, und sie sagte, dass ihr Jennifers Tod einmal etwas bedeutet hätte, dass dem aber nicht mehr so sei. Das habe sie gemerkt, als sie in dem leeren Haus in Rohrbach gestanden sei. Wenn man nach Rohrbach zurückkehre, stehe man oft in einem leeren Raum und frage sich, wohin alle seien. Aber sie habe sich das nicht gefragt, sie habe sich überhaupt nichts gefragt. Sie sei einfach nur dort gestanden, die Erinnerung habe sich wie eine Erfindung angefühlt, eine Verwechslung ohne Komödie, wie eine Fehlbesetzung sei sie dort gestanden und habe nicht gewusst, was als Nächstes vorgesehen gewesen sei. Sie habe keinerlei Erleichterung verspürt, auch keine Trauer, keine Resignation, kein Ankommen, kein Kreis, der sich in diesem Moment schließen wollte. Nur das Gefühl von Entfernung, als wären Rohrbach, Australien und ihr Körper der gleiche Ort. Ob Australien für sie Festland oder Insel sei, fragte Jakob, und sie sagte, Australien sei ein Kontinent, ein verlorener Kontinent, sagte Jakob, ein Kontinent, sagte Conny, ein entfernter Kontinent, sagte Jakob, und sie sagte nichts, ging ins Wohnzimmer und sagte, dass es sich eher wie eine Küche anfühle, setzte sich auf die Couch und schloss die Augen. Sie schlief im Sitzen ein, ohne die Hände aus dem Mantel genommen zu haben. Jakob blieb wach und beobachtete sie. Er berührte sie nicht, fand, dass sie im Schlaf noch mehr der Marie glich, die nicht mehr aufgewacht war. Ihr Atem war flach und geräuschlos. Jakob stand auf und begann möglichst leise Dinge aus der Küche ins Wohnzimmer zu tragen.

Als Conny erwachte, war es in Australien gerade Morgen geworden. Sie ließ die Hände in der Tasche und streckte ihren Hals. Jakob schlief zusammengerollt auf dem Teppich. Auf dem Boden standen Teller, Gläser und Töpfe. Conny lächelte, und Jakob öffnete die Augen und fragte, ob sie nach Australien zurückgehen würde. Sie schüttelte den Kopf. Es gebe doch bestimmt jemanden, der dort auf sie warte, sagte Jakob, und sie sagte, dass es viele von dieser Sorte gebe, an jeder Ecke jedes Kontinents stehe einer, der nervös auf die Uhr schaue und auf und ab gehe, aber seit dem Unfall sei ihr ein Bleiben unmöglich geworden. Liebe sei für sie nur noch als gemeinsame Flucht zu ertragen, aber Liebe brauche das Bleiben, sagte sie, und Jakob seufzte, denn er hatte immer die Liebe gesucht, die mit ihm gemeinsam flüchtete, die ihn nicht zum Bleiben zwang. Aber jetzt verspürte er eher das Verlangen, sie festzuhalten, wie Luft saß sie da, Luft mit fleischfarbenen Pigmenten, die wie Staubpartikel durch den Raum schwebten und nur im gleißenden Nachmittagslicht sichtbar wurden. Jakob blies aus, und die Partikel tanzten durch die neue Küche, und Conny nahm die Hände aus dem Mantel und schnappte nach ihnen, aber sie wichen ihren Bewegungen aus und ließen

257

sich nicht greifen. Immer schneller wedelten ihre Hände durch die Luft, ihre Fingerspitzen streiften einander wie verhallende Peitschenhiebe, und keiner der beiden zog den anderen an sich, als würden sie mit den Händen versuchen, voneinander davonzupaddeln, gegen den Strom, aus dem Strudel heraus, der für sie vorgesehen war, bis Conny einen Schritt zurücktrat und tief Luft holte, als wäre sie zu lange unter Wasser geblieben.

- Nein, sagte sie.

Sie wolle diese Rolle nicht übernehmen. Auch wenn sie zweifelsfrei die Idealbesetzung sei. Das Saallicht müsse jetzt angehen, sie müssten einander im banalen Alltagslicht ansehen und erkennen, dass sie sich in einer Projektion verloren hätten. Aber draußen sei es inzwischen dunkel geworden, sagte Jakob, draußen, da könnten sie in einen neuen Schatten treten und ihre eigenen Lichter gegen die Wände werfen, ihre eigenen Dialoge sprechen, da draußen dürften sie sich für eine eigene Geschichte entscheiden, keine Handlung, keine besonderen Vorkommnisse brauche er, keine Zuseher, schon gar kein Ende, sagte Jakob. Aber es fühle sich doch an, als würde man zu spät in einen Film geraten, sagte Conny, man hätte das Wesentliche versäumt, und man würde nie richtig in die Geschichte finden. Man könne zwar behaupten, man habe ihn gesehen, aber immer bleibe das Gefühl von Unvollständigkeit, von einer Lücke, die man sich zwar ausmalen könne, aber nie hätte man die Gewissheit, den ganzen Film gesehen zu haben. Jakob sagte, dass Anfänge ohnehin überschätzt seien und dass es doch nur auf das Ende ankomme, ja, dass die Enden für ihn immer am

schönsten seien. Und wenn sie einander jetzt küssten, dann wüssten sie doch, ob es ein Ende oder ein
Anfang sei. Ein Happy End sei doch immer ein
Anfang und nicht das Ende, sagte er, ohne Luft zu
holen. Ein Happy End sei nur das Ende der Anbah-
nung, aber nicht das Ende einer Geschichte, im
Gegenteil, ein Liebesfilm müsse doch eigentlich mit
diesem Happy End beginnen, mit dem großen Kuss
müsse so eine Geschichte anfangen und nicht auf-
hören, sagte er. Es sei völlig widersinnig, dass Liebes-
filme immer nur auf diesen einen Kuss zusteuerten,
und da unterbrach sie ihn mit einem Kuss, einem
kurzen Kuss, viel zu kurz, um darüber nachzudenken, ob das jetzt ein Ende oder ein Anfang gewesen
war. Sie küssten einander mit offenen Augen, und
Conny nahm dabei die Hände nicht aus den Manteltaschen. Sie sagte, sie werde jetzt hinausgehen, an die
Luft, in den Regen, in den Hagel, in die stehende
Hitze, sie brauche jetzt irgendein Wetter, nach diesem Kuss in diesem Raum müsse sie ihr Herz da
draußen auf Winterhärte prüfen. Ihr Blick sah zer-
fahren aus, und Jakob fragte, ob sie wiederkomme,
und Conny sagte, das wisse sie erst, wenn sie da
draußen im Wetter gestanden sei, und dann ging sie,
und in Jakob entstand sofort die Gewissheit, dass er
tage-, vielleicht sogar wochenlang in dieser Wohnung
ausharren würde, um sie nicht zu verpassen. Als
Kind hatten sie ihm gesagt, wenn man jemanden verliere, bloß nicht herumlaufen, immer warten, nie
suchen, wer bleibt, der findet, sagte man in Rohrbach, und dann läutete es, und Conny stand vor der
Tür und sagte, draußen sei es zu kalt, um einen kla-
ren Gedanken fassen zu können, sie wolle warten, bis

es wärmer werde. Das könne aber tage-, ja wochenlang dauern, sagte Jakob, und Conny zuckte die Achseln und sagte, es dauere eben, so lange es dauere,
und Jakob runzelte die Stirn, weil es sich anfühlte wie
Warten, ohne verlorengegangen zu sein.

Und in Ontario fand eine Frau in ihrem Hotelzimmer ein Kuvert, auf dem *For You* stand. Die Frau
erkannte sofort, dass es sich um eine Männerhand-
schrift handelte. Nachdem sie den Brief geöffnet
hatte, hielt sie allerdings ein weißes Blatt Papier in
Händen. Keine Nachricht. Kein Absender. Die
ganze Nacht lag sie wach, obwohl sie sonst nirgends
so gut schlief wie in Ontario. Aber das weiße Blatt
übte eine verstörende Anziehungskraft aus. Sie hatte
seinen letzten Brief nicht beantwortet. Es war über
zwanzig Jahre her. Er in Massachusetts. Sie in Flo-
renz. Einfach nicht mehr geschrieben. Obwohl sie
seit zwanzig Jahren täglich daran gedacht hatte. Aber
eine Briefliebe. Aussichtslos. Und jetzt dieses weiße
Blatt Papier. Eine Aufforderung. Ein Angebot des
Schicksals. Wie weit war es von Ontario bis nach
Massachusetts? Draußen braute sich ein Unwetter
zusammen. Sie stand auf und begann zu schreiben.
Das ganze Blatt füllte sie beidseitig mit ihrer Handschrift. Sie erzählte ihm nur von dieser Nacht. Als
hätten sie sich erst kürzlich geschrieben. Sie über-
klebte das *For You* mit einem Etikett mit seinem
Namen, schrieb keinen Absender auf die Rückseite
und schickte den Brief an die alte Adresse, wo er seit
zwanzig Jahren wohnte, um ihren Brief nicht zu verpassen. Dann packte sie ihre Sachen und kehrte nie
wieder nach Ontario zurück. Aber das hatte berufli-
che Gründe.

Als Jakob aufwachte und erstmals seit Wochen die Sonne schien, seufzte er. Conny und er waren tage-, vielleicht sogar wochenlang nicht draußen gewesen. Branko brachte ihnen regelmäßig Essen, um dafür in Jennifers Kisten zu wühlen. Conny und Jakob erzählten einander nichts. Sie belauschten einander, wenn sie atmeten. Sie betrachteten einander beim Schlafen. Sie ahmten einander nach. Beim Sitzen. Beim Gehen. Beim Liegen. Sie kochten, was der andere aß. Sie versteckten sich voreinander und sprangen hinter den unmöglichsten Winkeln hervor. Sie lachten, wenn der andere erschrak. Und wenn einer aus der Dusche stieg, kam der andere, um ihn zu umarmen, damit der gemeinsame Geruch nicht verlorenging. Nichts durfte jemals Erzählung werden. Sie befanden sich in einem Warteraum, und keiner hoffte, jemals an die Reihe zu kommen. Als die Sonne durch das Fenster schien, sagte Conny, dass es draußen wohl warm geworden sei, und Jakob seufzte. Was das jetzt heiße, wollte er fragen, ließ es aber bleiben, da er ihr anmerkte, dass sie ihr Gehen nicht ankündigen wollte. Wahrscheinlich würde es ihn überraschend treffen. Aber keineswegs unvorbereitet.

Conny öffnete das Fenster und atmete tief durch. Sie fragte ihn, ob die Sommer oder die Winter länger dauerten, und da er sie nicht belügen konnte, sagte er, die Winter, und sie sagte, sie wisse seine Ehrlichkeit zu schätzen. Nein, sie sagte es nicht, sie verdeutlichte es durch eine kleine zärtliche Geste, zumindest dachte er das, als sie ihm mit dem Daumen über das Augenlid strich. Jetzt müssten sie wohl nach draußen, und dann würden sie sich in der Menge verlieren, nein, er würde sie verlieren, schließlich

wisse sie, wo er wohne, obwohl er vermutlich wegziehen werde, sobald er Jennifer bei Ruby entsorgt
habe, sagte Jakob, wohin, fragte Conny, worauf er
nur mit den Achseln zuckte, die Stirn runzelte und
den Kopf schüttelte. Sie fände es schön, wenn sie
das gemeinsam täten, sagte Conny, worauf Jakob
fragte, ob sie das Wegziehen oder das Entsorgen
meine, und sie antwortete, dass er genau wisse, was
sie meine, und er sagte, sie möge ihn jetzt bitte nicht
in einer zu langen Schleife verschwinden lassen, sein
schwindliger Kopf würde heute keine Unklarheiten
mehr vertragen, und sie sagte, sie meine natürlich das
Entsorgen. Er sagte, dass das Entsorgen einen ganz
anderen Sinn bekäme, wenn sie das gemeinsam
täten, worauf sie weder nickte noch seufzte noch die
Stirn runzelte. Wenn er alleine zu Ruby gehe, dann
beschließe es ein Kapitel, mit ihr hingegen eröffne es
eines, und das wolle sie ja offenbar nicht. Daher
erscheine es ihm passender, er würde alleine zu Ruby
gehen, während sie draußen das Wetter zu ihrer Lage
befrage. Er solle sich diesen ironischen Unterton
sparen, sagte sie, sie befrage nicht das Wetter, sondern ihr Herz, das sei nun mal der einzige Maßstab,
und mit Ungeduld sei dem Herzen am wenigsten
geholfen, sagte sie, worauf er sich entschuldigte, er
habe kein Recht, sie zu drängen. Endlich der werden,
der man ist, dachte er, sagte aber, dass sie vermutlich
glaube, er würde in ihr nur die Zweitbesetzung
sehen, dass dem nicht so sei, er wolle trotzdem nicht
auf sie einwirken. Der Himmel sei klar, es sei ein Tag
mit guten Aussichten, und während sie ihr Herz dem
Wetter aussetze, werde er Jennifer entsorgen.
Danach erwarte er sie an der Ecke. Er trage keine

262

Uhr. Aber die Übergangsjahreszeiten seien im Verschwinden begriffen, wenn sie verstehe, was er meine. Sie nickte und versuchte, dabei nicht die Stirn zu runzeln.

Jakob warf alles zurück in die Kiste. Branko hatte beinahe den gesamten Inhalt auf dem Boden ausgebreitet. Eine Ordnung konnte er nicht erkennen. Branko würde bestimmt enttäuscht sein. Wenigstens eine Ankündigung habe er sich erwartet. Natürlich habe er damit rechnen müssen, aber dass es Jakob so genau nehme mit der Entsorgung, das überrasche ihn jetzt doch. Natürlich verstehe er das. Neuanfang. Abschließen. Letzter Wille. Aber so plötzlich, jetzt, wo er doch mittendrin –. Jakob beschloss, dieses Gespräch nie stattfinden zu lassen. Egal, wie sich Conny entschied. Sie würden keinesfalls in der Wohnung bleiben. Einfach losfahren. Das Lenken ihr überlassen. Mit geschlossenen Augen aufs Gas treten. Eine Flucht ohne Anlass.

Als er vor der Auslage von Ruby die Kiste fallen ließ, bemerkte er, dass dort, wo der ausgestopfte Fuchs gestanden war, ein Aquarell hing. In der Tür ein Zettel: *Komme gleich*. Jakob zündete sich eine Zigarette an. Er wünschte, es würden Bilder der Vergangenheit an ihm vorüberspazieren, damit dieser Moment zu einer Abschiedsszene gedeihe. Aber die Passanten waren Passanten, die Auslagen waren Auslagen, und die kleine Gestalt, die auf ihn zukam, wollte auch mit abnehmender Distanz nicht größer werden. In Rubys Anwesenheit fühlte sich die Welt gebraucht an. Ein Kommen und Gehen. Als wären alle ausschließlich damit beschäftigt, die Dinge von einem Ort zu einem anderen zu tragen. Ihr Blick fiel auf die Kiste. Ihr volles Haar sah aus, als trüge sie zwei Perücken übereinander. Sie sagte Ah und sperrte die Ladentür auf. Den Zettel ließ sie hängen. Jakob stellte die Kiste auf den Tisch. Ruby schlüpfte aus ihrem Mantel und schaltete den Heizstrahler ein. Ihr Blick fiel auf das Regal, wo mehrere andere Kisten standen. Gerhard Kornmüller. Franziska Blau. Veronika Meischberger. Helmut Schröder. Daniel Neumann. Jennifer Kerbler, sagte sie, ohne sich anmerken zu lassen, ob ihr der Name bekannt vorkam. Jakob sah erstaunt auf, als sie ihm eine Summe nannte. Er hatte nicht damit gerechnet, dass er Geld bekäme. Er wies es zurück. Ruby sah sich um und drückte ihm stattdessen eine Uhr in die Hand. Jakob seufzte und verließ wortlos den Laden.

Er stellte sich an die Ecke und beschloss, nicht auf die Uhr zu sehen.

Ruby nahm die Leiter und räumte die Kiste in das oberste Regalfach. Wenn nicht bald einer kam, um eine ganze Hinterlassenschaft zu kaufen, müsste sie darüber nachdenken, die eine oder andere Schachtel zu entsorgen.

Konrad faltete das leere Blatt Papier und schob es in das Kuvert. Dann schrieb er *For You* auf die Vorderseite. Er legte das Kuvert auf das Hotelbett. Auch in Rom hatte er sie nicht gefunden. Er hatte zu suchen begonnen. Irgendein Ziel brauchte er nach der Kündigung. Er wusste, er würde sie nicht finden. Zumindest hoffte er das.

Jakob sah auf die Uhr. Er begann, nervös auf und ab zu gehen.

Rita und Max schliefen in einem Bett.

Hilde schlich sich aus der Wohnung und ging, ohne eine Nachricht zu hinterlassen.

Liane bat ihren Sohn, das Haus zu verkaufen.

- Tot, sagte Jakobs Vater, als er seine Frau regungslos am Boden liegen sah, und schüttelte den Kopf.

ZWANZIG

Aufstehen. Lutz weckt Max mit einem sanften Flüstern. Aufstehen, alter Mann. So nennt er Max, seit das mit den Tieren aufgehört hat. Max dreht sich zu ihm, öffnet die Augen und lächelt. Er mag es, wenn sein Vater ihn so nennt. Überhaupt mag es, dass er jetzt viel öfter da ist. Und sein Gesicht ohne Bart mag er auch. Das Gewand für die Schule liegt bereits auf dem Stuhl unter dem Fenster. Beide beobachten das Paar Buntspechte, das sich im Baum gegenüber eingenistet hat. Die Frühlingssonne hält die Gewissheit warm, dass doch noch alles gutgegangen ist. Max zieht sich an, während Lutz ihm eine Honigsemmel streicht. Sie essen gemeinsam, sehen einander an, ohne zu sprechen. Max erinnert seinen Vater an die Jause. Er nimmt Schuhe aus dem Regal und wartet bei der Tür. Beim Hinausgehen nimmt er seine Hand. Du darfst nie weggehen. Versprich es. Lutz nickt, während sie auf den Aufzug warten. Max schmiegt sich an ihn, und Lutz wünscht sich, sie würden steckenbleiben und müssten aus dem Blechgehäuse gelöffelt werden. Auf der Straße lösen sie die Hände. Der alte Mann erzählt von einem Ausflug, von den anderen Kindern, von den Spielen, von der Burg, von dem, was er alles werden will. Nur nicht Zahnarzt. Wen er zu seinem Geburtstag einladen will? Ob man den nicht auf der Burg feiern könne? Lutz nickt und versucht sich alles zu merken. Sie steigen in den Bus. Der Fahrer begrüßt Max. Max setzt sich auf den Schoß von Lutz, der ihn in den Kurven fester hält. Vor der Schule umarmen sie einander. Ein Uhr. Lutz nickt. Er wird da sein. Dann geht er zu Fuß nachhause, hält beim Bäcker, um ihr wie jeden Tag frisches Brot zu bringen. Auch sie wird er mit einem Flüstern wecken. Aufstehen. Sie dreht sich zu ihm und lächelt. Sie hat sich schon am Vortag das Gewand auf den Stuhl unter dem Fenster gelegt. Sie sieht aus wie Rita. Sie findet, das ist besser für das Kind. Auch für Lutz, der die gute Absicht erkennt und sie annimmt. Sie habe ihn zu seinem Glück erst zwingen müssen. Aber es habe sich gelohnt. Renate sorgt dafür, dass es dem Jungen an nichts fehlt. Nicht nur, indem sie Ritas Frisur und Kleidung nachahmt. Vom Glück der anderen versteht sie etwas. Gelernt ist gelernt. Lutz gibt ihr den Morgenkuss, den sie verlangt, den sie braucht, um sicher in den Tag zu gehen, und plötzlich kommt Max ins Zimmer gelaufen, springt auf das Bett und schreit: Noch ein Kuss, noch ein Kuss! Lutz steht da, als wäre er im Aufzug steckengeblieben. Renate muss ihn erst wieder in die Gegenwart zurücklöffeln, und Lutz stammelt, dass er Max doch eben zur Schule gebracht habe. Renate setzt die Perücke auf und sagt, dass sich Glück immer wie ein Déjà-vu anfühle, und Max ruft aus dem Nebenzimmer, dass die Buntspechte geschlüpft seien, und dann wachte Lutz auf, stürzte zum Fenster, aber die Eier lagen noch im Nest. Beide Spechte waren ausgeflogen. Nein. Als Lutz auftauchte, setzte das Männchen zum Sturzflug an, um die Gestalt hinter dem Gitter zu vertreiben. Der Buntspecht fragte sich, ob sie schon geschlüpft waren. Schon vor Monaten, vielleicht sogar Jahren, hatte sich das Menschenpaar hinter dem Gitter eingenistet. Er konnte aber im Anflug nichts erkennen.

Als das Gesicht von Lutz wieder verschwand, setzte das Männchen seine Futtersuche fort.

Lutz bewegte sich leise, denn Mario schlief noch. Mit der Zeit bekam man Respekt vor dem Schlaf des anderen. Schließlich war der Schlaf die einzige Phase, in der man nicht in dieser Zelle saß. Und Mario schlief viel. Mehr als Lutz. Wenn er sich für zwei Zigarettenlängen schlafend stellte, wachte er oft bis zum nächsten Tag nicht mehr auf. Mario war wirklich mit einem gesunden Schlaf gesegnet. Das machte die Zeit, er saß schon seit sechs Jahren. Und hatte noch weitere fünf wegzuschlafen. Bei Lutz waren es noch sieben Monate bis zur Halbzeit. Mario sagte, in der ersten Hälfte denke man darüber nach, was war, und in der zweiten, was sein wird.

Zuerst hatten sie Jennifers pinken Rucksack im Stundenhotel gefunden. Damit hatten sie aber nichts in der Hand gehabt. Dass er ein Verhältnis mit Jennifer hatte, war allgemein bekannt. Und warum der Herr Kommissar plötzlich so emsig ermittelte, hatte sich im Nachhinein eindrucksvoll aufgeklärt. Angeblich wohnte er schon bei Rita. Oder sie bei ihm. Rita wohnte nie bei sich selbst, immer bei jemand anderem. Kein einziges Mal hatte sie ihn besucht. Lutz glaubte nicht, was sie in dem Brief geschrieben hatte. Jedes Kind wollte seinen Vater sehen. Egal, was er verbrochen hatte. Aber wahrscheinlich spielte sich der Kommissar inzwischen als Vater auf. Ein Kind in diesem Alter vergaß irgendwann, wer sein Vater war. Darauf bauten sie. Ganz klar. Aber er würde nicht ewig in dieser Zelle sitzen. Und ab der Hälfte hatte er genügend Zeit, darüber nachzudenken, was er alles mit dem alten Mann unternehmen würde. Die verlorene Zeit würde er wettmachen. In einem Aufwasch. Anwesend sein. Nicht davonlaufen. Er musste keine Rechenschaft ablegen. Vor niemandem. Dafür würde er drei Jahre im Gefängnis gesessen haben. Damit wäre die Sache erledigt. Für ihn. Für Rita. Für Jakob. Auch für Jennifer. Wenn dieser verdammte Köter ihre Leiche nicht aufgespürt hätte, dann läge er nicht hier und müsste Mario nicht dafür bezahlen, sich schlafend zu stellen. Ein Wunder, dass man sie nicht früher gefunden hatte. Schließlich ging der alte Mann immer die gleiche Runde. So gebellt habe der Hund seit dem Tod seiner Frau nicht mehr, hatte er im Zeugenstand ausgesagt. Das sei ihm gleich komisch vorgekommen. Wie wild der Hund zu graben begonnen habe. Und als er erkannte, dass es keine zähe Wurzel war, an der er kaute, rief der alte Mann sofort die Polizei. Kein schöner Anblick sei es gewesen, als man die Leiche geborgen habe. Den Namen des Hundes hatte man nicht zu den Akten genommen. Klassischer Formalfehler! Ein fähiger Anwalt hätte einen Freispruch erstritten. Aber diese Lusche wäre sogar bei der Ärztekammer rausgeflogen. Mit dem Leichnam waren die Dinge natürlich ins Rollen gekommen. Sogar die Schaufel von Max führten sie als Beweismittel an. Ob er sie je zurückbekommen hatte? Rita hatte keinen einzigen seiner Briefe beantwortet. Nur Renate hatte durchgehalten. Zumindest eine Zeitlang. Beim Verhör war sie umgefallen. Gut, das Alibi war natürlich obsolet geworden. Und beim zweiten Besuch hatte sie ihm eröffnet, dass ihr Ex-Mann wieder aufgetaucht war. Sie sehe ihn jetzt nicht mehr als Vaterfigur. Nichts sei davon übrig. In kleinen Bissen habe sie den Vater verarbeitet und hinuntergewürgt. Völlig unerwartet habe sie sich daher in ihren Ex-Mann verliebt. Sie habe gar nicht gewusst, dass sich dahinter ein ganz anderer Mann verschanze. Auch Lutz hatte bis zu diesem Moment nichts von dessen Existenz gewusst. Von wegen auserzählt. Sogar die Doktorin stellte sich am Ende als Hochstaplerin heraus. Sie solle nicht glauben, dass sie nach seiner Entlassung anzutanzen brauche, hatte er gesagt. Da trenne sich die Spreu vom Weizen. So gesehen habe die Zeit im Gefängnis auch ihre positiven Seiten. Seit Monaten schrieb er an einem Brief an Jakob. Nicht, um sich zu rechtfertigen. Nicht, um sich zu erklären. Nicht, um sich zu entschuldigen. Und schon gar nicht, um die Dinge zu beschönigen. Lutz wusste nicht, warum er diesen Brief zu schreiben begonnen hatte. Vielleicht durfte man solche Vorkommnisse nicht unbesprochen lassen. Wahrscheinlich musste man sie unbesprochen lassen. Sie würden einander bestimmt eines Tages auf der Straße begegnen. Aber darüber würde er ab der Hälfte nachdenken. Jetzt ging es um die Dinge, die waren. Hier hatte niemand Zugriff auf seine Gedanken. Eine Insel ohne Anlegesteg.

Mario wälzte sich herum. Er stieß wie immer ein lautes Räuspern aus und spuckte auf den Boden. Seine ganze Verachtung gegenüber der Welt, gegenüber sich selbst schnalzte er auf den Boden. Lutz schloss die Augen und stellte sich schlafend. Mario fluchte flüsternd vor sich hin. Gestern Abend hatten sie sich darauf geeinigt, dass es keinen empathischen Gott gab. Im Gefängnis einigte man sich schnell auf solche Dinge. Dieses Fluchen war unerträglich. Als ob sich die Tatsachen damit verscheuchen ließen.

Lutz betrat den Wald. Der weiche Nadelboden. Das Moos. Jennifer, bis zum Becken im Boden versunken, hatte das Kleid aus Laub angezogen. Sie winkte ihn zu sich. Stumm. Aber das Fluchen war nicht wegzukriegen. Mario spuckte noch einmal aus. Dann schrie er ein lautes Aufstehen in den Raum. Wozu? Um noch mehr Insassen gesunde Zähne aufzubohren? Oder gar zu reißen. Er hatte nachgezählt. Zweihundertdreiundvierzig Plomben in acht Monaten. Das hätte er in der Ordination nie hingekriegt. Aber im Gefängnis gab es keine Ärztekammer. Und jeder war dankbar für jede Minute, die er nicht in der Zelle verbringen musste. Ein Geschäft. Für den Direktor. Für die Insassen. Für Lutz. Immerhin gelangte er so an Lidocain. Und das brauchte er. Denn selbst zu Mario fehlte inzwischen Zazuuuz. Aufstehen, befahl dieser. Lutz hatte gelernt zu gehorchen. Er setzte sich ruckartig auf. Mario winkte ihn zu sich. Lutz sprang vom Bett, und Mario deutete auf das Nest mit den Buntspechten. Sie sind geschlüpft, sagte er und versuchte ein kindliches Lachen in sein Gesicht zu zaubern. Bei einem wie ihm sah das eher nach unberechenbarem Wahnsinn aus. Mario zog Lutz an sich.

- Schau. Alle fünf haben überlebt.

Lutz stand hinter Mario. Sie schauten aus ihrer Zelle, und das Männchen setzte erneut zum Sturzflug an. Mario nahm die Hand von Lutz. Er hielt sie, und es fühlte sich kurz so an, als wären sie nur im Aufzug steckengeblieben. Draußen begann es zu schneien. Der Schnee breitete eine stumpfe Stille über den Innenhof. Unbemerkt schloss Lutz seine Augen. Letztendlich war es egal, wen man liebte.